KB153931

옥
봉

옥봉

장정희 장편소설

차례

괴이한 소문

조희일이 진하사(進賀使)가 되어 명나라를 찾은 것은, 인조 8년 1630년의 일이었다. 임진왜란을 비롯해 끊임없는 당쟁의 내분 속에서 정묘호란의 외침까지 겪은 지 3년. 조선은 거듭되는 내우외환에 시달리느라 잠시도 편안할 날이 없었다.

　정묘호란 때 인조를 강화로 호종하는 등 난국에 임금을 보필한 공로로 예조참판에 올랐던 조희일이 인조의 유일한 의지처였던 명과의 교류에 수족처럼 움직인 것은 당연한 일이었다. 기울어가는 국운을 절감하고 있던 명은 오랫동안 변함없는 의리와 애정을 보여준 조선의 사절단을 진심으로 맞았다. 황제의 진심은 수하 관리들의 손끝에서 세세하게 배어났다. 황감할 정도의 환대였다.

　겨울이라 날은 몹시 추웠다. 메마른 땅에 먼지바람만 일

뿐, 비나 눈이 올 조짐은 조금도 없었다. 조희일은 황제에게 임금의 친서를 전달한 뒤 이어지는 연회를 마치고 막 궁궐을 나서던 참이었다. 일행들은 황제가 하사한 술이 바닥을 드러내기도 전에 쉽게 고개를 꺾었지만, 사절단의 책임을 맡은 조희일로서는 술에 젖어 들지도 못한 판이었다.

밖은 캄캄한 어둠이었다. 지루하고 길었던 여독에 이어 황제를 알현하는 일까지 마치고 보니 긴장이 그제야 한꺼번에 풀리는 느낌이었다. 온몸이 나른해지면서 비로소 조국을 떠나왔다는 쓸쓸함이 엄습해왔다. 이국의 밤 정취에 젖고 싶은 마음도 있었다. 객수를 핑계 삼아 밤새 쏘다니고 싶기도 했다. 조희일은 어디로 가야 할지 알 수 없는 얼굴로 망연히 어둠을 바라보며 서 있었다.

그때였다. 마침 뒤따라오던 원로대신이 조희일의 팔을 붙잡았다. 조선 사절단의 접대를 관장하던 신하였다. 능숙하지는 않아도 몇 마디의 대륙 말을 섞을 줄 아는 조희일의 귀에 대신의 말이 살갑게 파고들었다.

"이대로 헤어지면 아쉽지 않겠습니까? 날씨도 추운데, 저희 집에서 따뜻한 술 한잔 더 나누시지요."

아닌 게 아니라 대륙의 북풍은 조선의 바람과는 사뭇 달랐다. 몇 걸음만 걸어도 귓불과 코가 떨어져 나갈 듯이 시렸다. 살얼음 긴 이마가 금방이라도 쩽 소리를 내며 갈라질 것만 같았다. 하지만 이방인으로서는 텃세를 부리듯 후려치는 기운

마저 낯선 풍정(風情)으로 다가왔다. 대륙의 나라는 어찌나 추운지 칼날이 허공에 막 날아다니는 곳이라고, 칼바람 속을 걷노라면 눈물 콧물마저 금방 고드름이 되고 말더라는 허풍 섞인 이야기도 이국의 선물이 될 듯싶었다. 취한 일행을 깨워서라도 저잣거리로 나가보고 싶던 차에 차라리 잘 되었다 싶었다. 조희일로선 알아듣기 쉽도록 천천히 또박또박하게 대륙 말을 고르는 그의 배려도 따뜻했다. 부족한 부분은 필담으로 채우면 될 터였다. 조희일의 표정을 알아차린 원로대신은 겸양의 말이 따라붙기도 전에 재빨리 못을 박았다.

"곧 사람을 보내겠습니다."

조희일은 숙소로 돌아오자마자 옷을 갈아입었다. 궁정 행차 때 어지럽게 따라붙었던 호행 통관, 역관들도 모두 지쳐 떨어졌는지 조용했다. 조희일이 옷고름을 마저 묶기도 전에 심부름꾼 아이가 당도했다는 기별이 왔다. 조희일은 아이와 함께 바람 부는 거리로 나섰다.

다행히 원로대신의 집은 숙소에서 그리 멀지 않은 곳에 있었다. 눈물 콧물 고드름을 체험하기엔 너무나 짧은 거리였다. 대문 앞에 도착한 조희일은 길고 긴 회랑을 거쳐 깊숙한 별채로 안내되었다. 그곳은 바깥의 찬 기운을 느낄 수 없을 만큼 아늑했다. 원로대신은 기다렸다는 듯 조희일을 반갑게 맞아들였다. 대신은 사사로운 초대에 흔쾌하게 응해준 이국 사신에 대한 반가움을 굳이 감추려 들지 않았다.

조희일이 방으로 들어서자 사면이 책으로 빽빽하게 둘러싸인 서가가 한눈에 들어왔다. 방 한가운데에는 잘 곁들여진 안주와 함께 술상이 준비되어 있었다. 옻칠한 술상의 그윽한 빛이 소담한 색깔의 그릇과 잘 어울렸다. 화려하지는 않으나 조촐하고 품격 있는 방이었다.

"어서 오시지요. 늦은 시간에 왕림하게 해 송구하오이다."

대신은 조희일에게 의자를 권한 뒤 술병을 높이 쳐들었다.

"이 술은 연전에 황제께서 하사하신 술입니다. 귀한 일에 쓰려고 그간 아껴두었지요. 허허."

원로대신이 사람 좋은 얼굴로 웃었다. 조희일은 황송한 듯 깊이 고개를 숙였다. 손바닥에 꽉 찰 만큼 앙증맞은 술잔에 따뜻한 술이 담기자 바깥바람에 움츠러든 몸이 절로 녹았다. 마음속까지 따뜻해지는 기분이었다.

"자, 한잔 주욱 들이키시지요."

단숨에 털어 넣은 대신의 술잔이 곧바로 조희일에게 넘어왔다. 조희일은 대신에게 받은 술까지 연거푸 두 잔을 털어낸 후에야 찬찬히 방안을 살펴볼 수 있었다. 방 안에 가득 찬 것은 책만이 아니었다. 마른 낙엽 같은 종이 냄새를 덮을 만큼 진하게 배어든 묵향이 조희일의 코끝을 간질이고 있었다. 사면을 빽빽이 채우고도 모자랄 방대한 책의 규모도 놀라웠지만, 나름 애정을 가지고 깔끔하게 분류하고 정리해놓은 주인의 섬세함에 조희일은 깊이 탄복했다. 조선의 이름난 문신 사대부의 집에서도 좀처럼 보기 힘든 서재였다.

조희일은 책과 먹의 향으로 자신을 알뜰하게 양육해주었던 어린 시절의 서향재(書香齋)를 떠올렸다. 서향재는 아버지 조원의 서재를 이르는 말이었다. 안채 마당을 가로질러 사랑채 문턱을 넘어서노라면, 자미목 꽃그늘 사이로 서향재가 그윽하게 바라다보였다. 무릇 선비 된 자는 몸에서 책과 먹의 향기가 평생 떠나지 않아야 하는 법이라고 입버릇처럼 되뇌던 아버지가, 잠을 자는 일이 아니면 사사로이 방바닥에 누워본 일이라곤 없는 아버지가 심의와 복건 차림으로 단정히 앉아 사람을 만나며 지냈던 사랑채였다. 그런 아버지의 가르침을 받아 시 짓기와 독서, 학문이라면 누구에게도 뒤져본 적이 없었다고 생각한 조희일임에도 이처럼 정성스러운 손길로 갈무리된 이국의 서재 앞에서 형편없이 쪼그라드는 느낌이었다. '문자향(文字香)에 서권기(書卷氣)'라더니, 방에서 풍기는 고졸한 품격에 조희일은 절로 감탄했다.

"대단하군요."

조희일은 서재로 향해 있던 경외감 가득한 눈빛을 거두어내며 대신의 술잔에 술을 채웠다. 흡족한 듯 단숨에 술을 들이켠 원로대신은 조희일을 향해 바짝 다가앉으면서 은근한 목소리로 입을 열었다.

"여쭤보고 싶은 게 있어서 굳이 저희 집으로 모셨습니다."

조희일이 눈을 치켜떴다. 이미 탁자 옆에 필담을 위한 간단한 지필묵까지 마련해놓은 터였다. 대신은 조희일의 눈빛을 깊이 응시하더니 서가로 걸어가 몇 권의 책을 빼 왔다. 세월의 때가 켜켜이 내려앉아 누렇게 바랜 책이었다. 대신은 그중 두 권의 책을 조희일 앞으로 내밀었다.

"이건 『열조시집』이고요, 이건 『명시종』입니다."

조희일은 반색하며 몸을 내밀었다. 눈빛이 경이로움으로 반짝였다.

"이 책들의 명성에 대해서는 익히 들었습니다. 나라 으뜸의 시들을 수록해놓은 책 아닙니까?"

조희일의 목소리가 사뭇 들떠 있었다. 그토록 고대해왔던 대륙의 시를 원문으로 접할 기회라니. 뜻하지 못했던 대신의 환대가 새삼 고마웠다. 원로대신의 얼굴에 흡족한 미소가 떠올랐다. 기분 좋게 술잔을 들이켠 대신이 본격적으로 필담을 시작해보겠다는 듯 탁자 옆에 놓아둔 붓을 집어 들었다.

"그렇습니다. 들춰보시면 아시겠지만, 이 책에는 이곳 시인들의 시뿐만 아니라, 조선의 시편도 여럿 실려 있습니다. 모두 수준 높은 시들이지요. 이곳의 많은 시인이 숭모해 마지않는 시들입니다."

조희일은 고개를 끄덕였다. 먼 이국땅에 와서 조선의 시정(詩情)에 대한 칭찬을 듣게 되니 어깨에 힘이 한껏 실리는 기분이었다. 원로대신은 자신의 문학적 취향을 펼칠 기회를 얻어 마냥 기쁘다는 듯 말을 이어갔다. 그의 말 속에는 오랜 세월, 자신만의 세계에 심취해온 자의 자부심이 오롯하게 드러났다.

"제가 조선의 시문에 취해 산 지 오래이지만, 그 경지는 실로 짐작하기 어렵습니다. 선비들 문향(文香)의 뛰어남이야 말할 나위가 없지만, 제가 각별히 관심을 가지는 것은 조선 여류의 시문이지요. 아녀자의 신분임에도 뛰어난 시재(詩才)를 펼쳐 보인 여류에는 경탄하지 않을 수가 없습니다."

잠시 말을 멈춘 원로대신은 얇은 서책 하나를 조희일 앞으로 다시 내밀었다.

"이것은 난설헌의 시집입니다. 이곳의 많은 사람이 욕심내는 책이지요. 구하지 못한 사람들은 필사본을 만들어서 소장하고 있는 상황입니다."

얼마나 손을 탔는지 기름을 먹인 누런 종이가 손때로 반들반들했다. 조희일은 한 장 한 장 넘기며 고개를 끄덕였다.

"그렇습니다. 대단한 문장이지요. 저 또한 조선 사대부의 여느 시문을 넘어서는 뛰어난 작품이라고 생각합니다."

"그러시다니 더욱 반갑습니다."

시종일관 낮고 친절하게 말을 이어가던 대신은 불현듯 조희일의 눈을 빤히 바라보며 물었다.

"난설헌의 시가 먼저 알려진 것은 조선이 아니라 이 땅의 대륙이라는 말이 사실인가요? 죽고 난 이후에야 이곳 사람들이 흩어진 시를 모아 시집으로 묶었고요, 조선에는 나중에야 알려졌다니 말입니다."

대신의 눈빛이 묻고 있었다.

'그 나라는 아녀자들의 재능을 조금도 인정하지 않은 모양이지요?'

조희일은 심한 부끄러움을 느꼈다. 어찌 난설헌뿐이겠는가. 내당 깊숙이 갇혀 얼굴도 드러내지 못하고 사는 여자들의 삶이야 다 그렇고 그런 것을. 과거에도 그랬고, 지금도 그렇고, 또 앞으로도 크게 달라지지 않을 것이다. 그것은 동쪽에서 해가 뜨고, 서쪽으로 해가 지는 것처럼 당연하고 지당한 일이니까. 그렇게 당연한 조선의 관습이 왜 지금은 이리도 부끄럽게 느껴지는지 모를 일이었다. 조희일은 부끄러움의 실체를 알 수 없어 목소리에 힘을 잃었다.

"그렇…… 습니다……"

원로대신은 빤히 들여다보던 눈길을 거두더니 흔연스럽게 웃었다.

"하하. 시혼이라는 게 어찌 그리 쉽게 얻을 수 있는 것이겠습니까? 난설헌을 키워낸 조선의 예술적 소양이야말로 시끄럽고 거칠기만 한 이곳 정서와는 비할 바가 아니지요."

조선의 예술적 소양이라. 그제야 부끄러움의 실체가 손에 잡힌 듯 확연해졌다.

"재능 있는 인물을 알아보지 못하고 한평생 고통스럽게 살다 가게 만든 어리석은 소국의 정서입니다. 부끄러운 말씀이오니 거두어주시지요."

"아닙니다. 사람의 고통과 슬픔을 근간으로 퍼 올리는 시의 아름다움에 어찌 군신의 예가 필요하겠습니까? 시를 짓는 자는 오로지 고통의 깊이 앞에서만 예를 갖출 뿐이지요."

조희일은 고개를 숙인 채 묵묵히 대신의 말을 들었다. 고통을 고통으로 느끼고, 슬픔을 슬픔으로 느끼는 힘, 그리하여 고통을 정면으로 통과하는 용기. 그 초연한 수용이야말로 시를 짓고자 하는 사람의 유일한 덕목이라는 것을 깊이 확신하는 목소리였다. 그렇다면 대신은 난설헌의 불행한 삶을 말하고자 하는 것이 아닐 것이다. 오히려 불행한 삶을 기꺼이 껴안는 것이야말로 시 짓는 자의 숙명이라는 것을, 주옥같은 난설헌의 시는 그 불행에 빚진 아름다운 결실이라는 것을 에둘러 말하고 있는지도 모른다.

조희일은 한숨을 길게 내쉬었다. 진정한 시인이란 다른 사람의 불행까지도 시샘하는 자다. 그렇다면 이 대신이야말로 진실한 마음으로 시를 짓고자 하거나 시를 사랑하는 사람일 것이다. 조희일의 가슴이 부끄러움과 충만함으로 벅차올랐다. 원로대신의 초대가 아니었다면 이국의 겨울밤은 참으로 허랑했을 것이다. 일행 몇을 깨워 저자로 나가 늦게까지 술을 마시며 이국의 정취에 취했다 한들, 어찌 이 귀한 시간과 바꿀 수 있을 것인가.

"자, 한 잔 더 받으시지요."

원로대신은 미소 가득한 얼굴로 다시 술병을 들었다. 두 사람은 서로의 술잔에 술을 채운 뒤 기분 좋게 들이켰다. 몇 잔을 거푸 들이켜고 나서야 원로대신은 자신이 하고 싶은 말은 이제 시작이라는 듯, 입술을 다부지게 오므리고는 『열조시집』과 『명시종』을 다시 집어 들었다.

"이 속에는 난설헌의 시 말고도 또 다른 조선 여류의 시가 실려 있습니다."

"또 누가 있겠습니까……"

조희일은 술기운에 호젓이 젖은 얼굴로 접시 위에 놓인 편강 하나를 입에 넣었다. 잘 마른 생강의 그윽한 향기가 입안 가득 은은하게 퍼졌다. 조희일은 맛과 향기에 감탄하듯 고개를 끄덕이며 대신의 다음 말을 기다렸다.

"이곳 호사가들 사이에서 난설헌의 시와 나란히 견주고 있는 조선의 여류가 또 있지요."

말을 마친 원로대신은 불현듯 조희일 앞으로 의자를 바짝 끌어당기더니 낮은 목소리로 말했다.

"사실은 저희 집으로 굳이 모셨던 이유가 바로 이것 때문입니다."

"무슨 말씀이시온지……"

원로대신을 바라보던 조희일의 이마가 조붓해지면서 눈썹이 치켜 올라갔다.

"혹시 '조원'이라는 분을 들어 아십니까?"

종이창으로 간간이 새어들던 바람 소리가 일순에 딱 그쳤다. 조희일은 마른침을 삼키며 겨우 입을 뗐다.

"조원이라면, 제 부친의 함자와 같습니다만……"

"어르신의 함자가 맞지요? 역시 제 예감이 틀리지 않았군요. 그렇다면 '이옥봉'이라는 여인도 아시겠군요."

순간, 명치끝에 얹혀 있던 뜨거운 기운이 훅 솟구치더니 메마른 목덜미를 휘저었다. 그러자 숨이 기도에 걸리면서 얼굴이 단숨에 달아올랐다. 조희일은 사레들린 듯 잔기침을 연거푸 토해내기 시작했다.

'이옥봉이라니……!'

조희일은 가쁜 숨을 진정시키려 애썼다. 조희일의 얼굴을 뚫어져라 바라보고 있던 대신은 하인에게 따뜻한 물 한 잔을 가져오라 일렀다.

'아버지의 소실, 그 여인?'

이미 술기운은 멀리 달아나버린 후였다. 조희일은 종종걸음으로 가져온 하인의 물 잔을 들이켠 다음 길게 숨을 들이마셨다가 천천히 토해내기를 반복했다.

이옥봉이라면, 당쟁의 소용돌이 속에서 외직을 전전하던 아버지를 따라다니며 극진히 보필하던 소실이었다. 식구들에게는 한없이 자애로운 낯빛으로 대하였으면서도, 아버지에게는 혼란한 시대를 헤쳐 갈 현철한 조언을 아끼지 않았던 여인이 아니던가. 차갑고 엄정하기 이를 데 없던 아버지의 소실로 평생 살았으면서도 안존함을 잃지 않았던 여인. 엄격함을 법도로 삼아 큰소리 내는 법 없이 가솔을 휘어잡았던 어머니와는 다르게 이씨의 치마폭은 얼마나 살뜰했던가. 숨 막힐 듯한 집안 분위기에 유일하게 웃음소리를 만들어내던 여인이 아니었던가.

그런데도 가슴의 저림 없이는 차마 이씨를 떠올릴 수 없다. 임란 직전에 집에서 쫓겨났고, 그 이후 종적이 묘연해진 이씨. 어떻게 살다가 언제 세상을 떴는지조차 알 수 없다. 어린 조희일이 오랫동안 기숙학당에 머물다 돌아왔을 때 이씨는 이미 종적을 감춘 뒤였다. 무겁게 입을 다물던 권속들의 침통한 표정만이 이씨가 불행한 이유로 쫓겨났다는 것만 짐작하게 해줄 뿐이었다.

과거 시험의 장원급제로 기세등등한 위세를 펼쳤던 아버지가 당쟁 한파에 몰려 한동안 외직으로 전전하기는 했지만, 급기야 파직을 당할 줄은 몰랐다. 파직 이후 세상으로의 모든 출구가 봉쇄되어버린 아버지는 서향재에 틀어박혀 위리안치(圍籬安置)의 삶을 자청했다. 불안하게 흔들리던 아버지의 충혈된 눈. 권속들 또한 쉬쉬거리며 행동과 말을 삼갔고, 분위기는 낮게 가라앉았다. 몰락에 대한 두려움은 아버지 혼자만의 것은 아니어서 집안 곳곳에 짙은 그림자를 남겼다. 깊이 침윤된 그림자가 어둡게 집안을 뒤덮고 있는 동안, 누굴 챙기기엔 제 코가 석 자였던 권속들 또한 이씨의 일에 그저 속수무책일 뿐이었고, 눈에서 멀어지면 마음조차 멀어진다는 것을 증명하듯 사람들은 서서히 이씨를 잊어갔다.

"좀 어떠십니까?"

원로대신이 걱정스러운 낯빛으로 자신을 바라보고 있었다. 조희일은 고개를 끄덕이며 탁자에 놓인 물 잔을 다시 들이켰다. 그러자 대신은 자리에서 일어나 서가에서 책 하나를 뽑아 왔다. 손때로 반질반질해진 귀퉁이를 낡은 가죽끈으로 달아 맨 책의 표지에는 『옥봉 시집』이라는 제목이 쓰여 있었다.

이씨가 평소 시를 썼다는 것을 조희일이 몰랐던 것은 아니다. 알게도 썼고 모르게도 썼던 시가 적지는 않았을 것이다. 그러나 이씨의 삶에 시는 다만 재앙이었을 뿐이다. 이씨가 시를 쓰지 않았더라면 타고난 품성 그대로 평탄하게 살아갈 수 있었을 것이다. 진작 놓았어야 할 시를 놓지 못한 까닭에 시가 이씨를 놓아버린 것이다. 그것도 아니라면 아버지가 죄 없는 시를 빙자해 이씨를 내친 것인지도 모른다.

그렇게 잊혔던 이씨의 시가 어찌 이 먼먼 대륙에까지 전해졌단 말인가. 더구나 자신 또한 이씨가 썼던 시초(詩抄) 한 장 모아둔 바 없었는데, 만리타국인 이곳에서 어떻게 시집으로 엮여 나올 수 있단 말인가. 도대체 어찌 된 일인가.

조희일의 코끝이 시큰해졌다. 그렇듯 한 사람을 매정하게 내치고도 무심히 살아올 수 있었다니. 조희일은 가득 찬 회한을 애써 누르며 시집을 펼쳐 보았다. 아무렇게나 펼쳐진 그곳에는 오언 절구 하나가 덩그러니 적혀 있었다. 이씨가 조희일의 형제들에게 일필휘지로 써서 건네주었던 시였다. 아이를 낳지 못한 처지의 이씨가 본처의 자식들에게 베풀었던 애정과 자부심만큼은 친모의 사랑에 진배없다는 것을 여실히 드러내 보였던 시였다.

묘예개동치(妙譽皆童稚)
동방모자명(東方母子名)
경풍군필락(驚風君筆落)
읍귀아시성(泣鬼我詩成)

묘한 재주 어릴 적부터 자랑스러워
동방에 우리 모자 이름 날렸네.
자네가 붓을 휘두르면 바람이 일고
내가 시를 지으면 귀신도 울고 갔지.[*]

조희일의 눈언저리가 뜨겁게 달아올랐다. 어제 일인 듯 머릿속에 그림 한 장이 생생하게 펼쳐진 까닭이었다.

뜨거운 여름 한낮, 바람 한 점 오가지 않는 대청마루. 그득한 묵향 속에서 관자놀이 보송보송한 솜털 사이로 맺힌 땀방

---

[*] 이옥봉, 「적자에게 주다(贈嫡子)」.

울을 훔쳐내며 글씨를 쓰던 어린 형제들. 다정한 눈빛으로 지켜보며 부채질을 해주던 이씨가 형 희철의 글씨를 보며 즉석에서 '바람이 일 정도로 대단하다'고 극찬하며 지었다던 이 시 속에는 적자(嫡子)에 대한 친근하고 다정한 마음이 깊이 배어 있었다. 단정하고 매사에 엄격하기만 했던 친모에게서는 찾아볼 수 없는 따뜻함이었다.

조희일은 한숨을 쉬듯 천천히 숨을 내뱉었다. '우리 모자'라고 표현한 구절에 마음이 아린 까닭이었다. 자식이 없는 소실의 처지에서는 감히 제대로 올려다볼 수도 없는, 권세 지엄한 판서 대감의 딸인 어머니의 적자들이 아니었던가. 그런 형제를 가리켜 '우리 모자'라니! '귀신도 울리고 간다'는 시적 재능이 신분적 차이를 넘어섰더라도 현실의 그녀는 한낱 첩에 불과할 뿐이었다.

그 뒤 임진왜란이 이어지지 않았다면 아버지는 이씨를 다시 찾았을까. 오랫동안 이씨에게 정신적으로 깊이 의지하고 든든하게 여겼던 아버지의 모든 기억조차 지워버려야 할 만큼 이씨의 죄가 그리도 컸던 것일까. 그리하여 끝내 용납할 수 없었던 걸까.

어지러운 파당(派黨)의 시대였다. 입질에 오르면 곧바로 살생부가 되어 떠돌던 시대였다. 이씨를 쫓아낸 순간, 올곧음을 지탱해주던 아버지의 영혼도 함께 육신을 떠났다. 아버지의 참혹한 눈빛이 그것을 증명해 보이지 않았던가. 조희일은 신음을 토해내듯 낮게 읊조렸다.

"어떻게 이 시집이 나오게 되었는지요."

"글쎄요, 아마도 40년 전이나 될까요……"

원로대신은 가만히 눈을 감았다. 멀리 있던 기억을 찬찬히 불러들이듯 대신은 낮은 목소리로 말을 이어갔다.

십수 년 만에 찾아온 가뭄이라 했던가. 마을에 흉흉한 소문이 돌았다. 한껏 굶주렸던 사람들은 한번 돌기 시작한 소문을 아귀처럼 뜯어먹기 시작했다. 소문은 괴이할수록 발 없이도 천 리를 가는 거여서 마을에 역병처럼 번져갔다. 동쪽 바다에 시체 하나가 출몰한다는 것이었다. 떠도는 이야기에 의하면 시체의 형상이 너무나 끔찍하고 기괴해서 아무도 접근을 하지 못한다고 했다. 얼굴은 고기에게 뜯어 먹혀 형체를 알아보기 어려운데도 몸은 온전하게 남아 있어 여인임이 분명한데 시신은 멀리 떠내려가지 않고 조수의 물살에 따라 해변 이곳 저곳에 원귀처럼 출몰한다는 것이었다.

"아무래도 뭣엔가 단단히 씌었던 모양이오. 그 소문을 들은 내가 가만히 있을 수 없었으니 말이오."

대신은 간담 좋은 사내 몇을 동원해 시체를 건져내기로 마음먹었다. 그러나 사람들은 서로의 얼굴을 쳐다만 볼 뿐, 아무도 그 고약한 일에 선뜻 나서려 하지 않았다. 그럴수록 대신의 마음은 더 초조해졌다. 마을에 방을 붙이고 돈을 내걸어 사람을 끌어모았다. 그렇게 모은 사람들을 데리고 바다로 갔다. 여러 날을 소일한 끝에 지대가 험하고 사나운 바위 언저리에 걸쳐 있던 주검을 발견해냈다. 건져내서 살펴보니 소문대로 여인의 몸이었다. 겹겹이 감긴 종이로 인해 몸통은 고기에게 뜯기지 않은 듯했다.

"사람들을 시켜 시신의 몸에 두른 노끈을 풀고 종이를 벗겨내게 했소."

종이에는 시가 쓰여 있었는데, 기름칠을 한 듯 글씨는 한 글자도 지워지지 않고 또렷했다. 백지로 둘러싸인 안쪽에는 '해동 조선국 승지 조원의 첩 이옥봉'이라고 쓰여 있었고, 그 아래로 여인이 쓴 듯한 시가 수백 편 적혀 있었다. 시는 하나같이 예사롭지 않았다.

안타까운 마음으로 여인을 땅에 묻어준 대신은, 그 시편들을 일일이 필사하여 책으로 만들었다. 여인의 시는 임에 대한 사무치는 그리움으로 가득 차 있었다. 대신은 상대를 찾아주어야만 고혼이 편안히 잠들겠구나, 생각했지만 어떤 여자인지, 조원이 누구인지 알아낼 방도가 없었다. 그리하여 속수무책 오늘에 이르고 말았다는 것이다.

대신은 멀고 먼 길을 떠돌아온 눈빛이 되어 조희일을 가만히 바라보았다. 이제는 어떤 것을 묻지 않아도 좋다는 듯, 오직 가슴에 오래 매달고 있던 바윗덩이 하나를 내려놓을 수 있게 된 기쁨에 안도하는 얼굴이었다.

"시에 적힌 글자 한 자 한 자마다 피를 토하듯 오열로 가득 차 있었소. 그때 내가 할 수 있는 일이란, 글자 속에 틀어박혀 우는 영혼을 풀어주는 일이라고 생각했소. 시편을 옮겨 적는 내내 몇 날 몇 밤이고 여자의 울음이 떠나가질 않더이다. 그런데 신기하게도 필사가 끝나 시집이 완성된 날에야 여인의 울음이 그쳤으니 어찌 영험하다 하지 않겠소이까?"

조회일의 머릿속으로 멀어지고 가까워지기를 반복하는 여인의 울음소리가 파고드는 듯했다. 원로대신의 다음 말이 이어지고 있었다.

"그 뒤 이 시집의 내용에 감탄한 많은 호사가들이 필사하기 위해서 시집을 빌려 갔소. 그리하여 필사에 필사를 거듭한 시집들이 여러 권 만들어졌지요."

조회일은 무거운 얼굴로 대신의 말을 듣고 있다가 한참 후에야 입을 뗐다.

"이 서책을 제게 파실 의향은 없으신지요."

"외람되오나…… 그렇게는 할 수 없소이다."

대신의 목소리는 단호했다. 뜻밖이었다.

"그렇다면 며칠 말미를 주실 수는 있겠는지요…… 필사한 뒤 돌려드리겠습니다."

조회일의 목소리가 떨려왔다. 조급해진 나머지 초조하고 간절해진 목소리였다.

"그러시겠다면 기꺼이……"

대신의 말에 조희일은 깊이 고개를 숙였다. 명치에 얹혀 있던 술이 그제야 제 길을 찾은 듯 천천히 흘러내렸다.

"조선으로 돌아가시는 당일에 사람을 보내겠습니다. 그편으로 돌려주시지요."

조희일은 원로대신이 따라준 술을 몇 잔 더 들이켰지만, 술맛은 전혀 일지 않았다. 마실수록 외려 정신이 또렷해지는 기분이었다. 얼른 가서 읽어보고 싶은 조바심뿐이었다.

"멀고 먼 길, 옥체 보중하십시오."

조희일은 대신의 인사를 마지막으로 서책을 가슴에 품고 서둘러 집을 나섰다. 바람은 얼굴에 칼날을 긋듯 날카로웠지만, 머릿속은 명징했다. 하인과 말을 내주겠다는 대신의 배려를 군이 마다하고 길을 나선 것은, 숙소가 멀지 않기 때문이기도 했지만 무엇보다 혼자 걷고 싶었던 까닭이었다.

눈이라도 내리려는지 꽁꽁 언 바람이 조희일의 등을 떠다밀듯 맹렬히 불어왔다. 조희일은 차디찬 손으로 얼굴을 더듬었다. 벅차오르는 생각들이 흩어지지 않도록 오던 길을 가만가만 되짚어가며 숙소를 향해 걸어갔다. 거리는 조용했다.

지금쯤 사람들은 모두 베개에 얼굴을 묻은 채 잠들어 있을 것이다. 이들 중 몇은 꿈을 꾸고 있겠지. 어찌 잠 속의 꿈만 꿈이겠는가. 한평생이 꿈인 것을. 어제가 꿈인 것처럼 40년 전의 일도 아득한 꿈이다. 어쩌면 이곳에 있는 지금도 훗날에는 먼 꿈처럼 느껴지겠지. 조희일은 찬바람에 얼얼해진 얼굴을 연신 쓸어내며 걸음을 재촉했다.

숙소에 도착하자마자 조희일은 옷을 갈아입는 것도 잊은 채 벼루와 먹부터 찾았다. 마음이 무엇에 쫓긴 듯 한없이 조급했다. 기억들이 한꺼번에 아우성을 치면서 달려들었다. 벼루에 물을 먹인 조희일은 허리를 곧추세우며 숨을 깊이 들이마셨다. 눈을 뜬 듯 만 듯한 조희일의 시선에는 아무것도 담겨 있지 않았다. 차분하게 숨을 고른 뒤에야 명치끝에서 소용돌이치던 뜨거운 기운이 조용히 잦아들었다. 조희일은 천천히 먹을 갈기 시작했다. 먹물이 응어리를 만들 만큼의 시간이 흐르자 방 안은 묵향으로 가득 찼다. 한층 명징해진 머릿속으로 잡힐 듯 말 듯 기억 몇 개가 물 위의 낙화 송이처럼 맴돌았다. 마침내 조희일은 붓을 집어 들었다.

손안의 구슬

비가 갠 뒤 산야는 더욱 푸르러졌다. 어린애의 조막손 같던 연한 이파리들이 제각기 손가락을 벌려가며 마음껏 물기를 빨아들였다. 청암정 연못에도 봄비에 젖은 난초 이파리가 쑥쑥 치받고 올라오는 중이었다. 그에 화답이라도 하듯 버드나무 가지가 봄바람에 연푸른 머리채를 흔들어댔다. 청암정 댓돌 아래 무성하게 솟아오른 맥문동 이파리들이 쑥쑥 제 키를 키워나갔고, 담장 주변에 늘어선 벚나무 가지마다 망울진 꽃잎들이 환호성을 지르며 일제히 분홍 입술을 터트리기 시작했다.

두만은 두 남매와 술래잡기를 하며 안마당에서 놀고 있었다. 여덟 살의 나이답지 않게 차분한 눈빛을 가진 두만은 이제 갓 여섯 살이 된 숙원과 한 살 터울의 순남 앞에서 항상 늙은 아비처럼 굴었다. 누런 잠방이를 몇 번이나 기워 입은 탓에 후줄근한 두만의 입성은, 감색 공단으로 얄브스름하게 누빈 조끼에 마고자까지 갖춰 입은 두 남매와 완연한 대조를 이루었다. 그러거나 말거나 두만은 매번 술래를 자청하며 봉당의 두리기둥에 널찍한 이마를 들이대곤 했다. 두만이 마루 밑이나 중문 뒤로 숨어버린 두 아이를 찾아 두리번거릴 때면 눈빛이 게슴츠레해지며 금세 장난스러운 표정으로 바뀌곤 했다.

"다들 어디 계시나……"

두만이 짐짓 시치미를 떼며 사랑채 뒤꼍으로 돌아드는 순간, 대청 우물마루 아래에 숨어 있던 순남이 개구리처럼 폴짝 뛰어나왔다. '나, 여깄다아!' 득의만만한 얼굴로 소리 지르는 순남을 향해 깜짝 놀란 표정을 짓고 섰던 두만이 다시 숙원을 찾아 중문 쪽으로 몸을 돌렸다. 그러자 중문 뒤에 숨어 있던 숙원이 곳간 뒤꼍으로 피하려다 돌부리에 걸려 넘어지고 말았다.

"아얏!"

두만이 황급히 달려가보니 숙원은 무릎을 싸안고 울상이 된 채 주저앉아 있었다. 두만은 놀란 얼굴로 숙원을 일으켜 세웠다. 무릎에는 피가 두어 방울 맺혀 있었다.

"아이고, 이걸 어째!"

두만은 무릎 주위를 입으로 후후 불어가며 흙가루를 털어냈다. 넓고 흰 이마와는 다르게 까칠한 손이었다. 겨우내 이 방

저 방 장작불을 밀어 넣느라 손바닥이 송진으로 눌어붙었고, 손가락 마디마디가 불에 덴 듯 거무스름했다. 숙원은 이마를 찡그린 채 두만의 손길에 무릎을 내맡기고 앉아 있었고, 순남은 그런 누이를 보며 고소하다는 듯 허리를 젖힌 채 낄낄 웃어댔다. 숙원은 순남을 보며 가만두지 않겠다는 듯 입술을 앙 다물었다.

"아씨, 인제 그만 일어나 보셔요."

숙원은 찌푸린 얼굴로 고개를 가로젓기만 했다. 그러자 두만이 자신의 좁은 등짝을 숙원 앞으로 들이댔다. 그제야 숙원은 겨우겨우 일어나는 척하며 두만의 등에 몸을 부렸다. 두만이 숙원을 업은 채 나무 등짐을 진 듯 끙 소리를 내며 몸을 일으켰다. 그러자 두만의 조그만 몸체가 금방이라도 고꾸라질 듯 흔들렸다. 지겟작대기에 버티듯 얼른 오른발을 내밀어 가까스로 몸의 균형을 잡아낸 두만이 한 걸음 두 걸음 내딛기 시작하자, 이번에는 순남이 두만의 뒤를 살금살금 따라가며 등에 업힌 숙원의 엉덩이에 막대기를 들이밀었다. 순간, 숙원의 비명과 함께 두만의 몸이 앞으로 넘어지고 말았다. 숙원은 땅에 엉덩방아를 찧고는 으앙, 울음을 터트렸다.

"저런, 조심하잖고!"

어느 결에 나타났는지 이봉이 이들을 내려다보고 있었다.

두만은 황급히 몸을 일으켜서 이봉 앞에 고개를 조아리고 섰다.

"그래, 다치지는 않았느냐?"

이봉의 자상한 얼굴에는 미소가 가득했다.

"아버지, 순남 미워! 때려줘!"

순남이 장난기 가득한 얼굴로 숙원을 돌아보며 혀를 주욱 내밀었다.

"아이고, 우리 보물들! 이리 오너라."

이봉은 쭈그려 앉으며 아이들을 향해 두 팔을 활짝 벌렸다. 그러자 순남과 숙원이 동시에 이봉의 품으로 잽싸게 달려들었다. 이봉은 두 아이를 양팔에 껴안은 채 훌쩍 몸을 일으켰다.

"내 너희들 주려고 사 온 게 있느니라."

갑자기 생각났다는 듯 뒤돌아선 이봉은 두만에게 마루에 놓아둔 보자기를 가져오라 일렀다. 두만이 무거운 듯 낑낑대며 보자기를 품에 안고 비척거리며 걸어오는 것을 본 두 아이가 이봉의 얼굴을 올려다보며 물었다.

"저게 뭐예요, 아버지?"

"너희들 주려고 사 온 책이니라."

야호! 순남과 숙원이 동시에 팔을 추켜올렸다. 그 바람에 이봉의 걸음이 휘청했다. 숙원이 먼저 내 거야, 외치며 눈을 흘기자 순남도 질세라 더 크게 소리쳤다. 아니야, 내 거야!

"허허, 누구든 열심히 읽는 사람한테 줄 것이니라."

두만은 책보자기를 껴안은 채 이봉의 뒤를 주춤주춤 따라

갔다. 내가 더 열심히 읽을 거예요, 그러니까 내 거 맞죠? 아냐, 내가 더 열심히 읽을 거야. 칫! 글자도 모르면서! 알아, 안다구. 남매의 옹알거림이 마치 천상의 노래로 들리는 양 이봉의 얼굴에 함박웃음이 배었다. 이봉은 아이들을 데리고 사랑채로 들어갔다.

그들이 사라지는 모습을 안채 대청마루에 서서 바라보고 있던 장씨가 혀를 끌끌 차며 잔뜩 이맛살을 찌푸리고 있었다.

숙원은 어려서부터 몹시 총명했다. 그런데도 어찌 된 일인지 숙원의 총명은 책을 읽고 글씨를 쓰고 시를 짓는 일에만 발휘될 뿐, 여자가 꼭 해야 할 일로 여겨지던 길쌈이나 바느질에는 통 관심을 보이지 않았다. 이봉이 글씨를 써 내려갈 때마다 바짝 달라붙어 먹을 갈겠다느니, 글씨를 써보겠다며 옹알이더니 어느 결에 어깨너머로 문자를 익혔던 모양이었다. 다섯 살의 나이에 대문에 끼워져 있던 부고를 읽어 주위를 깜짝 놀라게 했다.

신통한 마음에 강아지 먹이 던져주듯 재미 삼아 하나둘 일러주며 시작된 이들의 문자 놀이가 열 살을 넘어서면서부터는 『소학』과 『대학』으로 이어졌다. 이어 『시경』과 『서경』에 이르자 이들은 자신이 쓴 시들을 주고받기 시작했다. 제법 음과 율을 맞춰가는 품새를 보며 흡족해하던 이봉에게 숙원은 어른도 쉽게 생각해내지 못할 표현을 보여주어 감탄케 했다.

이봉은 딸의 시 공부를 위한 책들을 아낌없이 사들이기 시작했다.

숙원은 점점 자신의 시 세계를 갖추어갔다. 고금 시문을 열심히 읽고 쓰면서도 그에 머무르지 않고 자신만의 색깔로 체화할 줄 알았다. 이봉은 어느새 아비의 시를 훌쩍 뛰어넘는 딸의 재능을 흡족하게 여겼다. 재색을 겸비하기 어렵다고들 했는데, 열 살이 넘어가면서 용모 또한 더욱 아리따워 보는 이마다 감탄을 금치 못하니, 아비로서 이보다 더 자랑스러운 일이 없었다. 숙원의 영향인지 한 살 아래인 순남의 시문 짓기도 제법이어서 이봉은 이들 남매를 생각할 때마다 입가에 흐뭇한 미소가 떠나질 않았다.

사실 남매의 재능은 이봉에게서 물려받은 것이기도 했다. 이봉은 제14대 선조의 생부인 덕흥대원군의 후손으로 왕실의 후예였음에도 애당초 벼슬에는 별 뜻이 없었다. 잠시 충북 옥천 부사를 역임한 적도 있었지만 자유로운 그의 성정에는 도무지 맞질 않아 금세 관복을 벗어버리고 말았다. 그저 산천을 유람하며 풍류를 즐기는 데 세월을 보낼 뿐이었다. 그런데도 학식과 글짓기는 당대의 문사들과 나란히 겨루고 있는 터여서 어디를 가나 그 박식함과 글쓰기 재주로 명사 대접을 받았다.

어느덧 시간은 청암정 주변을 빠르게 달음질쳐 나무의 이파리들을 더욱 푸르게 바꿔놓았다. 물옥잠과 수련의 넓은 이파리가 수면을 가득 채운 연못에 푸르고 하얀 꽃대들이 경쟁하듯 틈을 비집고 얼굴을 들이밀기 시작하더니, 어느덧 별당 뒤편에 우거진 대숲으로부터 뻐꾸기 울음소리가 내내 이어졌다.

개 한 마리 어슬렁대지 않는 여름철 한낮이었다. 뙤약볕은 사랑채 맞배지붕 위에서 자글자글 끓어올랐다. 장씨의 심부름으로 대장간에 다녀오던 두만은 대문에 들어서자마자 더위에 벌겋게 달아오른 얼굴로 행랑채 마루에 걸터앉았다. 활짝 열어놓은 대문으로 넘나드는 바람이 두만의 얼굴을 부드럽게 어루만졌다. 두만은 그제야 참았던 숨을 천천히 뿜어냈다.

어느덧 두만의 나이 열다섯을 넘어섰다. 턱 언저리가 거뭇거뭇해지고 목소리가 낮아지더니 얼굴의 윤곽은 더욱 또렷해졌다. 잘생긴 얼굴은 아니었으나 분명한 입술 선과 넓은 이마가 말수 적고 차분한 눈동자와 어우러져 사려 깊은 분위기를 자아냈다. 지나치는 사람마다 한 번씩은 두만을 돌아볼 정도였다. 그중에도 숙원의 몸종인 부월의 관심은 실로 대단했는데 부월뿐만 아니라 집안 대소가의 여종들도 두만을 볼 때마다 가슴을 졸였다. 하지만 어떻게든 두만에게 말 한마디라도 걸어보려고 애쓰는 부월에 비해 두만은 별 관심을 보이지 않았다. 두만네는 말수 없이 조용하기만 한 두만을 가리켜 제 아비의 성정을 빼닮은 모양이라며 빙그레 웃곤 했다.

며칠 전, 장씨가 삼복더위에 입을 모시 깨끼옷 바느질을 찾으러 행랑채에 왔다가 두만의 성례를 올려줄 때가 되지 않았냐고 넌지시 말을 꺼낸 적이 있었다. 두만네는 고개를 절레절레 흔들 뿐이었다.

"몰르것띠유, 믄 생각을 하는지 원테 말을 안항께요……"

사랑채로부터 숙원의 시 읽는 소리가 낭랑하게 들려왔다. 발갛게 달아오른 얼굴에 연신 손부채를 팔랑거리고 있던 두만은 생각났다는 듯 마루에 올려놓은 도끼와 낫을 뒤꼍에 갖다 놓고는 다시 행랑채 마루에 걸터앉았다. 그러고는 하릴없이 손톱 주변의 거스러미를 뜯어내며 숙원의 목소리에 귀를 기울였다. 옥쟁반에 구슬이 구르는 듯 청아한 목소리였다. 두만의 입가에 미소가 절로 벙글어졌다.

어느새 숙원의 나이 열세 살이 되었다. 봄바람에 꽃망울을 터트리듯 맑은 물이 도는 얼굴이 몰라보도록 탱글탱글해졌다. 넓고 흰 이마에 서린 오연한 기운, 목련꽃처럼 하얗고 눈부신 피부가 맑고도 고왔다. 눈동자는 비가 갠 5월의 연두처럼 투명했으며, 붉은 입술은 아침 이슬을 머금은 앵두처럼 싱그러웠다. 아버지를 닮아 다정다감한 성격을 가진 숙원이 한번 웃을 때마다 등불이 피어나듯 두만의 가슴이 환해졌다.

두만은 숙원의 시 외는 소리를 들으며 사랑채 마당으로 시선을 옮겼다. 고목이 된 사랑채 앞 자미목엔 희고 붉은 꽃잎들이 가지마다 터질 듯한 꽃망울을 매달고 있었다. 여름철 석삼순 내내 피고 지고를 반복하는 꽃잎도 꽃잎이려니와 겉껍

질이 벗겨져 속살이 미끈하게 드러나는 자미목은 하루하루를 반성하고 늘 새롭게 태어나야 하는 선비가 모범으로 삼아야 하는 나무라고 했다. 그리하여 자미목은 사랑채에서 잘 보이는 마당에 심어 선조 대대로 사랑해오는 것이 이 집안의 오래된 전통이라고 했다.

숙원은 순남이 서당에 다녀오는 기척이 느껴지면 기다렸다는 듯 책을 끼고 아버지의 사랑채를 찾았다. 마치 경쟁이라도 하듯 숙원과 순남의 책 읽기, 시문 짓기 실력은 하루가 다르게 발전했다. 이봉은 남매의 발전을 기쁜 마음으로 받아들였다. 외출했다가도 약속한 시각이 되면 다급한 걸음으로 돌아왔다. 두 아이를 상대로 한 시회가 날마다 이어졌다.

분합문을 모두 걸어 올려 천장의 들쇠로 고정하고 나면, 앞뒤가 트여 널찍한 정자가 되는 대청마루는 사방에서 달려든 바람으로 인해 한낮에도 더위를 잊을 만큼 시원했다. 행랑채 마루에 앉아 있는 두만의 귀에 시평을 내는 이봉의 목소리가 뚜렷하게 들려왔다.

"무릇 좋은 시란, 경(景)을 통해 정(情)을 노래하고, 시어의 조탁과 성률의 아름다움을 살려야 하는 법이다. 그러려면 먼저 운을 익혀야지. 오언절구에서 운(韻)은 승과 결의 맨 마지막 글자에 놓아야 한다. 같은 음운의 반복에서 율(律)이 생기는 법이니 시를 쓸 때는 운에 각별히 마음을 놓아야 하느니라."

"알겠습니다."

숙원은 순순히 대답은 했지만 이해가 안 되는 게 있다는 듯 조심스럽게 덧붙였다.

"시가 아름다운 것은, 대상과 풍경을 따뜻하게 어루만지는 눈이 사람의 마음에 감흥을 불러일으키기 때문일 것입니다. 그런데 사람들의 시 짓기는 지나치게 형식에 얽매이는 것 같습니다. 사람의 자유로운 감성과 사고를 형식이라는 틀 안에 가두어놓는 게 과연 온당한 일인가요?"

이봉은 경이로운 듯 눈을 동그랗게 떴다.

"오호! 가히 시문 짓기의 핵심이라 할 질문이로다. 그래, 답변은 순남이 대신해보아라."

순남은 몸을 곧추세우며 목을 가다듬었다.

"똑같은 언어로 표현되지만 시가 보통 사람들의 말과 다른 것은 예술이라는 그릇 안에 담기는 음식이기 때문입니다. 잘 만들어진 그릇에 담겨 있는 음식은 맛보다 먼저 달려가는 눈으로 마음의 정화를 이루게 할 것입니다."

으음, 이봉은 헛기침을 하며 잠시 생각하는 눈치더니 숙원을 향해 다시 넌지시 물었다.

"순남은 시를 예술이라는 그릇에 담긴 음식으로 설명하는구나. 그렇다면 너는 시가 담길 정제된 그릇을 인정하지 않는다는 말이냐?"

숙원은 이봉을 향해 총명한 눈빛을 빛내며 대답했다.

"『시경』에 따르면, 시는 뜻의 움직임이 나타난 것이라 했습니다. 즉, 마음속에 있으면 뜻이 되고, 말로 표현하면 시가 되는 것이지요. 따라서 시가 귀신도 감동시킬 정도로 모든 천지 질서와 윤리를 교화시킬 수 있는 위력적인 기능을 가진 것도 따지고 보면 시가 가진 내용에 의거한 바 크다고 생각합니다."

그러자 이번에는 순남이 숙원의 말을 받았다.

"그렇지 않습니다. 시가 경을 통해 정을 노래하는 이치와 마찬가지로, 시는 내용을 담기 전에 먼저 눈으로 읽고 눈으로 어루만지게 되지요. 선대의 문인들이 여인의 아름다움을 외양과 자태에서 풍기는 감흥을 통해 느끼는 것도 이와 같은 이치라 하겠습니다."

두만은 엉덩이를 들어 좀 더 가까이 다가앉았다. 분합문 안쪽으로 바라보이는 그들의 말이 귀에 닿을 듯 가까워졌다. 이봉의 말이 차분하게 이어졌다.

"그렇지. 『논어』의 위정 편을 보면, '시 삼백 일언이폐지 왈 사무사(詩 三百 一言而蔽之 曰 思無邪)'라는 말이 있다. '시경 300편을 한마디로 요약하자면, 생각에 사특함이 없다'는 뜻이다. 생각에 사특함이 없다는 것은 무엇이냐, 몸과 마음을 함부로 놀리지 않는 데서 비롯되는 것이다. 함부로 놀리지 않는다는 것은 형식과 내용 어느 하나 헐겁게 봐서는 안 된다는 뜻이다. 하여 너희들은 오늘 시의 형식과 내용이 두루 한 몸인 것을 깨달았다. 그러기에 '무엇을' '어떻게' 써야 할 것인지 두 가지 모두에 염두를 두지 않는다면, 제대로 된 시를 쓸 수 없는 법이다. 오늘은 이것을 공부해보기로 하자."

이봉은 잠깐 말을 끊은 다음 붓을 들어 무릎 앞에 놓인 종이에 썼다.

유약랑하만(有約郎何晩)

정매욕사시(庭梅欲謝時)

홀문지상작(忽聞枝上鵲)

허화경중미(虛畵鏡中眉)

약속을 해놓고도 임은 어찌 이리도 늦나?

뜨락에 핀 매화마저 다 떨어지려 하는데

갑자기 가지 위에서 까치 울음을 듣고는

거울 속 들여다보며 부질없는 눈썹만 그린다오.*

"'기다리는 마음'을 노래한 시로는 이만큼의 절창도 드물 것이다. 매화가 필 때면 돌아오겠다고 떠난 임은 매화가 다 질 때가 되었는데도 돌아오지 않는다. 거울을 들여다보고 그 속에 비친 눈썹을 곱게 단장하면서도, 화자는 임이 오지 않을

---

* 이옥봉, 「여인의 정(閨情)」.

것을 알고 있다. 그저 서글픈 마음을 '부질없이(虛)'라는 말로 표현했을 뿐이다. 그만큼 감정의 절제가 뛰어나다는 뜻이다. 절제가 오히려 슬픔의 밑자락을 끌어 올리게 만드는 거지. 이런 기능을 하는 글자를 '시안(詩眼)'이라 하는데, 앞으로 너희는 시를 지을 때 이 점에 반드시 유념해야 할 것이야."

남매는 고개를 끄덕였다. 긴 이야기를 마친 이봉은 목이 마른 듯 주위를 두리번거리더니 밖을 향해 소리쳤다.

"밖에 아무도 없느냐."

마루에 앉아 조는 듯 꿈을 꾸는 듯 귀를 내맡기고 있던 두만이 벌떡 일어났다.

"여기 시원한 물 한 대접 가져오너라."

두만이 안채를 향해 바람처럼 뛰어갔다. 그러자 두만의 뒷모습에 무심코 시선을 두고 있던 이봉이 숙원을 향해 말했다.

"이제 네가 지은 시를 읽어보아라."

숙원은 수줍게 얼굴을 붉혔다.

"저는 청암정 연못을 보며 느낀 바 있어 써보았어요."

이봉이 고개를 끄덕이며 가만히 눈을 감았다. 숙원은 수줍은 듯 낭랑한 목소리로 읽어 내려가기 시작했다.

옥봉함소지(玉峰涵小池)

지면월연연(池面月涓涓)

원앙일쌍조(鴛鴦一雙鳥)

비하경중천(飛下鏡中天)

옥봉의 집 안에 작은 연못이 있어

물 위에 달빛이 반짝 빛나네.

원앙새 한 쌍 짝지어 날아내리니

거울 속 하늘 모습 그대로여라.*

이봉은 눈을 지그시 감고 숙원의 시를 들었다.

'달빛이 환히 내리비치는 연못에 옥돌처럼 맑은 봉우리가 내려와 잠기는구나. 고요하고 맑은 수면에 내려앉는 한 쌍의 원앙이라니. 너는 그 아름다움을 함께 나눌 누군가를 찾고 있었더란 말이냐.'

이봉은 눈을 떠 숙원의 얼굴을 그윽이 들여다보았다. 숙원은 수줍은 듯 얼굴을 붉히며 더욱 고개를 숙였다. 이봉은 그런 숙원을 보며 슬그머니 미소를 머금더니 딴청을 부리듯 물었다.

"네 시 속에 든 '연연(涓涓)'이란 글자는 어떤 의미로 썼더란 말이냐."

"'물 위에 달빛이 비쳐 흐르는 듯한 광경'을 표현한 것입니다."

---

* 이옥봉, 「옥봉의 집 작은 연못(玉峰家小池)」.

이봉은 자신도 모르게 무릎을 탁, 치며 중얼거렸다.

"잘 썼구나. 한데 네 시 속에 특별하게 느껴지는 글자 하나가 들어 있는데…… 알고 있느냐?"

숙원은 대답 대신 상기된 얼굴로 가만히 아버지의 표정을 살폈다.

"무릇 시문을 지을 때는 글자 하나도 허투루 사용하지 않는 법, 뿐만 아니라 글자와 글자를 어우를 때는 오래오래 갈고 닦아서 귀하게 사용하기 마련이다. 네 시에 다른 글자보다도 유독 '옥봉(玉峰)'이라는 단어에서 온기가 느껴지니 어찌 된 일이냐."

숙원은 얼굴을 붉혔다.

"오래전부터 마음에 품어왔기 때문일 것입니다."

옥봉? 순남이 고개를 갸웃하며 혼자 중얼거렸다. 숙원은 순남을 돌아본 다음 다시 말을 이었다.

"누구든지 아름다운 것을 보면 내 것으로 만들고 싶은 마음은 인지상정일 것입니다. 시문을 읽고 또 읽다 보니 아름다운 말은 많으나 그것을 다 품을 수는 없어 심히 안타까웠습니다. 그러한 까닭에 누구에게도 보여주고 싶지 않고, 다만 내 것으로 만들고 싶은 마음을 어찌할 수 없었습니다. 하여 이제부터는 저를 지칭하는 이름으로 대신하고 싶습니다."

이봉은 다시 고개를 끄덕였다.

"그렇겠지. 세상에 존재하는 것 중에 이름 없는 것은 없는 법이다. 부모가 불러주는 이름, 스승이 제자에게 붙여주는 이름도 있지. 더구나 여자로 태어난 탓에 제게 맞는 이름을 갖기 어려운 시대가 아니냐. 그런데도 너는 그 어쩔 수 없음을 한탄하는 대신 스스로 짓는 이름을 택하겠다는구나."

숙원은 아버지 이봉의 말에 깊이 고개를 숙였다.

"송구하옵니다."

"아니다. '옥봉'이라면 내가 지어줘도 이보다 더 아름다울 수는 없을 것이다."

이봉은 꿈을 꾸듯 혼잣말로 계속 읊조렸다.

"옥봉, 옥봉, 옥봉…… 그래, 너야말로 옥돌이 솟아오른 듯 아름다운 봉오리로다. 참으로 네게 어울리는 이름이야. 앞으로 이제 집안 권속들은 물론 네 이름을 청할 모든 자리마다 빠짐없이 '옥봉'이라 칭하도록 하겠다."

이봉은 그윽한 눈빛으로 자신 앞에 앉은 딸의 이름을 가만히 불러보았다.

"옥봉아."

옥봉으로 거듭 태어난 숙원은 더욱 고개를 숙였다.

댓잎에 일렁이는 바람

여름날 햇살이 청암정 연못에 드리웠던 긴 그림자를 미처 거두어가기도 전에 서둘러 가을이 찾아왔다. 그런 가을이 조급하기는 마찬가지여서 말간 햇살 한번 비춰본 기억도 없이 벌써 저만치 등을 내보이며 사라져가고 있었다. 여름 석삼순 내내 쌀밥 같은 꽃 이파리들을 쉴 새 없이 피워내던 자미목에 단풍이 채 내려앉기도 전, 기운 잃은 이파리들이 하나둘 바람에 속절없이 떨어져 내렸다.

그러던 어느 날이었다. 오전 내내 오만상을 찌푸리듯 꾸물꾸물하던 하늘이 오후가 되자 기어이 장대비를 쏟아붓기 시작했다. 늦가을에 내리는 비라기엔 너무나 갑작스럽고 씨알이 굵었다. 궂은비는 이봉의 사랑채로 점심상을 올리는 찬모 점이 어멈을 부산하게 만들었다. 두만네가 갑사 조각으로 예

쁘게 오려 붙인 상보를 덮었음에도 육포와 나물, 생선전 모두
가 하나 같이 습기를 머금어 후줄근해졌다.

이봉은 밥을 먹는 내내 이맛살을 찌푸렸다. 씨알 굵게 떨어
지는 장대비 때문에 가뜩이나 마음이 수선스러운데, 흐린 하
늘보다 더 찌뿌둥한 얼굴로 앉아 있는 장씨 때문에 밥숟갈을
든 이봉의 손놀림이 편치 않았다.

장씨는 이봉의 식사가 끝나기만을 기다리고 있었다. 원래
말수가 많은 편도 아니었지만 어쩌다 한마디씩 내뱉는 말 또
한 정곡을 후비듯 날카로워서 집안의 식솔들이 하나같이 장
씨를 두려워했다. 사소한 실수 하나에도 그냥 넘어가는 법이
없었다. 내뱉는 말마다 도낏자루로 찍는 듯했다. 좀처럼 표정
이 바뀌는 법 없이 근엄한 까닭에 장씨는 나이보다 훨씬 늙어
보였다.

아침나절에도 부월이 점이 어멈과 속닥속닥 수다를 떨어대
다 장씨에게 종아리를 맞았다. 그러잖아도 날씨 때문에 정신
사나운데 그렇게 촐싹대기까지 하니 집안 꼴이 뭐가 되느냐
는 게 이유였다. 부월은 그게 종아리까지 맞을 일이냐며 억울
해했지만, 점이 어멈은 안채를 흘깃거리며 마님의 심기가 불
편하신 모양이니 네가 이해하라며 옆구리를 찔렀다.

그러다 보니 계집종들은 하나같이 장씨의 눈치를 보며 안
채 출입을 피했다. 천성이 다감하기 이를 데 없는 이봉 또한
그런 부인의 처사가 날로 부담스러워 아예 사랑채에 눌러앉

아 안채에 걸음을 하지 않는 날이 많아졌다.

정승을 지낸 권문세가의 딸로 태어난 장씨는 이봉이 왕가의 후손이라고 해서 시집을 왔는데 단 한 번 옥천군수를 짧게 지내더니 관직이 천성에 맞질 않는다며 홀홀 털어버린 것을 보며 기함했다. 이후 벼슬에 소용되지 않는 시문이나 읊으며 한량처럼 살아가는 모습을 보는 게 장씨로서는 죽을 맛이었다.

'왕손이라니, 당치 않을!'

그런데도 대를 이어 세습되어온 토지의 규모가 작지 않았기에 딱히 까탈을 잡을 수 없어 과거 준비를 위해 하나뿐인 아들 순남을 기숙학당으로 보낸 것만으로 겨우 위안 삼고 있는 판이었다. 자신이 극구 나서지 않았더라면 그마저도 망칠 뻔했다. 아비 모양대로 한량 건달처럼 살아가게 될지도 모를 일 아니던가. 그 일만 생각하면 머리가 다 지끈거릴 지경이었다. 어쩌자고 아들 하나 달랑 낳고 달거리가 멈춰버렸는지 모를 일이었다.

하지만 화근은 따로 있었다. 사람 좋은 남편 이봉이 정체 모를 여자에게서 낳아온 것이 분명한 아이를 데리고 들어왔던 사실이 두고두고 장씨를 괴롭혔다. 이봉은 행색이 온전치 못한 반벙어리 두만 어미를 젖어미 삼아 계집아이를 애지중지 키워냈다. 딱히 꼬집어낼 만한 일은 없었지만 남편에 대한 원망이 화톳불로 타올라 몸의 구석구석을 쑤석거리고 있음이 분명했다.

이봉은 굳은 표정으로 앉아 있던 장씨를 힐끗 쳐다보았다. 장씨의 볼에 제법 살이 붙어나는 게 느껴졌다. 얼굴에 살이 붙으면 대체로 둥글둥글 인상이 순편해지는 법인데, 장씨의 얼굴은 그 반대로 치닫는지 심술보가 되어 내려앉았다.

"여기 숭늉 들여라!"

이봉이 숟가락을 내려놓기가 무섭게 장씨의 말이 떨어졌다. 그러자 기다렸다는 듯이 점이 어멈이 소반에 숭늉을 받쳐 들고 왔다. 숭늉을 덮은 뚜껑에도 빗방울이 떨어져 있었다. 이봉이 숭늉을 마시고 나자 점이 어멈이 뒷걸음질로 조심조심 상을 내갔다. 한동안 무거운 침묵이 계속되었다. 기다리다 못한 이봉이 뒤로 물러앉으며 먼저 말을 꺼냈다.

"무슨 일이오?"

그러자 장씨가 그때껏 앙다물고 있던 입을 열었다. 이때만을 기다려왔다는 듯 결기에 찬 목소리였다.

"무릇 반가의 아녀자란 마땅히 『서사』『논어』『모시』『소학서』를 간추려 읽을 일이로되, 함부로 시사를 짓거나 밖에서 들은 말을 전하지 않는 법이라 했습니다. 명문가의 부녀가 지은 시가 잘못되어 전하면 반드시 경박스러운 자들의 손에 들어간 뒤에는 창기(倡妓)가 부르게 되니 어찌 부끄럽지 않겠습니까? 양반가 아녀자의 도리가 이러하온데, 하물며 근본 없이 천한 것이야 더 일러 무엇하겠습니까?"

이봉의 눈썹이 급격히 치켜 올라가더니 눈자위가 바르르 떨었다. 그러자 바깥이 한층 소란스러워졌다. 빗발이 더욱 거세지는 모양이었다.

"천한 것이라니, 누굴 일러 하는 말씀이시오?"

이봉의 표정이 무섭게 일그러지는 것을 분명히 봤을 텐데도 장씨의 말투는 여전히 꼿꼿했다.

"몰라서 물으십니까?"

이봉은 숨을 크게 내쉬었다. 또다시 결전을 치러내야 할 모양이었다. 처음 있는 일은 아니건만 그때마다 눈앞이 아득했다.

"저 또한 어렸을 적부터 반가의 아녀자들이 배워야 할 『내훈』이나 『삼강행실도』 『여교』를 우선하여 공부했습니다. 근본도 알 수 없는 천생에게 『대학』이나 『중용』을 가르치다니요? 『논어』와 『통감』이 다 무엇이고요? 『시선집(詩選集)』도 가당찮은데 『당시선(唐詩選)』이라면 지나가던 소가 웃을 일입니다. 아녀자란 길쌈, 바느질 등, 집안 살림을 잘하기 위해 배워야 할 것이 적지 않습니다. 그런 것들은 제쳐두고 나으리께서는 어쩌자고 그 천한 것의 시문 짓는 일에 그리 공을 들이십니까?"

"다시 한 번 더 묻겠소. '천한 것'이라 하시었소?"

"그랬습니다."

"말씀을 삼가시오!"

이봉의 목소리가 턱없이 높아졌다.

"다시 말하지만 옥봉은 천생이 아니오."

"옥봉! 옥봉! 그 이름이 다 무엇입니까? 듣기도 싫습니다. 부모가 지어준 이름도 마다하고 스스로 이름을 짓다니요! 망측한 것, 꼴도 보기 싫습니다!"

장씨가 발작적으로 고개를 흔들었다.

"어디서 주워온 아이인 줄도 모르면서 여태껏 키웠습니다."

여태껏 키우다니, 누가? 이봉은 기가 막혔다. 그러나 폭약을 안고 덤벼드는 장씨와 똑같이 대거리를 할 수는 없는 일이었다. 이봉은 침착한 어조로 목소리를 낮췄다. 부드럽지만 단호하기 이를 데 없는 목소리였다.

"예로부터 '부생모육지은(父生母育之恩)'이라 했거늘, 지금껏 감당해준 부인의 공을 내 모르는 바 아니오. 하지만 자식은 삼시 세 끼 밥으로만 부양되는 게 아니거늘, 하물며 물정 모르는 어린 것이라도 찬밥 더운밥은 가리는 법이오. 너무 야박하게 굴지 마시오."

"이제 순남이도 공부를 마치면 혼사를 치러야 할 터인데, 집안에 종자 모를 천것으로 인해 자식의 앞길을 그르칠 순 없습니다. 그러니 내쫓아 자신의 앞길을 스스로 도모하도록 할 생각이니 그리 아십시오."

"뭐라고요?"

이봉은 주먹으로 방바닥을 탁, 쳤다. 꼿꼿하게 치켜 올라간 눈꼬리가 실룩거리더니 이내 바르르 떨렸다.

"종자 모를 천것이라니! 어디서 함부로 입을 놀리는 게요? 어린 것을 두고 투기하는 것이오? 아니라면 자제하시오. 다시 말하지만 옥봉은 절대 천생이 아니오. 권문세가 집안의 핏줄인 것만은 분명하게 말할 수 있소. 더는 묻지 마시오!"

이봉은 돌아앉았다. 아무리 대가 센 장씨라 하더라도 이봉이 한번 돌아앉으면 더 이상의 대응은 부질없다는 것을 잘 알고 있었다. 작정하고 꺼낸 이야기건만 사실은 새로울 것이 없었다. 이봉이 아이를 데려온 날도 이와 같았으니까. 대체 어떤 일이 있었기에 이토록 입을 딱 닫아버린단 말인가. 장씨는 입술을 깨문 다음 이봉의 등을 향해 낮고도 단호하게 내뱉었다.

"별당으로 내보내겠습니다."

이봉이 획, 소리가 나게 돌아앉았다. 두 눈이 매섭게 장씨를 쏘아보고 있었다.

"별당을 미리 청소해두었습니다. 부월을 딸려 보낼 것입니다."

이번에는 장씨가 일어섰다. 이봉의 매서운 눈초리를 뒤로한 채 댓돌 위에 내려서 당혜를 찾아 신을 때까지도 빳빳하게 굳은 장씨의 어깨는 풀리지 않았다. 비바람이 사납게 내리쳤으나 장씨는 아랑곳하지 않았다. 숨죽인 채 두 사람의 동정을 지켜보던 점이 어멈이 마당으로 나서는 장씨를 보고 깜짝 놀라 뛰어나왔다. 장씨는 점이 어멈을 물리쳤다. 사랑채 마당을 건너 중문을 지나 안채에 이르는 동안, 장씨의 어깨가 빗물에 흠뻑 젖어버렸다. 절대로 무너지지 않을 장씨의 완고한 등허리에 눈길을 주고 있던 이봉의 마음속까지 비바람이 들이치고 있었다.

장씨는 돌아가자마자 옥봉과 부월을 안채로 불러들였다. 사납게 몰아치던 비바람이 잠잠해지긴 했으나 여전히 굵은 빗줄기가 주렴처럼 사위를 옭아매는 중이었다.

"별당을 치워놓았다. 부월과 함께 옮기거라."

옷고름을 손으로 말았다 폈다 손장난을 하고 있던 부월이 깜짝 놀란 얼굴로 고개를 들었다.

"이 빗속에요? 거긴 노마님이 세상 뜨시고 비워둔 지 몇 년인데……"

부월의 말이 끝나기도 전에 장씨의 벼락같은 목소리가 떨어졌다.

"시끄럽다!"

옥봉의 얼굴이 하얗게 질렸다. 딱딱하게 굳은 몸으로 못 박힌 듯 앉아 방바닥에 시선을 꽂고 있을 뿐이었다.

"이날까지 얼굴 마주치며 견뎌온 것만으로도 충분히 긴 시간이었다. 너는 지금껏 나를 어머니라 불렀지만, 네 어미가 아닌 것 또한 모르진 않을 것이야. 불편한 얼굴 마주치지 않겠다는 것은 나를 위함도 있지만 실은 너를 위함이기도 하다."

옥봉의 얼굴이 후끈 달아올랐다. 한 번도 '어미' 역할을 해본 적도 없는 자가 정작 자신은 어미가 아님을 공언하고 있는 이 우스꽝스럽고 부조리한 자리. 천지 만물에 어미 없이 태어난 생명이 어디 있을까만 지금껏 한 번도 따뜻한 가슴으로 불러보지 못한, 커다란 구멍으로 남아버린 '어미'의 빈자리를 무엇으로 채울 수 있을 것인가. 옥봉은 끝까지 숨을 참았다.

"머지않아 네게 맞는 혼처를 물색해보마. 그만 물러가거라!"

장씨가 입술을 짓씹듯 단칼로 밀어냈다. 한마디의 대꾸도 없이 묵묵히 장씨의 말을 듣던 옥봉이 자리에서 일어나 조용히 방을 나왔다. 옥봉의 뒷모습에 시선을 꽂고 있던 장씨의 앙다문 입술 사이에선 신음이 터져 나왔다.

'괘씸한 것! 절대로 곁을 내주는 법이 없어.'

부월이 장씨를 향해 연신 입을 비쭉였지만 가지 않을 도리가 없었다. 옥봉이 망연히 앉아 손을 놓고 있는 사이, 부월이 하나하나 옥봉의 세간을 챙기기 시작했다. 세간이랄 것도 없었다. 덮개로 가려놓은 벽장 안에 든 이불과 요 몇 채. 보자기에 개킨 채 갈무리되어 있던 옷 몇 벌은 따로 담을 것도 없이 그냥 나르면 될 일이었다. 문제는 책이었다. 아버지 이봉이 사다 준 책만으로도 벽의 한 면을 두르고도 남았다.

부월은 세간 몇 개를 옮기는 것으로도 팔 빠질 뻔했다고 엄살을 늘어놓다가 별당으로 들어서는 옥봉의 굳은 얼굴을 보더니 입을 딱 봉해버렸다.

옥봉은 쓰러지듯 마루 기둥에 기대고 앉았다. 지금껏 썩은 동아줄인 줄 알면서도 애써 부여잡고 있었던 '어미'라는 허상! 뜨거운 울음 한 번 내쏟은 적 없이 입을 틀어막으며 살아온 가슴 속 어린 생명이 가엾고 안쓰러웠다. 이제 더는 물리칠 수도 없는 비장함을 칼날처럼 껴안고 살아야 할 때가 된 것이다. 옥봉은 이를 악물었다.

두만은 무거운 얼굴로 옥봉의 짐을 날랐다. 안채에서 서안과 반닫이, 경대와 문갑 등을 별당으로 져 나르던 두만은 근심스러운 표정으로 마루에 앉은 옥봉의 안색을 살폈다. 두만은 마지막으로 들고 온 연상을 내려놓으면서 비로소 아씨가 별당으로 내쳐졌음을 실감했다. 연상은 벼루를 넣은 채 뚜껑을 열고 사용하게 만든 문방구로서 옥봉이 가장 아끼는 나전칠기로 문양을 낸 아름다운 목재 함이었다.

부월은 반닫이나 문갑을 방의 위치에 맞게 이리저리 가늠해보는 두만이 옆에서 시종 수다를 떨었다.

"그래도 청소를 해놓으니 사람 사는 방 같네. 우리가 성례 올리고 여기서 살았으면 딱 좋겠구먼."

부월은 두만의 어깨에 고개를 기대고는 지그시 눈을 감았다. 두만이 무심한 듯 손으로 부월의 고개를 밀어냈다. 부월은 겸연쩍은 듯 투덜거렸다.

"속으로는 좋음시로 괜히 그라……"

옥봉은 넋을 놓은 채 별당 마루에 앉아 처마 끝 빗물이 둥근 파문을 지으며 흘러가는 마당을 내려다보았다. 바람에 이리저리 불려 다니던 낙엽이 비에 젖은 채 꼼짝없이 땅바닥에 들러붙어 있었다.

비는 그치지 않고 내렸다. 비가 오는 데다 바람까지 부니 별당은 더욱 썰렁하고 스산했다. 안채 가장 북쪽에 있는 별당은 치매에 걸린 노마님이 앞뒤 분별하지 못한 채 내쳐져 있다가 죽은 이후 비워둔 지 몇 해째였다. 청소를 한다고는 했지만 무겁게 내려앉은 추레한 기운만은 어쩔 수 없었다. 빗속에 퍼져나가지 못한 퀴퀴한 곰팡냄새가 더욱 매섭게 코를 찔렀다.

사위는 일찌감치 어두워졌다. 옥봉은 심란한 마음을 가라앉히기 위해 일찌감치 잠자리에 들었다. 하지만 늦도록 잠을 이루지는 못했다. 별당으로 물러앉게 된 것이 어쩌면 잘된 일인지도 몰랐다. 장씨와 마주 앉아 있어 봐야 피차간에 서로 득 될 것은 없었다. 시야에서 멀어지는 것이 마음의 평정을 이루는 데 도움이 될 것이다. 안방에서 건너오는 장씨의 헛기침이나 짜증 섞인 말투를 들을 때마다 옥봉의 가슴은 오그라들기 일쑤였다. 이렇게 조용한 곳으로 물러앉아 비가 오면 빗소리를, 바람이 불면 바람 소리를 들으며 잠들 수 있다는 게 얼마나 복된 일인가. 옥봉은 생각을 이리저리 바꾸고 또 바꿔보지만 한번 스산해진 마음은 좀체 가라앉질 않았다.

부월은 벌써 잠이 들었는지 건넌방이 조용했다. 세간을 옮기는 일이 고되었던지 부월은 저녁 숟가락을 빼자마자 자울자울 고개를 꺾더니만, 옥봉의 말이 채 떨어지기도 전에 건넌방으로 갔다. 부월의 코 고는 소리가 문풍지를 비집고 요란하게 들려왔다. 옥봉은 방바닥에 머리를 대기만 하면 곯아떨어지는 부월의 천진함이 한없이 부러웠다.

후원의 대숲에서 스, 스, 스, 바람 소리가 났다. 옥봉은 이리저리 뒤척이다 아예 잠자리를 떨치고 일어나 앉았다. 부월이 환기를 한다, 청소를 한다, 구들에 불을 넣는다며 제법 수선을 피우기도 했지만, 좀처럼 불기운을 받지 못한 별당의 썰렁함이 옥봉의 몸을 더욱 움츠리게 했다. 으슬으슬 한기까지 덮쳐오는 느낌이었다. 마음의 갈피가 스며드는 빗물에 덧없이 무너졌다.

옥봉은 윗목에 놓인 지필묵을 끌어당겼다. 연적을 기울여 물을 먹인 다음 먹을 갈기 시작했다. 방 안에 묵향이 은은하게 퍼져갔다. 그러나 눅눅한 습기, 어우러진 곰팡내, 비릿한 비 냄새와 함부로 뒤섞인 먹 냄새가 오히려 옥봉의 속을 뒤틀리게 했다. 금방이라도 토할 듯 울렁증이 심해졌다. 옥봉은 속을 다스리려는 듯 눈을 감고 숨을 크게 들이마셨다. 그러나 한번 뒤틀린 속은 좀처럼 차분해지질 않았다.

옥봉은 서안을 끌어당겨 한시를 베껴 쓰기 시작했다. 최치원의 「추야우중(秋夜雨中)」이었다. 어린 나이에 당나라로 유학을 갔던 신라의 최치원이 고향을 그리워하며 쓴 시였다.

추풍유고음(秋風惟苦吟)
세로소지음(世路少知音)
창외삼경우(窓外三更雨)
등전만리심(燈前萬里心)

가을바람에 외로이 읊나니,
세상에 나를 알아주는 이 적구나.
창밖에 쓸쓸히 밤비 내리는데,
등 앞에 외로운 마음 만 리를 달리네.

먼 곳에 대한 그리움을 달래는 듯, 스적스적 붓질 사이로 빗소리가 가만가만 스며들었다. 세상에 나를 알아주는 이 적구나…… 빗방울 따라 가라앉으려는 마음을 추스르듯 옥봉은 붓을 잡은 손에 애써 힘을 주었다. 눈자위에 불그스름한 미열이 서서히 치받고 올라왔다. 그러자 시야가 파동을 받은 물그림자처럼 흔들렸다. 옥봉은 더욱 몸을 움츠렸다.

그때였다. 어디선가 빗줄기를 헤치며 자박자박 발걸음 소리가 들려왔다. 가지런한 빗줄기가 어지럽게 흩어졌다. 옥봉은 밖의 동정에 귀를 모았다. 발걸음 소리는 댓돌 아래에서 멈추었다. 옥봉은 소리 나지 않게 가만히 붓을 벼루 위에 걸쳐놓았다. 손으로 명치끝을 누르며 옥봉은 숨을 길게 내쉬었다.

"아씨!"

옥봉은 문을 열었다. 두만이 비에 젖은 몸으로 무언가를 손에 받쳐 든 채 봉당 위에 서 있었다. 옥봉은 길게 숨을 내뱉으며 물었다.

"무슨 일이냐?"

"엄니가 늦도록 아씨 방에 불이 꺼지지 않는 걸 보고는 이걸 갖다 드리라고 보냈구먼요."

두만은 자신의 옷자락으로 덮고 있던 소반을 마루 위에 내려놓았다. 두만의 넓은 이마에 빗방울이 두어 방울 맺혀 있었다.

"오후에 추선네 바느질 심부름 갔다가 받아온 떡과 전이에요."

말을 마친 두만은 빗줄기가 주렴처럼 펼쳐지고 있는 어둠을 향해 곧 돌아섰다. 옥봉이 숨을 한 번 크게 내쉬고는 댓돌 아래로 막 걸음을 떼놓으려는 두만을 다급하게 불러 세웠다.

"기다려!"

두만이 의아한 얼굴로 돌아보았다. 옥봉은 종이를 주섬주섬 챙겨 한쪽 구석으로 밀어놓은 뒤, 연상의 뚜껑을 마저 덮고 자리에서 일어섰다. 횃대에 걸려 있던 쓰개치마를 잡아내려 마루로 나서던 옥봉은 어지럼증이 솟구치는 바람에 하마

터면 문턱에 걸려 고꾸라질 뻔했다. 옥봉은 창백한 얼굴로 황급히 몸을 추슬렀다.

"따라와, 소반은 네가 들고."

두만은 옷자락으로 소반을 덮은 채 주춤주춤 옥봉의 뒤를 따라왔다. 옥봉의 걸음은 위태롭기 그지없었다. 비틀비틀 걷는 옥봉의 몸이 허깨비 같았다. 옥봉은 비가 어깨를 적시는데도 아랑곳하지 않은 채 중문을 지나 행랑채를 향해 걸음을 놓았다. 방 안에서 문밖의 기척을 엿보고 있었던 듯 두만네가 놀란 얼굴로 황급히 문을 열었다.

"아구, 아띠! 이 비똑에 어떤 일이당가요?"

옥봉은 방 안으로 들어섰다. 그러나 빗에 젖은 치맛자락에 발이 엉키는 바람에 몸이 휘청 앞으로 굽어졌다. 두만네는 손에 들고 있던 바늘을 경황없이 뒷머리에 꽂으며 황급히 옥봉의 몸을 부축했다. 옥봉의 몸이 가뭇없이 허물어졌다. 힘없이 벽에 기대앉은 옥봉은 망연한 시선으로 문밖에 서 있던 두만을 바라보았다. 두만의 뒤편으로 씨알 굵은 빗발이 병풍처럼 드리워져 있을 뿐이었다.

"뭐해? 어서 들어오지 않고."

그제야 두만은 못 이긴 듯 신발을 벗고 방으로 들어섰다.

"부월은 으띠케 하고……"

두만네는 화급한 손길로 방 안에 늘어져 있던 자와 가위, 마름질하다 남은 천들을 구석으로 밀어냈다. 두만은 방문 앞에서 비에 젖어 꼬깃꼬깃해진 옷자락을 하릴없이 문지르며 서 있을 뿐이었다.

"아씨가 여길 뚤입하신지 알면 마님께서 꾸둥하딜턴디……"

두만네는 울상이 된 얼굴로 혀 짧은 소리를 냈다. 그래도 못 알아들을 일은 없었다. 두만네의 말더듬을 듣고 살아온 세월이 십수 년이었다.

"상관없어. 오늘은 여기서 자고 갈 테니까."

두 사람의 눈이 뚱그레졌다. 뒷머리에 꽂은 바늘귀의 실이 살점 없이 메마른 두만네의 얼굴 위에서 가뭇없이 흔들렸다. 그러자 두만이 놀란 듯 부르짖었다.

"안 됩니다. 마님께서 아시면 벼락 치십니다."

옥봉은 냉정한 눈빛으로 두만을 쏘아보았다.

"왜? 나도 두만네 옆에서 자면 안 돼?"

"아씨가 어찌 저희 같은 천것들과 함께 주무시려 하십니까? 그만 일어나십시오."

두만의 목소리가 단호했다. 여차하면 문이라도 열어젖힐 기세였다.

"왕실의 후손이라면서? 종실의 후손이 별당으로 내쳐지는 존재야? 저기 봐, 순남도 어머니가 있고, 두만도 어머니가 있잖아. 그런데 왜 나만 어머니가 없어? 두만네가 내 어머니 아냐? 나를 젖 먹여 키웠다면서……?"

옥봉의 목소리가 푹 젖어들었다. 두만네를 바라보는 옥봉의 눈에 점점 물기가 어리더니 기어이 눈물이 뚝 떨어졌다. 두 사람은 더 이상 옥봉을 바라보지 못하고 고개를 숙이고 말았다.

　장씨를 어머니라 부르면서도 한 번도 살가운 정을 받아보지 못한 옥봉이었다. 사실 두만네로서는 옥봉이 자신을 찾아와 어렵고 힘든 마음을 내보이는 것만으로도 가슴 벅찬 일이긴 했다. 자신이 품에 안고 젖을 먹여 키웠으니 젖어미가 아닌가. 몸으로야 더 말할 필요가 없지만, 몸 가는 데 마음 따라가는 것을 어찌 감당할 것인가. 두만네가 옥봉의 손을 잡았다. 여기저기 바늘 끝에 찔려 성한 데라곤 없이 까칠했지만 따뜻해서 부드러운 손이었다.

　두만이 체념한 듯 몸을 돌려 윗목에 놓여 있던 이부자리를 들고 왔다. 옥봉은 두만이 깔아놓은 이부자리 속으로 곧장 파고 들어갔다. 베개에 고개가 닿기도 전에 옥봉의 몸이 먼저 무너졌다. 빗발이 더욱 거세지는지 문밖에서 두, 두, 두, 두, 땅바닥을 갈아엎는 소리를 냈다. 두만은 윗목에 앉아 걱정스러운 눈빛으로 물끄러미 옥봉을 바라보고 있을 뿐이었다.

　이불 속에 누운 옥봉은 곧바로 눈을 감았다. 두만네는 머리맡에 앉아 옥봉의 이마에 흘러내린 몇 가닥의 머리를 손으로 쓸어 올렸다. 창백한 얼굴에 식은땀이 촉촉이 배어나 있었다. 행여 몸이 안 좋으신가. 두만네는 걱정스러운 눈길로 한동안 옥봉을 바라보고 있다가 횃대에 걸린 저고리를 주욱 잡아 내렸다. 이어 머리에 꽂아놓은 바늘을 챙겨 들더니 하얀 동정을 깃에 대고는 한 땀 한 땀 뜨기 시작했다.

두만은 벽에 기댄 채 눈을 감았다. 그러나 도리 없이 뛰는 가슴을 주체할 수 없었다. 두만은 옥봉을 생각할 때마다 가슴속이 망울진 꽃망울처럼 소리 없이 벙글어졌다. 가슴이 온통 꽃등을 켜놓은 듯 환했다.

어린 옥봉이 바느질하던 두만네 옆에서 자투리 천을 달라고 떼쓰던 일이 엊그제 같았다. 두만은 바느질을 해보겠다고 실 꿰어 달라고 조르던 옥봉에게 공기 주머니를 만들어 나팔꽃씨를 채워주기도 했다. 옥봉이 두만에게 공기 주머니를 던지면 두만은 거짓 비명을 지르며 넘어졌고, 옥봉은 자신을 향해 공기 주머니 던지는 흉내를 내보이던 두만을 피해 두만네 품으로 바짝 숨어들었다. 아이고, 아띠, 넘어띠시면 으띨라고! 하면서 옥봉을 가슴에 품은 두만네는 세상의 모든 것을 가진 듯 행복한 웃음소리를 냈다.

봉숭아 꽃물 들일 때 옥봉의 손가락을 두만이 정성껏 싸주던 일도, 으깬 꽃물이 남아 옥봉이 두만의 새끼손가락에 얹어주던 일도 어제 같았다. 두만은 그렇게 물들인 새끼손가락을 사람들이 볼세라 주먹을 쥐듯 감추면서도 혼자 있을 때는 숨겨진 보물을 들여다보듯 배시시 웃곤 했다.

후드득, 후드득, 바람이 부는지 빗발이 창호지를 때리는 소리로 요란했다. 그때였다. 꿈결처럼 옥봉의 목소리가 들려왔다.

"말해줘! 생모 얘기."

두만네의 눈과 입술이 비명을 지르듯 크게 벌어졌다. 손에 들고 있던 관대 깃을 내려놓자 희디흰 동정 위로 붉은 피가 한 방울 뚝 떨어졌다. 당황한 두만네는 허둥지둥 허드레 천을 찾아 손가락으로 힘껏 찍어 눌렀다.

"나한테도 어머니는 있었겠지?"

두만네의 몸이 오그라들었다. 벽에 기댄 채 고개를 젖히고 있던 두만이 감은 눈을 번쩍 떴다.

"아쿠…… 난 몰러요, 몰른당게요……!"

두만네의 목소리가 심하게 떨려왔다. 경황없이 손사래까지 쳐대면서 말을 더듬었다.

"나으리께서 데꼬 오싰다는 것만 아다요. 남거지는 몰러요."

옥봉은 충혈된 눈을 부릅뜬 채 천장을 노려보고 있었다.

"아기씨를 데꼬 오싰을 띠는…… 덕 달찌 되는 두마이 동생이 멩줄을 놔버렸을 때유…… 그려서 천만다형히 아기씨 덪을 멕일 수 있었디라……"

옥봉의 몸은 점점 땅속으로 까부라졌다. 제멋대로 놀아난 의식이 어디를 떠도는지 분간할 수 없이 몽롱해졌다.

"디디산 유담을 떠나띤 지 한 해 만에 오싰구마이오. 그때 말땀으로는 단에서 다리를 다텨서 티료받느라 눈독에 갇히브렀따고……"

곁에 앉은 두만네에게서 달큼하게 익은 홍시 냄새가 났다. 옥봉에겐 태중에나 있는 듯 편안하게 해주는 냄새였다. 하지만 온몸에 번져 오르는 열기는 옥봉의 의식을 허공으로 들어올렸다. 몸이 도는지 사위가 도는지 알 수 없었다. 고개가 모로 꺾이면서 두만네의 말소리는 가뭇없이 멀어졌다. 그때였다. 두만네의 비명이 꿈속처럼 파고들었다.

"아이코…… 와 이러신디야아. 이걸 으차코!"

옥봉은 행랑채에 누운 채 꼬박 사흘 낮밤을 고열에 시달렸다. 열에 달떠 벌겋게 달아올라 까무러치기를 몇 번, 의원을 모셔와 침을 놓는다, 탕을 달인다, 부산을 떨었지만 한번 치솟은 열은 쉽게 가라앉지 않았다. 두만은 그런 옥봉을 차마 별당으로 옮겨놓지는 못했다. 소식을 들은 장씨 부인이 마땅찮은 얼굴로 혀를 끌끌 찼지만 더 이상의 타박은 하지 않았다. 이봉은 두만을 사랑채로 불러 연유를 물었다. 두만이 옥봉의 입에서 새어 나온 '생모' 이야기를 전하자 이봉의 이마가 무겁게 내려앉았다.

옥봉은 혼미한 의식 속에서 내내 가시덤불 속을 헤맸다. 길은 열리지 않았다. 찾으면 막혔고, 트이면 어두워졌다. 가시에 찔려 온몸에서 피가 흘러내렸고 발은 헛디뎌 자주 구덩이에 빠졌다. 깊은 숲속, 캄캄한 어둠은 끝 모를 공포를 몰고 왔다. 어디에도 불빛은 보이지 않았다. 옥봉은 어둠 속에서 몸을 싸안고 벌벌 떨며 신음 소리를 냈다. 열에 달뜬 옥봉의 입술이 하얗게 갈라져 피가 맺혔다.

마침내 이봉이 의원 하나를 데리고 행랑채로 찾아들었다. 진맥하고 난 의원이 걱정스러운 얼굴로 입을 열었다.

"폐가 많이 상한 듯합니다. 속에 열이 가득 차 있어 당분간은 안정을 취하며 몸을 따뜻하게 해야 할 것입니다."

의원이 처방전을 적어주었다. 두만이 부리나케 몸을 일으켜 약방으로 내달았다. 이봉은 걱정스러운 얼굴로 자신을 바라보고 있던 두만네를 향해 말했다.

"잠시 나가 있거라."

이봉은 옥봉의 머리맡에 바짝 다가앉았다. 한참 동안 옥봉의 얼굴을 바라보고 있던 이봉이 숟가락을 들어 그릇에 든 탕약을 옥봉의 입안에 흘려 넣었다. 부르튼 입술이 약물을 가두지 못하고 밖으로 밀어냈다. 이봉은 또다시 약물을 떠 넣었다. 넣고 또 넣기를 여러 차례 거듭하던 이봉은 옥봉의 손을 가만히 자신의 무릎 위로 올려놓았다. 숯덩이처럼 뜨거운 손이었다. 이봉은 손을 어루만지며 중얼거렸다.

"많이 컸구나. 그렇게나 작던 조막손이 벌써 이렇게 컸어."

순간, 울컥 목이 메었다.

"곱게 태어난 네가 무슨 죄냐. 죄인은 나인데……"

목소리가 가늘게 떨리고 있었다.

"너는 내 자식이다. 내 피를 물려받았어. 그러니 어서 털고 일어나야지."

이봉의 목소리가 잦아들었다.

"알고 싶다고 했지? 그래, 말해주마. 네 어머니…… 사화로 폐족이 된, 권문세가의 며느리가 깊은 산속으로 도망쳐 화전민으로 살고 있더구나. 그 여자가 너를 낳다가 죽었다. 나는 죽은 여자에게 너를 잘 키우겠노라고 맹세하고 내려왔고."

이봉의 얼굴에 눈물이 주르르 흘러내렸다. 십수 년도 더 지난 그때의 일이 어제 일처럼 생생하게 떠올랐기 때문이었다.

애초 관직 진출에는 뜻이 없었던 이봉은 처음이자 마지막으로 잠시 봉직했던 옥천 부사를 끝으로 관복을 훌훌 벗었다. 집 안에 틀어박혀 책을 읽다가도 불현듯 몸을 일으켜 기약 없이 집을 나서곤 했다. 벼슬살이보다는 어디에도 매인 바 없는 풍류 가인의 삶이 좋았다. 시문과 자연이 함께하는 곳이라면 혈혈단신 그 어디라도 갈 수 있을 것 같았다.

가을이었던가. 지리산 천왕봉에 오른 적이 있었다. 단풍이 꼭대기에서부터 천천히 낙하하는 중이었다. 만산홍엽의 장관 앞에 서고 보니 '태산에 오르니 천하가 작게 보인다'고 했던 공자의 호탕한 기상이 절로 느껴졌다.

마음이 한껏 방만해진 탓이었을까. 늦은 시간에 천왕봉에서 대성동 계곡 쪽으로 길을 잡은 게 화근이었다. 인기척이 드문 곳임을 길을 잃어버린 뒤에야 알았다. 점차 어두워지는 길에 조급한 마음까지 더해져 발을 헛디딘 바람에 그만 산비탈에서 고꾸라지고 말았다. 데굴데굴 구르다 온몸을 가시덤불에 찔린 이봉은 발목이 떨어져 나갈 듯한 통증을 느꼈다. 무섭게 발목이 부어오르고 있었다. 북북 기다시피 헤매다 민가 한 채를 발견한 것은 사위가 캄캄해진 다음이었다.

그곳에서 어린 계집종 하나와 젊은 아낙을 만나게 된 것은 뜻밖이었다. 화전으로 일군 밭 몇 뙈기뿐, 목숨을 부지할 만한 경작은 어디에도 보이지 않았다. 두 사람의 표정에는 갑자기 나타난 남자를 경계하는 빛이 역력했다. 한사코 고개를 젓는 그들에게 이봉은 무섭게 부어오르는 발목을 내보이며 간절하게 도움을 청해야 했다.

마침내 여인은 계곡으로 내려가 물을 길어왔고 아이는 부뚜막에 불을 지폈다. 고뿔이 들었는지 계집아이는 생솔가지를 아궁이 속에 밀어 넣으면서 연신 기침을 쿨럭였다. 아이가 물에 적신 천을 가져와 발목을 덮었을 때 이봉은 자신의 발목을 덮고 있는 옷가지가 해질 대로 해진 여인의 적삼이라는 것을 알았다.

여인은 이봉에게 방을 내주고 계집종과 함께 헛간으로 건너갔다. 이봉이 거처하게 된 방도 고구마 울바자 사이로 흙부스러기가 떨어져 내리는 모양이 헛간이나 다를 바 없었다. 계집아이가 여인을 마님이라 부르는 것으로 보아 딸은 아닌 성싶었다. 여인은 아이에게 이봉의 수발을 들게끔 단단히 이르면서도 정작 이봉에게는 한마디의 말도 눈길도 건네지 않았다.

사방에 물소리가 지천이었다. 병풍처럼 둘러쳐진 크고 작은 산들은 홍진의 세상을 가려주었고, 바위를 감고 흐르며 떨어지는 물소리는 세상의 모든 소음을 물리쳤다. 저녁이 되면 흐릿한 호롱불 아래에서 밥을 먹었고, 깊은 밤이면 꿈속까지 찾아온 계곡의 물소리에 허우적대다 눈을 뜨곤 했다.

여인과 계집아이는 쉴 새 없이 일했다. 가을걷이로 거둬들인 콩대를 말려 댓가지로 두드렸고 벼 이삭은 알알이 손톱으로 깠다. 아이는 어린 나이임에도 일이 몸에 익은 듯 자연스러웠지만, 암만해도 서툰 기색이 엿보이는 여인의 몸놀림에는 무언가를 안으로 꾹꾹 다져 넣는 듯한 안간힘이 느껴졌다. 그러다가도 문득문득 넋을 놓곤 했는데 어디를 바라보고 있는지는 알 수 없는 시선이었다. 이봉이 슬그머니 여인의 눈길을 따라가보기도 했지만 잡히는 것은 없었다. 우물처럼 망연한 여인의 눈빛이 이봉의 가슴을 아릿하게 했다.

여인과 계집아이의 정성 어린 간호 덕분에 이봉의 발목은 점점 나아졌다. 어떤 날은 산책하러 나갔다가 계곡에서 물동이를 이고 올라오는 여인의 물동이를 받아들기도 했다. 당혹스러운 빛을 감추지 못하는 여인의 단아한 이마가 곱게 물들었다. 이봉의 가슴이 두서없이 설렜다.

때깔나무 붉은 이파리들이 힘없이 떨어지기 시작했다. 곧

이어 서리가 내렸다. 아침에 문을 열면 창날같이 꼿꼿한 서리가 거꾸로 박힌 채 햇살에 반짝이고 있었다. 서리꽃을 하얗게 뒤집어쓴 나무들이 맵찬 겨울을 예고하고 있었다. 겨울이 점령군처럼 몰려오고 있었다.

이봉은 더 추워지기 전에 산에서 내려가야 한다고 생각했다. 하지만 생각은 그뿐, 아이와 여인이 혹독한 겨울을 날 수 있을지 걱정스러움이 앞섰다. 땔감이라도 마련해주고 싶었다. 이봉은 다리를 절뚝이며 나무를 하러 나섰다. 이봉이 베어오는 굵직한 나무들은 여인과 아이가 긁어오는 잔솔가지나 솔잎들에 비할 수 없었다.

산속의 겨울은 갑작스레 찾아왔다. 첫눈이 그대로 폭설이었다. 길이란 길은 눈 속에 자취 없이 사라져버렸다. 조바심과 묘한 안도가 이봉의 마음을 복잡하게 했다.

겨울밤은 길었다. 잠을 이루지 못하고 뒤척이던 이봉이 끝내 자리에서 일어나 앉은 것은 마당을 서성이던 여인의 기척 때문이었다. 이봉은 선뜻 밖으로 나가지 못했다. 하얗게 쌓인 눈이 달빛을 받아 창호지 안으로 은은하게 스며들고 있었다. 요란했던 계곡의 물소리도 얼음장 속에 갇혀 깊은 겨울잠을 자고 있을 시간이었다. 살아 있는 생명이라곤 남김없이 숨어버린, 지리산 갈피 깊숙한 자락에서 움직이는 것이라곤 발길 따라 스쳐 가는 여인의 옷자락뿐이었다.

이봉은 창살문에 시선을 모은 채 앉아 미동도 하지 못했다.

여인이 자신을 부르는지 자신이 여인을 원하는지 알 수 없었다. 정체 모를 간절함만이 이봉의 몸 곳곳에서 부풀어 올랐다. 숨을 쉴 수도 없었다. 뜨거운 숨을 토해내기만 해도 여인이 자취 없이 사라져버릴 것만 같았다. 이봉은 손에 힘을 주었다. 마음이 조급했다. 사라지기 전 어떻게든 여인을 붙들고 싶었다.

이봉은 가만히 문을 열었다. 여인은 등을 보인 채 눈 쌓인 마당을 내려다보고 있었다. 문소리를 들었는지 여인의 어깨가 움찔했다. 그러나 뒤를 돌아보지는 않았다. 이봉은 뒤쪽으로 다가가 살며시 여인의 손을 잡았다. 차가운 손이었다. 여인은 이봉이 잡아끄는 대로 따라왔다. 신발을 벗고 마루에 올라서는 순간에도 여인은 이봉의 손을 놓지 않았다.

문을 열고 방 안으로 들어서자마자 두 사람은 이불 위로 무너져 내렸다. 무섭게 탐하는 이봉의 손길이 닿는 곳마다 여인의 몸 또한 불덩이였다. 여인은 스스로 옷을 벗었다. 여인의 벗은 몸이 창호지로 배어든 달빛을 받아 눈처럼 희었다. 이봉은 여인의 몸을 힘껏 끌어안으며 몸속 밑자락까지 닿고 말겠다는 듯 깊숙이 헤엄쳐 들어갔다. 감추어진 그 어디쯤 거듭거듭 맺힌 매듭을 풀어내 고인 응어리가 스러지도록 해주고 싶었다. 이봉이 뜨거워진 혀로 여인의 단단하게 치켜든 가슴을 찾아 물었다. 아! 여인이 달궈진 숨을 토해내며 이봉의 허리를 힘껏 끌어안았다. 순간, 단단히 동여매진 매듭 하나가 툭

풀어졌다. 그러자 타오르는 불길 속에서 무언가 힘차게 솟구쳐 올랐다. 그것은 화려한 분가루를 뿌리며 황홀하게 날아올랐다.

여인은 이봉의 가슴에 얼굴을 묻었다. 문득 바람이 불었고 눈의 무게를 이기지 못한 나뭇가지가 우두둑 꺾이는 소리를 냈다. 이봉은 여인의 어깨를 그러안은 채 창밖의 바람 소리에 귀를 모았다. 차츰 여인의 어깨에 파동이 일기 시작했다. 여인은 스멀스멀 비어져 나오려는 뜨거운 기운을 목 안으로 삼키려 안간힘을 쓰는 기색이었다.

이봉이 여인의 몸을 힘껏 끌어안았다. 흡……! 마침내 여인의 입에서 뜨거운 울음이 쏟아졌다. 깊은 곳에서 제어할 수 없이 터져 나오는 물결이었다. 여인의 눈물은 이봉의 가슴팍으로 흘러들었다. 이봉은 여인의 등을 부드럽게 쓸어주었다. 여인은 낮은 소리로 오래 흐느꼈다.

"죄인을 이렇듯 따뜻하게 품어주시니…… 고맙습니다."

이봉은 여인의 손을 잡았다.

"그런 말씀 마시오. 은혜를 갚아야 할 사람은 오히려 나요."

여인은 더 이상 대꾸하지 않았다. 눈물을 머금은 숨결만이 이봉의 가슴께를 가만가만 적실 뿐이었다.

"까닭 모를 사연이 있는 듯하오. 그저 세상 떠돌아다니는 내가 알아서는 안 될 일이오?"

한동안 말이 없던 여인의 입에서 회한에 찬 목소리가 흘러나왔다.

"어찌 안 될 일이겠습니까? 다만 비천한 자의 불행이 행여 선비님께 미칠까 두려워함이지요. 저야 이대로 죽은들 과분할 따름입니다."

"말씀이 과하시구려."

"먼저 간 이들이 저를 기다리고 계십니다. 차마 죽지 못해 부끄러운 목숨이지요."

이봉은 여인을 다독이듯 가만가만 등을 쓰다듬었다. 여인의 입에서 '양재역 벽서 사건'이 튀어나온 것은 뜻밖이었다.

1547년(명종 3년) 9월에 일어난 이 사건은, 문정왕후의 친동생이었던 윤원형이 을사사화로 정권을 장악한 이후, 미처 제거하지 못한 정적들을 제거하기 위해 일으킨 것이었다. 광주 양재역에서 익명의 벽서가 발견되었는데 그 내용인즉, '위로는 여왕이, 아래로는 간신배들이 권력을 휘두르니 나라가 곧 망할 것'이라고 쓰여 있었다. 그 익명의 벽서를 이용해 윤원형 일파가 잔당들을 제거하기 위해 정치적으로 악용한 사건이었다. 그들은 벽서의 배후를 인종의 외척인 윤임의 잔당 짓이라 몰아 많은 사람이 죽거나 유배되었다.

"시부와 남편이 한날한시에 사사(賜死)를 당했습니다. 연세가 여든둘이나 되신 시모께서는 주리를 당하다 돌아가셨지요. 다섯 살 된 아들도 죽었습니다. 저는 절에 불공을 드리러 갔다 환난을 피할 수 있었지요."

"시부 함자가 어떻게 되시오?"

"서 자, 석 자, 재 자 어르신입니다."

"아니, 이전에 윤원형을 탄핵하고 직분을 박탈시킨 그 어른 아니오? 남명 어른과도 친분이 두터웠던 그분 말이오."

"그렇지요."

서석재는 남명 선생과 서적을 주고받으며 오랫동안 학문과 시문으로 교분을 이어가던 각별한 사이였다. 두 사람의 아름다운 우정은 많은 유생들의 부러움을 샀다. 비록 과거에 뜻이 없고 벼슬살이에 초연해 살았던 이봉이었다 해도, 어찌 서석재의 억울한 죽음에까지 초연할 수 있겠는가.

"이럴 수가……!"

이봉은 주먹을 움켜쥐었다. 몸이 간단없이 떨렸다. 그러나 어린 경원대군이 보위에 오르고 난 뒤 지금껏 문정왕후의 수렴청정이 이어지고 있었고, 거기에 외척 윤원형이 앞뒤 없이 날뛰고 있는 형국이었다. 낮말은 새가 듣고 밤말은 쥐가 듣는다는 말을 증명하듯 하룻밤의 안전도 기약할 수 없는 상황이었다. 권력 다툼에 혈안이 된 조정을 생각할수록 염오의 감정이 치솟아 올랐지만, 어쩔 수 없이 안으로만 다스려야 할 형편이었다.

"눈물과 울분에 찬 남명 어른의 얼굴을 차마 뵙지 못했습니다. 어른께서는 죽는 날까지 이 원한을 잊지 않겠다고 하셨습니다."

이봉은 여인의 말소리가 생생하게 들려오는 것만 같아 눈을 감았다. 벌써 십수 년도 훌쩍 더 지나버린 세월이었다. 눈을 뜨자 여인의 얼굴이 점차 옥봉으로 바뀌었다.

"닮았구나. 정말 똑같아."

이봉은 목이 메는 듯 말을 멈췄다. 벌겋게 달아올라 있던 옥봉의 눈자위에서 눈물이 배어나고 있었다. 이봉의 시야가 뿌예졌다.

약방에 갔던 두만이 돌아왔는지 밖에서 두런두런 소리가 들려왔다. 이봉은 자리에서 일어나다 말고 다시 옥봉의 손을 힘주어 잡았다.

"네 어미와의 약속, 잊지 않으마."

이봉은 자신에게 다짐하듯 한 번 더 되뇌었다. 이봉이 행랑채를 나오자 그때껏 문 앞에 서성이고 있던 두만과 두만네가 황급히 허리를 꺾었다.

부월이 별당으로 옮긴 옥봉의 수발을 드는 동안 두만은 탕약을 달이는 화롯불 곁을 잠시도 떠나지 않았다. 부월이 입을 삐죽이며 자기가 어련히 알아서 하지 않겠느냐고 등을 떠밀었지만 두만은 들은 척 만 척이었다. 삼베 수건에 약재를 안친 다음 양쪽 귀에 막대를 걸어 한 방울도 남지 않도록 살뜰하게 약을 짜냈다.

두만의 정성이 헛되지 않음을 증명하듯 옥봉은 점차 기력을 되찾아갔다. 옥봉이 자리를 털고 일어나 맨 처음 한 일은 서안을 끌어당겨 책을 읽는 일이었다. 백거이와 이백과 두보의 시를 읽고 또 읽었다. 노자와 장자의 책도 읽었다. 이봉이 보내준 여러 권의 책 속에는 『금강경』과 『반야심경』도 들어 있었다.

읽고 난 다음에는 베껴 썼다. 눈으로 베끼고, 입으로 베끼고, 붓으로 베껴 쓰느라 옥봉의 방문은 겨우내 열리지 않았다. 아침저녁으로 밥상을 든 부월이 하루 몇 번 드나들었을 뿐이었다. 두만 또한 걱정스러운 얼굴로 별당 주변을 서성거렸으나 문은 세상을 향해 자물쇠를 걸어두듯 완강하게 닫혀 있었다. 옥봉이 일체의 소음을 잊은 듯 책을 읽고 베껴 쓰기에 몰두하는 동안, 문밖에서는 눈이 내리고 바람이 불었다. 바람이 불 때마다 후원의 대나무 숲으로부터 후드득 눈덩이 쏟아져 내리는 소리가 들려왔다.

시간은 머뭇거리듯 고요한 별당 뒤꼍을 돌아 느리게 흘러갔다. 그사이 입춘이 지나고 우수와 경칩이 지나갔다. 햇살은 이제 갓 매달리기 시작한 명자나무 꽃망울 위에 따뜻하게 내려앉았고, 바람은 한결 부드러워진 손으로 겨우내 얼어붙었던 나뭇가지를 어루만졌다. 거기에 시샘이라도 한 듯 영산홍이 별당 마당에 지천으로 피기 시작했다.

옥봉은 마루에 나와 앉아 볕바라기를 하고 있었다. 마루 깊숙이 찾아든 햇살이 옥봉의 얼굴 위로 아낌없이 쏟아졌다. 겨우내 햇볕을 받지 못한 옥봉의 얼굴은 창백하기 이를 데 없었지만, 눈빛은 몰라볼 정도로 깊어졌다. 두만이 빗자루를 들고 와 마당을 서성이다가 마루에 앉은 옥봉을 돌아보며 슬그머니 미소를 지었다. 하릴없이 화단가에 떨어진 철쭉꽃을 집어 꽃밭으로 던져놓은 뒤 별당을 빠져나가곤 했다. 그사이 콩강정을 입에 물고 방을 나서던 부월이 바삐 신발을 꿰차고 두만의 뒤를 쫓아갔다. 부월의 뒷모습에 눈빛이 머문 옥봉의 입가에 보일 듯 말 듯 미소가 배어났다.

장씨가 별당에 나타난 것은 바로 그때였다. 입가에 강정 부스러기를 잔뜩 붙인 채 맞닥뜨린 부월이 장씨에게 타박을 맞은 모양이었다. 이마를 잔뜩 찌푸린 채 중문을 넘어서는 장씨를 보는 순간, 옥봉의 가슴이 까닭 없이 내려앉았다. 옥봉은 자리에서 일어나 허리를 굽혔다. 장씨는 별당 마루로 올라서며 말했다.

"나 좀 보자!"

옥봉은 장씨의 뒤를 따라 방으로 들어갔다. 장씨는 책과 벼루, 먹, 종이가 어지럽게 널린 방안을 둘러보더니 혀를 끌끌 찼다.

"도대체 너는 언제나 정신을 차릴 셈이냐?"

옥봉은 장씨의 뜻을 헤아리지 못해 주춤거렸다.

"이게 혼기에 접어든 아녀자가 할 짓이란 말이냐? 네 글 쓰는 재주야 나도 익히 알고도 남는다만, 아녀자란 재주가 없음을 탓하지 말고 덕이 없음을 한탄해야 하는 법이거늘, 부덕을 돌봐야 할 과년한 나이에 아녀자로서 갖추어야 할 부덕을 능멸하고 소홀히 여김은 비난받아 마땅할 일 아니겠느냐."

장씨의 목소리가 점점 높아졌지만 옥봉은 아무런 대응도 하지 않았다.

"네가 시집을 가게 되면 사람들은 제대로 가르치지 못한 나를 손가락질할 터인데 그 꼴을 어찌 보겠느냐. 아녀자란 못하는 것도 없어야 하지만 잘하는 것도 없어야 팔자가 평탄한 법이야."

장씨가 못을 박듯 마디마디 꾹꾹 힘을 주었다. 그러다 문득 자신이 찾아온 이유가 생각났다는 듯 표정을 누그러뜨리며 목소리를 낮췄다.

"지난번에 마땅한 곳이 있어 두어 군데 매파를 넣었다. 그랬더니 연락이 왔더구나. 이만하면 네게는 과분한 혼처야."

"무슨 말씀이신지……"

"장안의 유기는 모조리 이 사람 손을 거쳐 간다는 부자다. 상처한 지는 1년이나 지났고. 비록 재취이긴 하지만 재물이 그만하니 평생 아랫사람 부리고 살 수 있을 것이야."

옥봉이 놀란 눈으로 장씨를 쳐다보았다. 장씨는 옥봉의 시선을 애써 무시하며 다음 말을 이어나갔다.

"또 한 사람은 평촌 사는 김 진사인데, 마흔이 다 된 지금까지 본처한테서 후손을 보지 못했단다. 어떠냐?"

옥봉의 가슴이 내려앉았다. 이번에는 장씨가 옥봉의 얼굴을 빤히 쳐다보며 대답을 기다리고 있었다. 옥봉의 얼굴이 후끈 달아오르며 심장이 빠르게 요동쳤다. 옥봉은 차오르는 숨을 가다듬으며 짐짓 낮은 목소리로 물었다.

"지금 제게 하신 말씀인가요?"

그러자 장씨의 목소리가 날카롭게 솟구쳐 올랐다.

"몰라서 묻는 게냐? 재취면 어떻고, 첩실이면 어떻다는 거냐? 네 근본을 생각해야지. 이것도 너한테는 넘치는 자리야."

옥봉의 호흡이 더욱 가빠졌다.

"별당으로 내치더니 이제는 아예 집 밖으로 내쫓겠다는 심산이군요?"

장씨가 아연한 얼굴로 옥봉을 쳐다보았다. 지금껏 한 번도 곁을 내준 적은 없었지만 이렇듯 정색을 하고 따져 묻기는 처음 있는 일이었다. 분노를 이기지 못한 장씨의 턱살이 부르르 떨렸다.

"오호라, 네가 이제야 본색을 드러내는구나. 그래, 천한 것들은 위아래 분별도 없다더냐? 어찌 이리 버릇없이 구느냐? 네가 그렇게 죽고 못 살던 책이 그리 가르치더냐?"

장씨는 길길이 날뛰었다. 옥봉은 더 이상 대꾸하지 않은 채 입을 다물어버렸다.

"세상일을 몰라도 유만부동이지! 문자 속으로 남자들과 겨룬다는 건 네 신세만 곤곤히 만드는 일임을 정녕 모른다는 게냐? 내 말 새겨듣지 않으면 분명 큰코다칠 날이 올 게다."

벌떡 몸을 일으킨 장씨는 분을 삭이지 못한 채 씩씩거리는 얼굴로 돌아갔다.

옥봉은 중문간 너머로 사라지는 장씨의 완고한 어깨를 보며 뜨거워지는 가슴을 문질러야 했다. 정작 화를 내고 어처구니없어할 사람은 자신이 아니던가. 별채의 높은 담장 안에 가두어놓고 감옥살이를 시키다가 때가 되니 값싼 물건 처분하듯 해치우겠다는 것과 뭣이 다른가. 내가 죽고 못 사는 책이 그렇게 가르치더냐고? 그럼 뭐? 이 안에 책 말고 뭐가 있나?

사람이 자유로울 수 있는 것은 생각할 줄 아는 머리가 있는 까닭이며, 어디로든 갈 수 있는 것은 두 다리가 있기 때문이다. 그런데도 여염에서는 집 안을 사랑채와 안채로 나누고 여자를 중문 안 첩첩 심중에 가두고 밖으로 나다니지 못하게 한다. 남자는 안의 일을 말하지 않고 여자는 밖의 일을 말하지 않는 것이 남녀의 법도라고 일갈한다.

게다가 혼사가 뭐란 말인가. 여자를 비 오는 날 남의 집 처마에 깃들어 비를 피해 살게 하리라는 명분이지만, 온갖 집안일을 떠안겨 도맡아 처리할 일꾼을 들이는 것과 무엇이 다른가. 위로는 조상을 받들게 하고 아래로는 후사를 잇도록 하기 위해서가 아니던가. 사람이 어찌 필요할 때만 밝히고 필요 없으면 불을 끄는 호롱이란 말인가. 여자가 시문으로 남자들과

겨루는 것은 신세만 곤곤하게 만들 뿐이라고? 그렇다면 여자
는 남자와 똑같이 어미의 배 속을 빌어 태어난 생명체가 아니
란 말인가.

옥봉은 씩씩거리는 열기를 겨우겨우 가라앉히며 가슴을 달
랬다. '타산지석(他山之石)'이라더니 어찌 이리도 딱 맞는가.
장씨의 말이 오히려 부조리한 세상, 부조리한 현실, 그 속에
서 겨우 숨을 몰아쉬며 사는 나를 일깨우게 하는구나 싶었다.

밤이 되었다. 옥봉은 뜰에 나와 있었다. 마당이 달빛을 받
아 환했다. 마치 은모래 벌판 같았다. 옥봉은 끝이 보이지 않
는 모래사막 어딘가에 서 있는 듯 막막하고 허허로웠다. 발자
취라곤 찾아볼 수 없는 모래밭, 어디에 발을 디뎌야 제대로
살아내는 것인지 가늠할 수 없었다.

어쩌면 자신이 세상을 너무 모르는 게 아닐까 싶기도 했다.
원망스럽긴 해도 장씨가 틀린 말을 한 것이 아닐지도 모른다
는 것. 비록 남편의 자식이라 하나 어디서 데려왔는지 모르는
아이를 이만큼이나 부양한 것도 쉬운 일은 아닐 것이다. 게다
가 내쫓든 어쨌든 간에 혼기에 든 딸자식을 가진 부모로서 혼
사에 대한 마음 씀이야 없을 수 없었다. 육례를 갖추어 혼사
를 치를 수 없는 서녀의 처지인들 양반가의 처마에 깃들어 살
기 위해서는 장씨 말대로 상처한 홀아비의 재취이거나 나이
든 남자의 첩실 외에는 달리 방법이 없을지도 몰랐다.

입안에 모래가 가득 차 있는 듯 깔깔했다. 옥봉은 심란한 마음을 다잡듯 두 팔을 감쌌다. 그때였다.

"아씨!"

고개를 드니 두만이 서 있었다. 두만이 주춤주춤 다가왔다.

"별당 출입이 잦구나."

두만이 고개를 숙였다. 한참 동안 말없이 서 있던 두만이 고개를 들었다.

"오늘 마님께서 하신 말씀, 너무 괘념치 마셔요."

순간, 옥봉의 눈자위가 뜨겁게 달아올랐다. 겨우겨우 버틸 뿐인 얼음산 같은 어깨 위에 얹히는 온기 어린 손길 때문이었다. 옥봉은 금방이라도 녹아내릴 것만 같은 자신을 다잡으며 시치미를 떼듯 시선을 담장 위로 돌렸다.

"달이 밝구나."

목울대가 떨려왔다. 잔뜩 물기가 밴 목소리였다. 두만은 되레 밝은 목소리로 하늘을 올려다보며 말했다.

"오늘이 열사흘이니까…… 곧 보름달이 뜨겠네요."

옥봉은 두만을 바라보았다. 넓은 이마를 거쳐 흘러내려온 달빛이 코끝에 모여들고 있었다. 달빛에 그늘진 두만의 얼굴 윤곽이 더욱 선명해 보였다. 부월이 뿐만 아니라 대소가의 많은 여종들이 두만의 눈길을 기다린다더니 그럴 만하겠구나 싶었다. 어렸을 때부터 살붙이처럼 지내오는 동안 두만은 있는 듯 없는 듯 옥봉의 그림자처럼 움직였다. 있을 때는 모르다가도 없으면 금방 표가 나는 사람이었다.

"아씨, 마음에 빛을 잃으면 삶이 어두워지는 법입니다. 부디 좋은 일만 생각하셔요."

두만의 목소리는 낮고도 간절했다. 사려 깊은 목소리에서 아픈 사람의 마음을 어루만지는 힘이 느껴졌다.

"너처럼 어둠 속에서도 빛을 느낄 줄 아는 사람이 정녕 아름다운 사람이겠지."

두만이 긍정도 부정도 아닌 얼굴로 어둠을 응시하다가 이윽고 다시 물었다.

"여전히 시문을 지으시는지요."

"내게는 답답한 삶을 벗어나는 유일한 길이야. 시를 짓노라면 모든 것을 잊게 돼. 그 자리에 아름다운 세상이 열리지. 매 순간마다……"

두만이 고개를 끄덕였다.

"엊그제까지 비 들이치고 바람 불더니만…… 날씨 참 변화무쌍하지요?"

두만이 한결 편안해진 얼굴로 옥봉을 돌아보았다. 옥봉은 마주친 시선을 어쩌지 못한 채 얼른 고개를 돌렸다. 두만은 혼잣말을 하듯 다시 말을 이었다. 두만의 말이 길어지고 있었다.

"아씨, 지금은 마음 아파도 이기려 들지 마세요. 슬픔이든 기쁨이든 함께 안고 가요. 휘둘리지 말고요. 남을 보듯이 내 마음을 들여다봐요. 오늘은 내가 맑구나, 오늘은 비가 오시는구나, 하면서요. 그래야 아씨 마음이 편안해질 수 있어요. 지금은 아씨 마음에 비가 오고 바람도 불지만, 언젠가는 아씨에게도 보름달이 뜰 테니까요."

옥봉은 놀란 얼굴로 두만을 돌아보았다. 두만의 얼굴이 더없이 평화로워 보였다.

'나는 서녀로 태어남이 이토록 고통스러운데, 하물며 너는 노비의 자식으로 태어나 평생을 종종거리며 살면서도 이토록 태연할 수 있단 말이냐.'

부끄러움에 옥봉의 얼굴이 화끈 달아올랐다. 하지만 옥봉은 애써 태연함을 가장하며 두만을 꾸짖었다.

"주제넘구나. 나를 가르치려 들다니! 나는 네가 생각하는 만큼 연약하지 않다. 그러니 내 걱정은 잊어라."

두만은 얼굴을 붉히며 돌아섰다. 옥봉은 두만이 중문을 빠져나가 시야에서 완전히 사라질 때까지 뒷모습을 오래오래 바라보고 있었다.

'그래, 네 말대로 지금 내 마음에 비가 오시는구나. 눈물자리 후벼 파는 비바람이 아프게도 부시는구나.'

우물 안의 개구리

어느 봄날이었다.

몇 차례 먼지바람이 마당을 휘돌고 사라진 한낮. 집 안은 조용했다. 이제 막 점심을 마친 점이 어멈은 호미를 들고 들깨 밭으로 나갔고, 두만네도 밀린 바느질을 하는지 방 안에 들어 조용했다. 두만은 곧 시작될 모내기를 준비하느라 마름과 함께 놉을 사러 나가고 없었고, 부월은 제 방에 들어앉아 졸음에 겨운 무거운 고개를 꺾고 있던 참이었다.

옥봉은 반닫이 깊숙한 곳에 들어 있던 장옷을 끄집어냈다. 구색으로 만들어줬을 뿐 한 번 입어보지도 못한 채 퇴색되고 있던 남색 비단옷이었다. 옥봉은 장옷을 등 뒤로 감추어 든 채 가만가만 마루로 나왔다.

햇살이 마당에 무료하게 꽂히고 있을 뿐 한없이 고적한 낮이었다. 가만가만 중문을 넘어선 옥봉은 마당을 가로질러 대문간으로 다가갔다. 슬그머니 대문의 빗장을 푼 옥봉은 삐걱, 소리에 자지러진 듯 눈을 감고 숨을 멈추었다. 눈을 떠서 사방을 둘러보았다. 다행히 아무런 기척은 없었다. 육중한 대문을 가만히 밀어 밖으로 나선 옥봉은 좌우를 살폈다. 그리고는 손에 든 장옷을 얼굴 깊숙이 눌러썼다.

어디로든 가볼 생각이었다. 물론 정처는 없었다. 장씨 말대로 어찌 삶의 길이 책 안에만 있을 것인가. 내 삶이 어찌 별채에 머무를 것이며, 여자의 길이 어찌 안채에만 있을 것인가. 옥봉은 평생 집 안에 갇혀 누에를 치고, 베를 짜며, 빨래하고, 바느질하며, 제사를 보살피는 일만이 여자의 전부라고 믿고 싶지 않았다.

어찌 보면 장씨의 말이 도화선이 됐음을 굳이 부정하지는 않았다. 이참에 책 밖으로 시선을 옮겨보자고 마음먹었을 뿐이었다. 방문 너머의 세계, 담장 밖에서 펼쳐지는 세계가 있다면, 지금껏 자신이 맹신해왔던 책의 세계 그 너머에서 무슨 일이 벌어지는지 두 눈으로 확인해보고 싶었다. 담장 높은 집 안에 갇혀 눈비 맞는 돌비석처럼, 고여 있는 물처럼 썩어가고 싶지 않았다.

여염에 들어앉아 있으나 여염의 보호를 받지 못하는 자신의 처지에서, 명분으로든, 허울로든 여염의 여자로 살아갈 마음도 들지 않았다. '독서가 앉아서 하는 세상 구경이라면, 발로 걷는 세상 구경이야말로 서서 읽는 독서'라는 말도 있지 않던가. 꿈결처럼 맴돌던 선대인의 그 말을 믿어도 좋을 것인가. 옥봉은 믿고 싶었다. 믿고 싶었기에 두 눈으로 확인해야 했다.

한 번쯤 나갔다 돌아온들 뭐가 문제랴. 어차피 장씨의 꾸중은 콧등으로도 귓등으로도 흘려 넘길 거였다. 그까짓 것 하나도 무섭지 않았다. 별채에 갇혀 유령처럼 사는 것이 더 무섭지 않겠는가. 어두워지기 전에 돌아온다면 감쪽같으리라. 옥봉은 가볍게 코웃음을 쳤다.

집을 나선 옥봉은 사람들이 걷는 방향대로 첫걸음을 내디뎠다. 한 무리의 가마꾼이 옥봉의 곁을 스치고 지나갔다. 가마꾼 뒤로는 계집종 두엇이 종종걸음으로 뒤를 따르고 있었다. 한 아이는 등에 업고, 한 아이는 땅에 걸린 채 머리에 임을 이고 가는 여자도 있었다. 여자의 얼굴은 어기적거리며 걷는 걸음만큼이나 무겁고 고단해 보였다. 땔나무를 산더미처럼 짊어진 지게꾼이 힘겹게 걸음을 놓기도 했다. 모두 제 앞에 놓인 고단한 생에 경배하듯 필사적으로 살아내고 있었다.

봄바람이 제법 세찼다. 하지만 낮이라 그런지 춥지는 않았다. 옥봉은 양손으로 장옷의 목 언저리를 꾹 누르며 걸었다. 사람들의 물결을 따르다 보니 어느새 옥봉의 몸이 장거리 초입에 이르러 있었다.

처마 밑 차일에 내건 당목과 모본단, 비단들이 바람을 따라 호객하듯 흔들렸고, 돌무더기에 얹어놓은 솥단지 안에선 팥물이 설설 끓어올랐다. 부지런히 아궁이에 땔감을 밀어 넣는 사내의 얼굴이 뜨거운 불빛에 익어 벌겠다. 사람들은 멍석에 퍼질러 앉아 땀을 뻘뻘 흘리며 팥죽을 떠먹었다.

국밥을 먹는 사람들도 보였다. 주막 여인은 김이 설설 끓어오르는 솥단지를 열어 잘게 썬 내장을 쏟아 넣었고, 커다란 주걱으로 젓는 여인의 이마에서 흘러내리는 씨알 굵은 땀방울이 솥단지 안으로 뚝뚝 떨어져 내렸다. 입가에 침을 흘리며 오매불망 차례를 기다리는 사람들도 있었다. 그들은 내장 국물이 담긴 누린내 가득한 그릇에 고개를 처박은 채 춤춥스럽게 달려드는 파리 떼를 쫓아내며 게걸스럽게 숟가락질을 했다. 멸치와 미역을 늘어놓은 건어물 가게도 마찬가지였다. 어디를 가나 파리 떼의 행렬은 빠지지 않았다.

대낮부터 공짜 술을 찾아 기웃거리는 술꾼들을 쫓느라 바가지 물을 퍼부으며 고래고래 욕을 퍼붓는 여인도 있었다. 산발한 비렁뱅이들은 물건을 훔치고 먹을 것을 탐하느라 호시탐탐한 눈빛을 빛내며 장터 근처를 얼쩡거렸다.

장터 한중간에 이르자 나무전거리가 시작됐다. 당산나무 아래에 지게를 기대놓은 땔나무꾼들이 소리소리 지르며 손님들을 불러 모았고, 쌓아놓은 땔감의 상태를 요모조모 살피던 여자들이 짤랑, 소리를 내며 지게꾼의 손 위에 엽전을 떨어뜨렸다. 돈을 받은 지게꾼들은 여자를 앞세운 채 나뭇짐을 져 나르느라 부산을 떨었다.

옥봉은 장터의 활기찬 모습을 보자 몸 안에 든 피가 요동치는 것을 느꼈다. 선대인들이 말하는 사람 사는 진경(眞景)이 여기에 다 모인 듯싶었다. 책을 전부라 믿고 살아온 자신으로선 지금껏 한 번도 보지 못한 세계였다. 갖가지 모습의 사람살이를 보여주는 이곳이야말로 거대한 세상의 책이라 절감하며 옥봉은 장터거리의 매력에 푹 빠져 걸었다.

여러 겹의 끈목과 실패, 바늘쌈지 등을 노상에 길게 늘어놓은 황아 장수는 앉은 채로 꾸벅꾸벅 졸았다. 호기심 가득한 눈으로 이곳저곳을 구경하며 들여다보는 사람들 때문에 옥봉은 여러 번 어깨를 부딪쳤고 그럴수록 발걸음은 점점 더 느려졌다.

그때였다. 옥봉이 한눈을 파는 사이 시끌벅적한 장터 귀퉁이에서 급히 달려오던 사내아이와 부딪치고 말았다. 어맛! 벌러덩 뒤로 넘어진 옥봉의 입에서 비명이 터져 나왔다. 다급히 몸을 일으키고 보니 깡마른 사내아이가 땅바닥에 주저앉은 채 고통스럽게 몸을 비틀고 있었다. 아이 주변에는 보리 개떡 한 덩이가 흙 분칠을 한 채 뒹굴고 있었고, 뒤쪽에서는 저놈 잡아라! 하는 소리를 내지르며 중늙은이 사내가 헐떡이며 달려오고 있었다.

아이는 황황히 몸을 일으키며 흙칠의 보리 개떡을 움켜쥐었다. 때에 절어 찢긴 무릎 바지 사이로 푸르뎅뎅하고도 마른 허벅지가 내다보였다. 하지만 아이는 몸을 일으키기도 전에 비명을 내지르며 다시 주저앉았다. 아이는 앙다문 얼굴로 흙 묻은 개떡을 끝까지 움켜쥐고 있었다. 아이의 맨발은 앙상했고 부르터서 갈라진 발등과 뒤꿈치에서 피가 배어나고 있었다. 예닐곱쯤 되었을까?

마침내 뒤쫓아온 사내는 아이를 붙잡자마자 따귀를 때리며 호통을 쳤다.

"이 자식! 머리에 피도 안 마른 놈이 어디서 도둑질이야!"

아이의 뺨이 순식간에 벌게지며 부풀어 올랐다. 하지만 아이는 울지 않았다. 불현듯 땟국물로 범벅이 된 아이의 눈빛이 옥봉과 마주쳤다. 옥봉은 적의 가득한 아이의 눈 속에 배인 깊은 우수에서 까닭 모를 슬픔을 느꼈다. 사내는 거칠게 아이의 뒷덜미를 움켜잡으며 몸을 잡아챘다.

"따라와! 혼 좀 나봐야 혀!"

아이는 두 다리를 땅에 뻗댄 채 필사적으로 사내의 손아귀에서 벗어나려 애썼다. 그사이 사람들이 아이 주위를 빙 둘러 쌌다.

"에린 것이 벌써부텀 싹수가 노랗네!"

"저런 놈은 손모가지를 잘라부러야 써!"

"암만, 바늘 도둑이 소도둑 된다는 말도 있잖은가 말여."

사내들이 술 방울 침방울이 묻은 수염을 손으로 쓸어내며 한마디씩 주절거렸다. 여인들은 짠한 눈빛으로 아이를 바라보다 제각기 갈 길을 재촉하며 자리를 떠났다.

그때였다. 아이가 옥봉의 옷자락을 와락 붙들며 소리쳤다.

"누부여! 우리 누부!"

옥봉은 엉겁결에 당하는 일이라 정신이 쏙 빠져나갈 지경이 되었다. 그러자 사내가 어처구니없다는 듯 입술을 일그러뜨리며 웃었다.

"아따! 이놈 보게. 어디서 개수작이여?"

사내가 아이의 뒷덜미를 흔들어대며 옥봉에게서 떼어놓으려고 했지만, 아이는 필사적으로 옥봉의 옷자락에 매달렸다. 그 바람에 소맷부리와 옷고름에서 부욱, 뜯기는 소리가 났다.

옥봉은 아이를 와락 품에 안았다. 그러자 사내가 부리부리한 눈알을 굴리며 어찌 된 사태인지 헤아리려 애썼다. 옥봉은 아이를 안은 채 앙칼진 목소리로 소리쳤다.

"그 손 놓으세요! 떡 값은 내가 셈할 테니!"

하지만 옥봉은 떡 값을 셈할 돈을 가지고 있지 않았다. 한 번도 집 밖으로 나와본 적이 없으니 돈을 사용해본 적도 없는 건 당연지사. 옥봉은 세상살이에 이토록 아둔한 자신의 처지를 한탄했다. 셈을 못 한다면 아이를 내놓아야 하는 상황인 것이다. 옥봉은 자신의 손가락에 끼어 있던 은가락지를 뺐냈다. 그리고는 사내를 향해 냅다 던지며 소리쳤다.

"여기 떡 값이에요! 됐죠?"

오호! 사내의 입이 쩍 벌어졌다. 몇 푼어치도 안 되는 개떡

한 덩이에 은가락지가 넝쿨째 굴러들어오다니 웬 횡재냐 싶은 얼굴이었다. 사내는 빠르게 수염을 쓰다듬었다. 짐작건대 세상 물정 모르는 저 처자를 어떻게 후릴까 싶은지 사내의 눈알이 빠르게 움직였다. 옥봉은 사내를 향해 사나운 표정을 지으며 소리쳤다.

"남은 값으로 싸주세요! 딴마음 먹으면 가만히 두지 않을 테니 확실히 해요! 알았죠?"

옥봉은 사내를 향해 으르렁거리는 듯 포악을 떨었다. 사내는 어쭈, 제법인데? 싶은 얼굴로 씨익 웃더니 김이 포락포락 나는 가게로 돌아갔다. 솥단지 뚜껑을 열어 개떡 한 덩이를 집어내면서도 사내는 일진이 좋은 듯 연신 싱글벙글하였다. 아이는 사내가 옥봉에게 건넨 보리 개떡을 거칠게 채갔다.

아이의 발목이 무섭게 부어오르고 있었다. 망연히 아이를 바라보고 있던 옥봉은 장옷을 벗어 야무지게 쥔 다음, 아이를 향해 돌려 앉아 등을 들이댔다. 하지만 아이는 옥봉을 밀쳐냈다. 개떡을 껴안은 채 자신을 밀어내는 아이의 눈자위 아래에 박힌 눈물점이 선명했다. 애써 짓는 사나운 눈빛과 전혀 어울리지 않는 조합이었다. 옥봉의 호기심은 더욱 커졌다.

앙다문 아이의 입에서 신음이 새어 나오고 있었다. 옥봉이 다시 등을 들이대며 아이를 채근했다. 마침내 아이는 옥봉을 향해 기다시피 다가와 어깨에 팔을 얹었다.

아이를 업은 옥봉은 조심조심 걸음을 떼기 시작했다. 아이는 생각보다 가벼웠다. 손에 닿는 것이라곤 뼈마디뿐이었다. 제대로 먹지 못해 미처 자라지 못한 것이라면, 아이는 예닐곱의 나이가 아닐지도 몰랐다.

옥봉은 비척비척 걸었다. 옥봉의 등허리에 바짝 달라붙은 아이의 무게가 점점 무겁게 느껴졌다. 이마와 볼에 흐르는 땀방울이 힘겹게 걸음을 놓는 당혜 위로 뚝뚝 떨어졌다.

인적 드문 외길을 걸어 동소문 밖으로 한참을 걸어간 옥봉은 그만 자리에 우뚝 서고 말았다. 거적때기로 이루어진 움막촌이 시야를 막아서고 있는 곳이었다.

등에서 내린 아이는 절뚝절뚝 거적때기를 들추며 집 안으로 들어갔다. 옥봉이 아이를 따라 거적을 들치고 들어갔다.

흡!

창 하나 없는 캄캄한 어둠 속에서 맨 먼저 옥봉을 맞이한 것은 썩은 냄새였다. 코를 찌르는 듯 파고드는, 정체를 알 수 없는 냄새에 옥봉은 정신을 차릴 수가 없었다. 먼지와 곰팡이, 오줌과 똥, 피와 고름이 한데 섞여 썩어가는 냄새였다. 옥봉은 못 박힌 듯 서서 검은 어둠이 눈에 익기를 기다렸다. 냄새에 코가 무디어지기를 기다렸는지도 몰랐다. 그렇게 망연히 서 있노라니 어둠의 저편 구석에서 무언가 짐승이 움직이는 듯한 기척이 느껴졌다.

힘없는 노파의 거동이 느리게 이어졌다. 굼뜨게, 억지로 몸을 일으키는 소리였다. 노파 옆으로 기어가듯 몸을 옮긴 사내

아이는 품에 든 보리 개떡을 노파 앞에 내려놓았다.

차차 어둠이 가신 옥봉의 눈에 거짓말 같은 풍경이 펼쳐졌다. 피골이 상접한 백발 노파가 개떡을 두 손으로 움켜쥔 채 입안에 처넣는 모습은 비현실적일 만큼 멀었다. 옆에는 이제 갓 돌이나 지났을까 싶은 계집아이가 추스를 기운도 없이 개떡을 향해 꾸물꾸물 기어가는 모습이었다. 개떡을 우물거리던 노파가 옥봉 쪽으로 고개를 돌렸는데, 초점 없이 망연한 눈빛은 노파가 앞을 보지 못한다는 것을 말해주고 있었다.

목을 조이듯 여기저기에 내걸린 거미줄, 곰팡이와 먼지가 부옇게 올라앉은 가재도구들, 지린내와 구린내가 합쳐져 썩어가는 온갖 냄새들 속에서 거적때기 입구에 놓인 솥단지가 언제 밥을 지었는지 모르게 녹이 슨 채 잠들어 있었다.

옥봉은 무너질 듯 피로감을 느끼며 삿자리에 걸터앉았다. 그러자 빈대와 벼룩 같은 물것들이 일제히 옥봉의 옷 속으로 파고들기 시작했다. 허기진 창자를 채우겠다는 듯 사정없이 달려들어서 물고 뜯는 이들로 인해 정신이 혼미해질 지경이었다.

견디다 못한 옥봉이 몸을 일으켰다. 장옷을 벗어 벽에 걸고는 발치에 뒹굴던 새끼줄 하나를 집어 허리띠를 졸라맸다. 해지고 너덜너덜한 옷가지를 집어 든 옥봉은 거적을 들치고 집 앞 개울로 내려갔다. 물에 헹궈낸 옷가지를 들고 다시 거적 안으로 들어선 옥봉은 아이의 발목을 당겨 조심스레 닦아내기 시작했다. 벌겋게 부풀어 오른 발목에서 맷국물이 흘러내렸다. 아이는 온몸을 비틀어대며 고통을 참아냈다. 옥봉은 냉찜질하듯 몇 번이나 새로 빤 물걸레로 아이의 발목을 씻기고 덧대어주었다.

내친김에 아이의 얼굴을 씻겨주기도 했다. 물은 차가웠으련만 옥봉에게 얼굴을 맡긴 채 아이는 눈을 꼭 감고 있을 뿐이었다. 말갛게 씻긴 아이의 얼굴에서 비로소 생기가 돌았다. 보리 개떡을 훔칠 때의 앙다문 입술, 적의 가득한 날카로운 눈매는 어느덧 사라지고 없었다. 오랜만에 다사로운 손길을 받은 아이의 눈자위에 은은하게 기쁨이 떠돌았다.

옥봉은 아이의 눈물점을 보면서 어쩌면 사내아이가 아니라 계집아이일지도 모른다는 생각이 들었다. 옥봉은 경이로움으로 빛나는 아이의 눈빛을 바라보다 문득 물었다.

"어머니는?"

아이가 고개를 흔들었다.

"언제 오실지도?"

아이가 또다시 고개를 흔들었다. 날은 점점 어두워지고 있었다. 옥봉은 그만 돌아가야 할 시간이 되었다고 생각했다. 마음이 두서없이 조급해졌다. 자신의 부재로 발칵 뒤집혔을 집을 생각했다. 하지만 아픈 아이를 두고 돌아설 수는 없었다. 아이의 어머니가 얼른 돌아오면 좋으련만 기약조차 없으니 막막할 뿐이었다.

옥봉은 비로소 자신이 사대문 밖 멀리까지 와버렸음을 상기했다. 이곳에서 어두운 밤길을 더듬어 집을 찾아갈 일이 요원하게 느껴졌다. 자신의 부재를 가장 먼저 알아차린 사람은 물론 부월일 것이다. 어쩌면 두만도 알고 있을 테지. 두만네의 걱정과 초조한 얼굴이 눈에 보이는 듯했다.

옥봉이 몸을 일으켰다. 그러자 아이가 다급하게 옥봉의 옷자락을 잡았다.

"나는 맹아예요, 맹아."

"맹아?"

아이가 고개를 끄덕였다. 옥봉은 그대로 주저앉았다. 아이의 간절한 눈망울이 옥봉을 올려다보고 있었다. 무슨 말이든 걸어서라도 붙잡고 싶은 눈치가 역력했다. 옥봉은 고개를 끄덕이며 물었다.

"맹아라고 했지? 무슨 뜻이지? 누가 지어준 이름이야?"

아이는 고개를 흔들었다.

"몰라요. 아무나 그렇게 불러요. 멍청하다고요."

이번에는 옥봉이 고개를 흔들었다.

"아닐 거야. 너는 '앞 못 보는 소경' 같은 멍청한 그 맹아(盲兒)가 아니야. 이제 막 돋은 연하디연한 푸른 새싹, 그 '맹아(萌芽)'야. 세상에서 가장 예쁜 이름이지."

맹아가 환한 얼굴로 웃었다. 발목의 통증 따윈 저 멀리 날려버릴 만큼 기쁘게 웃는 맹아.

"너, 계집아이 맞지?"

아이의 눈 속에 당황하는 빛이 역력했다.

"왜 예쁜 얼굴 감추고 사내아이처럼 입고 다니는 거지?"

아이가 괴로운 듯 이마를 찡그렸다.

"치마를 입으면 남자들이 가만히 두질 않아요. 거지는 힘이 없어요. 아무나 건들어요. 먹을 것을 던져주면 뭔 짓을 해도 괜찮은 줄 알아요."

아이는 이내 눈을 내리깔고 남의 말을 하듯 덤덤하게 말을 이어갔다.

"엄마는 내가 죄가 많아서 여자로 태어났다고 했어요. 전생에 죄가 많으면 여자로 태어난다고요. 저는 다음 생에는 꼭 남자로 태어날 거예요. 그러려고 남자애들처럼 입고 다니는 거예요. 누구도 건들지 말라고."

옥봉의 가슴에 시린 바람이 밀려왔다. 그랬구나. 이 어린 것도 전생에 죄가 많아서 여자로 태어난다는 것을 알아버렸구나.

옥봉의 옷자락을 꼭 쥐고 있던 아이의 손마디가 스르르 풀리는가 싶더니 슬며시 고개를 꺾었다. 호롱불도 켜지 않는 움막 안은 캄캄한 어둠만이 완강하게 버티고 있을 뿐이었다. 옥봉은 자신도 모르게 아이의 등 언저리에 무거운 고개를 내려놓았다.

옥봉이 부스럭거리는 소리에 잠을 깼을 때는 이미 한밤중이었다. 산발한 채 휑한 눈으로 자신을 내려다보는 여인과 눈이 마주쳤다. 옥봉은 화들짝 놀라 몸을 일으켰다.

"누구요?"

여인이 겁에 질린 목소리로 물었다. 억눌린 듯 깊이 잠긴 목소리였다. 그러더니 다짜고짜 옥봉을 향해 소리치기 시작했다.

"귀신이면 얼릉 나가! 나가라고!"

여인이 소리를 질러대기 시작했다. 그 바람에 맹아가 번쩍 눈을 떴다. 이어 계집아이가 울음을 터트렸다. 여인은 아이를 향해 손을 뻗었으나 몸의 균형을 잡지 못해 뒤로 벌러덩 넘어졌다. 굼뜨게 몸을 일으키는 여인의 입에서 술 냄새가 짙게 풍겨왔다. 그사이 잠이 깬 노파가 두 손을 꿈지럭거리며 허공을 휘저었다.

"귀신이면 우리를 잡아먹어! 차라리 잡아 먹어버리라고!"

여인의 악다구니를 보다 못한 듯 맹아가 울음 섞인 목소리로 소리치기 시작했다.

"엄니! 아니여. 그러지 마라니께! 나가 다친 것을 봐주신 분한테 어찌 그리여!"

여인은 겁에 질린 얼굴로 온몸을 둥글게 감싸 안았다. 거적 때기 입구에는 여인이 이고 온 듯한 함지박이 놓여 있었다. 두어 되나 될까 싶은 보리쌀이 바닥을 채우고 있었다.

여인은 속이 타는지 옥봉이 길어놓은 물 항아리로 다가가 얼굴을 처박은 채 물을 들이켰다. 바랭이와 지푸라기가 들러붙은 여인의 머리칼이 제멋대로 흐트러져 있었다. 여인은 물이 뚝뚝 흐르는 얼굴로 움막 안을 미치광이처럼 돌아다니며 주절거렸다. 아이는 울음을 참으며 제 어미의 모습을 불안스레 지켜보았다.

"다 필요 읎어! 시엄씨가 산송장이믄 뭐혀? 못 먹고 굶어죽을 자식들이 눈꾸녁에 번헌디! 미치지 않고 살 수 있간디? 온전한 맴으로 어트게 살겠어?"

여인은 옥봉을 향해 연거푸 소리를 질러댔다.

"자네가 귀신이 아니라면 내 말 좀 들어보소! 내 썩은 가슴속 좀 들여다 보드란께! 여태껏 한 번도 털어놓지 못한 내 생가슴 한번 들여다보라고! 시상에 안 미친 놈이라곤 씨알도 읎더란마시! "

여인은 저고리를 훌훌 벗어 던지더니 땅바닥에 퍼질러 앉아 다리를 뻗대가며 울었다. 뜨거운 울화가 술기운을 타고 봇물 터진 듯 쏟아졌다. 여인의 한탄은 유장한 강물처럼 끝없이 이어졌다.

"아이고, 아이고…… 세금 못 낸 남편이…… 노역으로 함경도 저 먼 곳으로 수(戍)자리 살러 간 지 몇 년이여! 남편 없는 거지 년이라고…… 세상 놈들이 다 달라들어. 내 몸을 때리고 찢고 가만두들 안 혀."

별안간 벌떡 일어난 여인이 히죽히죽 웃기 시작했다.

"처음에는 그놈들과 죽어라고 싸웠제. 미친년 소리 들어감서 닥치는 대로 할퀴고 했더니, 어느 영감탱이가 나한테 그러데. 네가 뭔 열부라고 자식새끼들 굶기냐고! 멕이고 입히고 살아야 헐 것 아니냐고! 그까짓 죽 떠먹은 자리 티도 안 나는디 뭔 정절이냐고 허대. 값을 받으라고! 없으면 먹을 것을 달라고 하라 시키등만. 그래서 했제! 살라고! 살아야 쓴게! 보리 한 홉만 앵겨주면 하고시픈 대로 해준다고 했제! 그 뒤부텀 뭣이든지 갖다주는 놈들한테는 안 가리고 가랑이를 벌리제! 안 그런가? 그중에는 안 주는 도둑놈도 있더란게! 시상에 벼룩의 알을 빼먹을 놈 말이여. 그런 놈하고는 죽기 살기로 싸우제. 사람이믄 염치가 있어야제. 안 그런가? 나도 주는디, 지도 뭣이든 줘야 사람이제!"

옥봉은 귀를 틀어막고 싶었다. '목구멍이 포도청'이라는 말의 엄연한 현실을 똑똑히 보고 있는 듯싶었다. 목을 놓아 우는 여인의 울음소리는 제 설움에 겨운 듯 더욱 커져만 갔다.

"못 살것네! 못 살것어! 더 이상은 못 살것네! 모다들 혀를 꽉 깨물고 죽어버리고 잡네! 이 밤 새기 전에 황천길로 가버리고 잡네! 어디로든 도망쳐부리고 잡네! 각다귀 같은 남정네들 싹 다 죽어버린 저세상으로 가고 잡네……"

술에 취한 여인의 안중에는 삿자리 위에서 발목을 부여잡고 우는 맹아의 고통 따위는 들어 있지 않았다. 옥봉은 이곳이야말로 지옥인 듯싶었다. 지금껏 한탄했던 자신의 신세는 한낱 배부른 자의 엄살에 불과했다고 생각했다. 담장 안에서 안온하게 살아왔던 자신의 삶은 황야에서 울부짖는 힘없는 생명들 앞에 아무런 갈피도 의미도 없는 거였다.

울음 끝이 점점 잦아드는가 싶더니 여인은 그대로 고꾸라져 코를 골았다. 발목 통증을 호소하던 아이도 제풀에 지쳐 고요해졌다. 죽음과 같은 침묵이 찾아들었다.

옥봉은 몸을 일으켜 거적때기를 들추고 밖으로 나왔다. 사위가 아주 천천히 밝아오고 있었다. 차가운 새벽 공기 속으로 파고드는 미명이 새파랬다.

옥봉은 집을 향해 걸음을 내딛기 시작했다. 어서 맹아를 의원에게 데려가서 침을 맞고 처방을 받도록 해야겠다고 생각했다. 그러려면 아버지의 도움이 무엇보다 절실했다. 몸이 물 먹은 솜뭉치처럼 무거웠지만 옥봉의 걸음은 나는 듯이 빨랐다.

거리는 조용했다. 세상의 모든 것들이 잠든 이 시간, 다급하게 내딛는 옥봉의 발소리만이 제 귀를 울릴 뿐이었다. 한참을 뛰듯, 내달리듯, 걸음을 놓던 옥봉은 문득 장옷을 그곳에 두고 왔다는 것을 알았다. 하지만 무슨 상관이랴. 어차피 다시 가면 될 것이었다.

마침내 집 앞에 이르렀다. 가만히 대문을 밀었다. 하지만 대문은 완강히 잠긴 채 꿈쩍도 하지 않았다. 어떡하나. 무작정 기다려야만 할까. 소리 없이 스며들기 위해서라도 기다려야 했다. 조금 있으면 행랑아범이 기척을 할 것이었다. 문밖에서 서성이고 있는 옥봉의 살갗으로 새벽녘의 추위가 뼛속 깊이 파고들었다. 평소 같으면 달콤한 새벽잠에 빠져 있을 시간이었다. 옥봉은 힐끗거리며, 종종거리며, 와들와들 떨며 당연하게 주어졌던 이불 속의 잠자리를 그리워했다.

그렇게 얼마나 시간이 흘렀을까. 대문 안쪽으로부터 마당을 가로지르는 발걸음 소리가 부산스럽게 들려오기 시작했다. 두런두런 말소리도 이어졌다. 하지만 문은 좀처럼 열리지 않았다. 어딘지 모르게 새벽 공기가 바짝 당겨지는 느낌이었다.

마침내 빗장 빼는 소리와 함께 대문이 요란하게 열렸을 때, 맨 처음 모습을 드러낸 사람은 장씨였다! 비웃듯 입술을 일그러뜨리고 대문간에 버티어선 채 옥봉을 노려보는 장씨 뒤편으로 두만, 두만네, 점이 어멈, 부월, 행랑아범 등 집안의 권속들이 안절부절못한 채 서 있었다.

장씨의 노기 띤 목소리가 뺨을 후려치듯 들려왔다.

"제 발로 나갔으면서 어찌 다시 들어올 생각을 하셨을까? 왜 월담은 못하시고 하필이면 추운 새벽에 고생스럽게 밖을 서성거리고 계시나?"

눈을 게슴츠레 뜬 장씨가 비웃듯 입술을 이죽거렸다. 자취 없이 사라져 버린 옥봉 때문에 밤새 집안이 발칵 뒤집혀 있었으리라는 짐작은 어렵지 않았다.

"사내가 정분이 나 담을 넘었다는 이야기는 들었어도 혼기에 이른 처자가, 외간 남자와 눈이 맞아 밤을 새우고 들어온다는 행실 나쁜 처자가, 그것도 내 집에 함께 산다는 이야기는 여태껏 들어본 적 없네. 어떠신가? 원하신다면 이대로 나가셔도 좋다네."

장씨는 대문을 막아선 채 움직이지 않았다. 꼬박꼬박 높임말을 붙이는 장씨의 말투에는 어떤 형편이든 듣지도, 용납도 하지 않겠다는 기색이 역력했다. 장씨의 말은 얼음송곳이 되어 옥봉의 몸과 마음을 찍었다. 아버지 이봉은 어디에도 보이지 않았다.

"계속 밖에 서 있으시겠다는 겐가?"

옥봉은 장씨의 눈길을 피한 채 움직이지 않았다. 그러자 장씨는 보란 듯이 뒤편에 선 권속들을 돌아본 뒤 다시 입을 열었다.

"새벽바람부터 대문간에서 떠들면 동네방네 흉잡힐까 저어하는 바…… 내 단도직입적으로 묻겠네."

장씨가 입술을 비틀며 웃었다. 입가에 회심의 미소가 가득했다.

"나가면 들어올 수 없고, 들어오면 나갈 수 없네…… 어쩌실 텐가?"

말을 마친 장씨는 행랑아범을 향해 눈짓하더니 곧바로 등을 돌렸다. 마당을 가로질러 안채로 향하고 있던 장씨의 등이 딱딱하게 굳어 있었다. 장씨의 두 귀가 대문간을 향해 곤두세워져 있을 게 뻔했다.

행랑아범이 대문을 열어젖히며 옥봉을 향해서 고개를 숙였다.

"어서 안으로 드시지요."

두만이 대문 밖으로 나서 옥봉을 보위하듯 섰다. 부월과 두만네가 금방이라도 울음을 터트릴 듯 옥봉에게 다가섰다. 옥봉은 이들의 강권에 못 이긴 척 집 안으로 들어섰다. 새벽 기운에 차디차게 굳어버린 몸을 감당할 수 없기도 했지만, 장씨가 무슨 말을 한다 해도 들을 요량이었으니 상관없었다. 그럴 것이라는 마음의 준비도 있었다. 하지만 맹아에게 금방이라도 가봐야 할 상황인데 다시 나가기는 쉽지 않을 것 같아 불안했다.

옥봉이 마당을 가로질러 중문을 넘어서는 순간, 부월이 참았던 울음을 터트렸다.

"아씨! 어쩐 일이당가요? 무탈하신 거여요?"

부월은 옥봉의 어깨를 쓰다듬으며 울었다. 두만도 걱정스러운 낯빛으로 물었다.

"아씨……"

옥봉의 가슴이 울컥해지며 눈시울이 뜨거워졌다. 자신의 부재를 걱정하고, 자신을 위해 울어주는 사람이 있다는 것은 얼마나 따뜻한 일인가. 옥봉은 부월의 어깨를 토닥이며 가만

가만 속삭였다.

"그래, 그래. 괜찮다, 난 괜찮아."

옥봉은 부월의 등 뒤에서 어두운 얼굴로 서 있던 두만을 향해 낮게 물었다.

"아버지는?"

두만이 고개를 저었다.

"대감마님은 어제 출타하셔서 안 들어오셨습니다."

"무슨 일로?"

"막역지우 어르신 한 분이 서산에 목사로 부임하셨다기로 다녀오신다며 가셨습니다. 며칠 걸리실 거라는 말씀이 있었고요."

옥봉의 맥이 탁 풀렸다. 아버지에게 도움을 요청해보려는 뜻이 무산될지도 모른다는 위기감이 들었다. 옥봉은 저간의 사정을 궁금해하면서도 차마 묻지 못하고 서 있는 두만을 향해 고개를 끄덕이며 말했다.

"알았다. 물러가 있거라. 잠을 못 잤더니 피곤하구나. 나중에……"

두만은 마지못한 듯 주춤거리며 물러갔다. 돌아가자마자 두만네에게 옥봉의 무탈 소식을 전할 것이다. 두만네의 안도하는 눈자위 주름이 눈에 선했다.

부월은 옥봉의 방에 들어 이부자리를 봐준 뒤 눈치를 살피며 제 방으로 건너갔다. 몸은 무너질 듯 피곤했으나 잠은 쉬이 오지 않았다. 무엇보다 조바심이 가슴을 태웠다.

맹아는 어떻게 될 것인가. 옥봉이 본 바깥세상은 온갖 생명들이 사투를 벌이며 살아가는 광야였다. 그 속에서 힘없이 눈물짓는 이들의 삶이야말로 처절하기 이를 데 없지 않았던가. 살이 썩어들어가는 앞 못 보는 시모를 봉양하는, 남편 없어 뭇 남정네의 표적이 되는, 배곯는 어린 자식새끼를 위해서라면 수단과 방법을 가리지 않는, 자신의 몸도 건사할 수 없어 피눈물 나는, 술에 의지하지 않고서 맨정신으로는 버틸 수 없는, 가난한 그 여인의 삶은 앞으로 어찌 될 것인가.

옥봉은 누운 채 별채에 드리워진 높은 담장을 생각했다. 지금껏 살아오는 동안 감옥이라 여겼던 담장이 이렇게도 굳고 견고한 보호막이자 울타리가 되어주는 줄은 미처 몰랐다. 게다가 자신에게는 그 어떤 것도 용납해주는 든든한 뒷배인 아버지가 계시지 않는가.

옥봉은 제아무리 똑똑한 척한다 한들 아버지의 힘을 빌지 않고는 어떤 것도 가능하지 않음을 절감했다. 결혼하기 전에는 아버지의 뜻에 순종하고, 결혼해서는 남편의 뜻을 받들고, 늙어서는 아들의 뜻을 따른다는 삼종지도(三從之道) 때문이 아니었다. 아버지는 지극한 총애로 자신을 돌봐주는 지상의 유일한 사람이었다. 그러니 지금 자신의 심정을 충분히 헤아려줄 것이라 믿었다. 아버지는 당연히 그러실 분이다. 그러니 어서 돌아오시기를!

아버지! 세상에서 가장 큰 아픔은 자식의 주린 배를 채워주지 못하는 어미의 슬픔이라고 하지 않던가요. 오늘 우연히 바깥세상으로 나가서 맞닥뜨린 일가의 삶은 제게 커다란 숙제를 주었습니다. 지금껏 저는 제 삶의 고통이 세상 전부인 줄 알았던 우물 안의 개구리였던 겁니다. 세상의 물화가 한정되어 있듯, 세상의 기쁨과 행복이 무한하지는 않을진대 제가 아버지의 총애를 선물로 받아 누리는 동안 누군가는 제 빚을 대신 갚고 있었던 것입니다. 이제 제가 그들에게 진 빚을 갚고 싶습니다. 아버지, 저와 함께 그들을 방문하시어 비를 피할 처마 한 칸이 되어주세요! 간절히 빌고 또 빕니다!

하지만 이봉이 돌아온 것은 그로부터 열흘이나 지난 뒤였다. 이봉은 장씨로부터 옥봉에 대한 온갖 음해와 곡해를 받았음에도 한마디도 보태지 않고 물리쳤다. 옥봉의 청을 두말없이 받아들였을 뿐이다. 옥봉이 이봉과 함께 동소문 밖을 찾았을 때는 이미 맹아네 가족은 흔적도 남기지 않고 사라져버린 뒤였다. 옥봉의 상심은 이루 말할 수 없었다.

어찌 됐을까. 늙은 병자는? 맹아의 다리는? 밤마다 거적때기 앞에 남자들이 줄을 선다는 가난한 여인은? 수자리를 살러 간 남편은 살아 돌아왔을까? 앞날을 기약할 수 없는 그들의 불운한 삶을 상상하며 옥봉은 오래 앓았다. 가볍게 생각했던 한 번의 일탈로 인해 깊은 상심과 상실을 체득한 옥봉의 눈빛이 더없이 낮고 깊어졌다.

어느덧 비가 개고 후원으로 이어지는 담장 위로 살구꽃과 배꽃이 포근한 햇살을 받으며 뭉게구름을 드리운 듯 지천으로 피어났다. 참으로 아름다운 봄날이었다.

옥봉은 먹을 갈아 당시(唐詩) 몇 편을 베끼고 있었다. 그때 사랑채로부터 왁자한 소리가 들려왔다. 말들이 히잉, 거리는 소리, 삐걱삐걱 수레바퀴 소리, 하인들의 부산한 발소리까지 섞여 집 안 공기가 요동쳤다. 마루를 닦던 부월이 걸레를 내던지고 사랑채를 기웃거리더니 금방 소식을 물고 왔다.

"나으리 손님이 두 분이나 오셨어요. 전번에 오셨던 그 누구신가…… 키 크고 눈 부리부리하신 분에다가 또…… 그 아씨 글 잘 쓴다고 칭찬하며 아끼던 붓대를 선물해주신 그 어르신 말이여유."

부월의 수다로 미루어 짐작이 갔다. 송강 정철 선생과 서애 유성룡 선생이 행차하신 모양이었다. 옥봉의 가슴이 오랜만에 설렘으로 부풀어 올랐다. 맹아의 삶을 떠올리며 수시로 침몰하곤 했던 지난 시간 위로 봄 햇살 같은 비단 자수가 드리워지는 느낌이었다. 옥봉은 맹아의 삶과는 다른 일상을 누리는 데서 오는 죄책감을 느꼈지만, 시간이 흐를수록 안도감으로 기우는 것 또한 어쩌지 못했다.

옥봉은 서둘러 서안을 물린 다음, 경대 앞으로 다가앉아 머리를 빗고 눈썹을 그렸다. 옥봉의 마음은 벌써 사랑채로 달려가고 있었다.

이봉은 봉당 아래로 내려서서 이들을 반가이 맞아들였다.

"어서 오십시오. 두 분 다 무탈하셨지요?"

이봉은 두 사람을 향해 친근하게 웃으며 물었다.

"송강 공께서는 근자에 창평에 다녀오셨다지요? 소식이 많이 격조했습니다그려. 창평의 안부를 묻습니다."

"아무럼요. 창평은 죽림누필(竹林陋筆)의 고장이올시다. 그곳에서 붓을 세우지 않으면 어찌 안거의 염치를 논할 수 있겠습니까?"

그러자 서애가 호방한 얼굴로 송강의 말을 받았다.

"'무릇 대나무는 붓이나 악기가 되기도 하지만 창이 되기도 하는 법! 붓이 될지, 악기가 될지, 창이 될지는 그것을 손에 쥘 인물에 달려 있지 않겠습니까?"

"'대는 맑아서 누가 없고, 굳어서 변하지 않고, 비어서 용납한다'는 고려조 안축의 글에서 보시다시피 대나무의 속성만큼이나 사람 또한 맑고 변하지 않고 용납하면서 살아갈 수 있다면 그것이야말로 더할 나위 없는 일이지요."

이봉이 좌중을 돌아보며 흡족한 듯 미소 지었다.

"초반부터 나누시는 말씀에 벌써 좌중이 후끈 달아오릅니다그려. 그래 송강 공께서는 붓을 세우신다는 말씀대로 시문을 많이 지으셨겠지요?"

"별말씀을요. 그저 해본 소리입니다."

송강은 무렴한 듯 이마에 손을 댔다 떼며 말을 이었다.

"요즘은 가사체에 새삼 재미를 붙여가는 중이올시다. 처 외숙인 서하당 어르신께서 창평에 '식영정'이라는 정자를 지으셔서 부르셨기에 한동안 거기에서 지냈지요. '별유천지(別有天地) 비인간(非人間)'이라 할 만한 곳인데요, 그 속에 묻혀 사는 즐거움을 가사체로 지어 「성산별곡」이라 이름을 붙였습니다. 또 인근에 사시는 면앙정 어르신을 환벽당에 모시고 근동의 유생들과 음풍농월하며 지내느라 도낏자루 썩는 줄 모르고 살았답니다. 제 자랑이 너무 심했나요? 허허허."

송강이 만족스러운 듯 소리 내어 웃었다. 그래서 그런지 연전에 봤을 때보다 한결 밝아진 인상이었다. 지긋한 얼굴로 송강을 바라보던 이봉이 말을 이었다.

"아이고, 잘하셨습니다. 역시 사람의 마음을 정화시켜주는 것에 자연을 능가할 게 없지요. 번다한 곳으로부터 항상 떠나고 싶어 하는 저로서는 그저 부러울 따름입니다."

그러자 눈이 크고 부리부리한 얼굴을 가진 서애가 도포 자락을 들썩이며 자세를 고쳐 앉았다.

"별말씀을 다 하십니다그려. 뜻을 세우고 세상과 격을 유지하는 것은 향리에서만 할 수 있는 게 아닙니다. 어른께서는 이곳에서 세상과 타협하지 않고 진흙에 핀 연꽃처럼 맑은 생활로 꼿꼿한 윤리를 몸소 실천하고 계시잖습니까. 저희야 늘 마음으로 본을 삼는 바입니다."

"허허, 과찬이십니다그려."

이봉은 흡족한 듯 웃음을 터트렸다. 그러자 송강의 얼굴에 어두운 그늘이 드리워졌다.

"그나저나 나라 꼴이 갈수록 험악해져 걱정입니다. 외척들의 세력 다툼과 왕후의 수렴청정이 언제까지 가게 될지 생각만 해도 숨통이 막히는 기분입니다."

서애가 깊은 한숨을 내쉬었다.

"그러게나 말입니다. 왕의 권위는 땅에 떨어지고, 조정 대신들은 사리사욕을 채우기에 급급해하고 있어 나라 안팎이 어수선하기 짝이 없으니까요. 그러니 민심이 병들 수밖에요."

명종이 열두 살의 어린 나이에 왕위에 오르자마자 시작된 문정왕후의 수렴청정이 지금까지 이어지고 있었다. 문정왕후의 동생인 윤원형이 자신들의 세력을 공고히 하기 위해 일으킨 을사사화를 비롯해, 양재역 벽서사건의 만행뿐만 아니라 승려 보우를 병조판서에 앉히는 등 문정왕후와 윤원형의 횡포가 극에 달하던 참이었다.

이봉이 침통한 얼굴로 말을 이어갔다.

"엎친 데 덮친 격으로 흉년까지 계속되고 있지 않습니까? 백성의 태반이 굶주림에 시달리고 나라 구석구석 도적 떼가 난립하고 있습니다. 그러다 보니 양주의 백정 출신 임꺽정의 무리가 무려 3년 넘게 관군을 괴롭혔던 것 아니겠습니까? 나라가 이러니 남쪽에서는 왜구마저 기승을 부려 하루도 편할 날이 없고요."

서애가 다시 한숨을 내쉬며 낮게 말했다.

"퇴계 선생이나 남명 선생 같은 인재들이 나서주면 좋을 텐데, 향리에 묻힌 채 도통 출사하지 않으려 하시니 나라 꼴이 말이 아닙니다. 어쩌자는 것인지 나라의 법통을 세울 수 없으니 걱정입니다그려."

"그러게요. 시대가 어려울수록 인재가 그리워지는 법이지요."

세 사람은 동시에 고개를 끄덕였다.

그 사이 다과를 겸한 술상이 들어왔다. 그러자 이봉이 분위기를 바꾸려는 듯 술병을 높이 들며 호탕한 목소리로 말했다.

"오랜만에 만났는데 술 한잔 안 할 수 없지요. 자, 받으시지요."

그러자 송강이 생각났다는 듯 이봉을 바라보며 물었다.

"지난번에 왔을 때 총기 넘치던 자제분들은 어째 오늘은 안 보입니다그려."

"아들놈은 학당에서 기숙하느라 오랫동안 집을 비우는 중입니다. 여식이라도 불러올까요?"

두 사람은 흡족한 듯 고개를 끄덕였다. 이봉은 두만을 시켜 옥봉을 사랑채로 건너오게 했다. 옥봉은 기다렸다는 듯 사랑채로 달려가 서애와 송강에게 인사를 올렸다. 그러자 서애가 눈부신 듯한 표정으로 말했다.

"오호! 자색이 무르익은 걸 보니 제법 여염의 아녀자티가 여실하구나. 혼처를 물색해야 할 때가 된 모양이다."

수줍은 듯 고개를 숙인 옥봉의 귓바퀴가 붉게 물들었다. 귓불의 보드라운 솜털이 방 안의 미세한 바람을 타고 어른거렸다.

이봉은 옥봉의 한층 밝아진 얼굴에 안도했다. 삿자리에 절퍼덕 주저앉아 허망한 울음을 쏟아내던 옥봉. 그 후로도 좀처럼 헤어나오지 못하던 옥봉의 상심을 말없이 지켜보던 이봉의 마음조차 함께 침몰하는 듯했었다. 이봉은 옥봉의 얼굴에 화사한 미소를 갖게 해준 손님들이 참으로 고마웠다. 옥봉을 대견한 듯 바라보던 이봉이 입을 열었다.

"물론이지요. 좋은 혼처를 소개해주신다면 사양치 않겠습니다."

좌중이 일제히 호탕하게 웃었다. 옥봉은 얼굴을 붉히며 어찌할 바를 몰랐다. 송강이 옥봉을 바라보며 미소 지었다.

"네 시를 감상하는 재미가 좋은데 아까워서 어딜 보내겠느냐. 요즘도 열심히 쓰고 있으렷다?"

"소녀의 느리고 둔한 재주로 어찌 감당이 되겠습니까……"

옥봉이 발그레해진 얼굴을 감추며 고개를 숙였다. 그러자 서애가 대견한 듯 호탕하게 웃었다.

"허허, 겸손하기까지!"

그러자 미소를 머금은 채 바라보고 있던 송강이 자신의 앞에 놓인 술잔을 주욱 들이키더니 수염을 쓰다듬었다.

"옳거니, 어디 한번 감상해보자꾸나."

서애는 이미 눈을 감고 몸을 가만가만 좌우로 흔들고 있었다. 옥봉은 미리 준비해온 종이를 펼쳤다.

"달빛 아래 핀 배꽃을 보고 느낀 바가 있어 지어보았습니다."

옥봉은 발긋하게 상기된 얼굴로 시를 읽어 내려갔다. 잔잔한 수면에 바람이 일듯 목소리가 떨리고 있었다.

낙천감비양비색(樂天敢比楊妃色)

태백시칭백설향(太白時稱白雪香)

별유풍류미묘처(別有風流微妙處)

담연소월야중앙(淡煙疎月夜中央)

백낙천은 이 꽃을 양귀비에 견주었고

이태백은 이 꽃을 백설향이라 불렀지.

풍류롭고 미묘한 모습 따로 또 있으니

한밤중 달빛 아래 자욱한 꽃안개로구나.*

그러자 그때껏 음미하듯 눈을 감고 있던 송강이 시에 취한

---

* 이옥봉, 「배꽃을 노래함(詠梨花)」.

몸을 좌우로 흔들면서 고즈넉이 입을 열었다.

"백낙천은 「장한가」에서 양귀비의 빼어난 풍모를 '배꽃'에 비유했고, 이태백은 「궁중행락가」에서 '백설향'이라 하여 배꽃의 풍모를 드러냈다더니, 네 시는 한발 더 나아가 '한밤중 희미한 달빛 아래 꽃 안개 속이라' 했으니 배꽃은 사라지고 자욱한 향기만 남았구나. 참으로 아름답도다."

옥봉의 고개가 더 숙여졌다. 옥봉의 시야 속으로 개울물에 씻긴 맹아의 배꽃처럼 말간 눈빛이 떠올랐다. 너를 두고 나 이토록 행복해도 되는가? 옥봉은 자신에게 물었다. 피와 살과 뼈가 썩어가는 사람들로 가득한 세상에서 백설향이라니, 그것은 과연 누구의 것이란 말이냐. 옥봉은 고개를 흔들었다. 맹아의 얼굴은 물 위에 떨어진 배꽃처럼 휘돌다 이내 시야에서 사라졌다.

서애의 시평이 이어지고 있었다.

"저 아이의 시에서 만당(晚唐)의 시풍이 느껴지니 웬일입니까? 시어의 사용이나 시인의 정감, 사물의 바탕에 깔린 아름다움의 정조를 이렇듯 섬세하게 잡아내다니 말입니다. 만당 시도 이런 정조를 모두 가진 시는 드물 것입니다."

"지나친 칭찬은 아이에게 좋지 않을 것입니다. 거두어주시지요."

"아니, 어른께서는 얼마나 더한 욕심을 부리시렵니까?"

서애가 옥봉을 향해 다시 물었다.

"어떠냐? 네가 이백의 시를 무척 좋아한다는 생각이 드는데."

옥봉이 상기된 얼굴로 대답했다.

"저도 이백의 시가 좋습니다. 이백은 자연을 낭만적으로 읊어 자연 세계의 미묘한 모습을 사람의 눈에 보여주었기에 하지장이 이백을 일러 '귀신도 울게 할 시인'이라고 평한 바 있습니다. 저도 이백처럼 '귀신도 울게 할 시'를 쓰고 싶습니다."

서애가 예의 그 호탕한 웃음으로 반겼다.

"역시 어른의 여식답습니다. 천하의 문재(文才)인 어른의 핏줄을 어찌 가릴 수 있겠습니까? 하하."

서애의 호탕하고 걸걸한 목소리는 주위 사람의 가슴을 시원하게 뚫어주는 힘이 있었다. 웃음이 끝나기를 기다렸다는 듯 이봉이 천천히 말을 이었다.

"과찬이십니다. 거두어주시고 술이나 드십시다."

이봉은 자신 앞에 놓인 술잔을 들어 한입에 털어 넣더니 수염을 한 번 쓰다듬으며 말했다.

"시재(詩才)의 명사는 따로 있지요. 음수골에 사는 조원이라는 자인데, 장안에서는 그를 능가하는 사람이 없을 듯합니다."

서애가 놀란 눈으로 물었다.

"그 조원이라는 자, 운강 맞습니까?"

이봉이 고개를 끄덕였다.

"그렇습니다."

그러자 송강이 의아한 표정으로 되물었다.

"제가 그동안 향리에만 주욱 파묻혀 있어서인지 귀에 익숙지 않은 이름이오이다. 어떤 인물이기에 그 정도랍니까?"

"지난번 진사시에 장원급제한 젊은이인데, 문장이 뛰어나 사림계의 촉망을 한 몸에 받고 있습니다. 그자가 이번 생원시에서도 나란히 율곡 선생과 장원급제를 해 어깨를 견주게 됐지 뭡니까?"

서애가 이봉의 말을 받아 이었다.

"아, 그 운강이 맞다면 저도 들은 바가 있습니다. 효성이 장안에 자자하더군요. 어렸을 때 요절한 숙부인 응관의 뒤를 이으려 양자로 갔는데, 양자로 가자마자 곧 생부가 돌아가시는 바람에 어려서부터 생모와 양모를 함께 모셔야 하는 처지가 되었다지요. 자신을 두고 두 어머니 사이의 알력이 심했지만 지극한 효성으로 두 어머니의 사이가 좋아졌다는 이야기까지 전하는 인물입니다."

"대단한 사람이군요."

"집안 교육도 엄정하기가 유명합디다. 부인 또한 가솔을 대하는 데 한 치의 빈틈이 없어 가정교육의 모범이 될 만한 집안입니다."

"어허, 문장에, 효자에, 자식 교육까지…… 어디 하나 빠지는 데가 없군요."

"더구나 그자는 남명 선생의 문하생입니다. 이번 진사시에 장원급제를 거둔 것도 스승인 남명 선생의 가르침에 따른 결과라 할 수 있지요."

이봉 옆에서 조용히 먹을 갈고 있던 옥봉은 그의 이름을 몇 번이고 되뇌어보고 있었다.

조원이라니, 조원…… 조원……

차라리 소실로 가겠어요

독살을 피하려면 독을 먹어야 한다. 독을 먹어서 독에 대한 면역을 길러내는 것이다. 고통도 마찬가지다. 회피할 수 없다면 그것과 한 몸으로 살면서 극복하는 수밖에 없다. 서녀라는 것. 감출 수 없고 피할 수 없는 사실이라면, 독을 품듯 껴안고 살아가야 한다. 지금껏 물정 모르게 출렁였던 마음 다독이고 제 앞에 드리워진 길을 따라 강물처럼 흘러가야 한다. 그것만이 내가 선택해야 할 길이라면⋯⋯

별당으로 돌아온 옥봉은 깊은 침묵 속으로 빠져들었다.

'나의 아명은 이원이었다. 그런데 그의 이름이 조원이라니. 사대부 집안이라면 작명가를 통해 사소한 이름 자 하나도 허투루 짓지 않는 법. 그렇다면 우리는 전생의 어떤 인연이 깊었기에 이토록 같은 이름을 불러냈단 말인가.'

옥봉은 서안을 끌어당기지도 않았고 보료에 몸을 기대지도 않았다. 몸을 곧추세우고 앉아 방바닥을 뚫어지게 바라보기만 했다. 한 곳에 시선을 모은 채 깊은 생각을 이어갔다.

세상에 자신의 삶을 선택할 수 있는 사람은 많지 않다. 더구나 여자로서는 더욱 그렇다. 주어진 삶을 따르기는 쉬우나 선택하는 삶이 어려운 것은, 선택에 그만큼의 책임이 따르기 때문이다. 나는 주어진 삶을 따르며 누군가를 탓하는 일로 생을 탕진하지 않겠다. 무엇이 내 앞을 가로막는다고 해도 끝까지 내 뜻을 좇으리라. 그것이 비록 운명에 맞서는 일이라 할지라도 내 안의 길을 따라간다면 결코 후회는 없으리니.

시간은 흐르고 흘렀다. 몇 번의 비가 왔고 바람이 불었다. 살구꽃과 배꽃이 바람에 하르르 떨어져 내렸고, 땅에 떨어진 꽃잎들은 낙숫물에 실려 마당을 지나 어딘가를 향해 멀리멀리 떠갔다. 꽃 진 자리에 솟아난 작고 푸른 이파리들이 점점 모양을 키워가며 푸르러졌다. 해는 오랫동안 중천에 머물렀고, 오후가 되면 긴 그림자를 끌며 서쪽으로 천천히 사위어 갔다.

그러던 어느 여름날이었다. 장씨가 이봉의 사랑채를 찾았을 때, 이봉은 대청마루에 앉아 분합문을 높이 걸어놓은 채 당서(唐書)를 베껴 쓰고 있었다. 댓돌 아래 활짝 핀 수국이 따가운 햇볕에 못 이겨 무거운 고개를 한껏 떨구고 있는 한낮이었다.

"일전에 매파 넣은 자리에서 어서 빨리 결정을 해달라고 성화가 불같습니다."

장씨는 자리에 앉기가 무섭게 옥봉의 혼처 이야기를 꺼냈다. 가슴이 달아오르는 듯 부채를 펴서 활활 부쳐댔다.

"어떤 자리인데 그러시오?"

이봉은 붓을 손에 들었을 뿐 시선은 글씨에서 눈을 떼지 못한 채 건성으로 물었다.

"별당에 가서 말을 끄집어냈다가 주워 담지도 못하고 돌아오고 말았습니다."

또 열이 뻗치는지 장씨의 얼굴의 벌게졌다. 그제야 이봉은 붓을 벼루에 걸쳐놓고 물러나 앉으며 장씨를 바라보았다.

"자세히 말해보시오. 어디 들어봅시다."

"하나는 지난해 상처한 부잣집 유기 장수이고, 또 하나는 후손을 보지 못한 남산골 김 진사 첩실 자리지요. 그만하면 재물이고 뭐고 기울지 않는 혼처입니다."

이봉의 얼굴이 한순간에 굳어졌다. 노여움을 참느라 앙다문 입술 위로 관자놀이까지 실룩거렸다.

"아니, 부인은 어디 댈 만한 곳이 없어 후실에 첩실 자리까지 매파를 넣었단 말씀이오?"

그러자 장씨의 목소리가 대뜸 높아졌다.

"어찌 그리도 세상 물정을 모르십니까? 제 깜냥에 맞는 짝을 맺어줘야 일이 성사될 것 아닙니까? 아비 된 자가 되지도 않을 팔자 좋은 소리만 늘어놓고 있으니 원…… 참 답답도 하십니다그려!"

장씨는 이봉을 흘겨보며 혀를 찼다. 이봉은 온몸의 기가 푹 꺾이는 듯 후원으로 고개를 돌리고 말았다. 후원의 대숲이 짙은 그늘을 드리운 채 미동도 없이 서 있었다. 파리 한 마리가 윙윙 소리를 내며 이봉의 귓가를 어지럽혔다.

물론 이봉도 혼기에 이른 옥봉을 보면서 걱정하지 않은 것은 아니었다. 재취나 첩실 자리는 아니더라도 비슷한 처지의 서자에게 짝지어주면 무난하게 살 수 있을 것으로 생각하기는 했다. 어차피 집마다 서자가 있고 그들 또한 지체에 맞게 살아가는 세상이 아니던가. 그러려니 하고 저희끼리 무탈하게 살면 될 것이다.

이봉은 이내 고개를 흔들었다. 시에서 드러난 것처럼 옥봉은 사내들 못지않게 단단하고 곧은 기상을 가진 아이다. 그런 아이를 그저 밥 짓고 길쌈하면서 숨죽인 채 살아가게 할 수 있을까. 재색을 겸비한, 어디에 내놓아도 자랑스럽고 손색없는 아이인데 어찌 재취나 첩실 자리로 물러앉게 할까. 이봉은 딸의 재주를 그런 식으로 썩히기에는 너무나 아까웠다. 이봉의 가슴에 먹구름이 낀 듯 답답해졌다.

그때였다. 밖에서 인기척이 났다. 옥봉이었다. 장씨 부인은 "홍, 호랑이도 제 말을 하면 온다더니……" 혼잣말로 중얼거리면서 입을 실룩였다. 대청마루로 올라서던 옥봉은 장씨를 보자 멈칫했다.

"어서 오너라. 그러잖아도 네 혼처에 대해 의논하던 중이다."

이봉이 자상한 목소리로 말했다. 옥봉은 장씨의 얼굴을 외면한 채 고개를 숙였다.

"심려를 끼쳐 송구하옵니다."

"그래서 이 걱정들이 아니냐. 지금!"

장씨의 목소리가 날카롭게 튀어 올랐다. 옥봉의 눈빛이 흔들렸다. 그러자 안타까운 듯 옥봉을 내려다보고 있던 이봉이 달래려는 듯 낮게 물었다.

"그래, 네 생각은 어떠하냐?"

옥봉은 눈을 아래로 내리깐 채 입술을 질끈 깨물었다. 장씨가 숨죽인 채 옥봉을 바라보았다. 칠흑의 머리를 가로지르는 가르마가 단호하고 선명했다. 옥봉은 마침내 입을 열었다.

"소실로 가겠습니다."

장씨가 눈을 동그랗게 뜨면서 이봉을 쳐다보았다. 뜻하지 않은 낭보에 장씨의 입이 주체할 수 없이 벌어졌다. 장씨가 얼른 표정을 누그러뜨렸다.

"그래, 잘 생각했다. 어차피 그렇게 될 일이 아니겠느냐."

장씨의 말소리는 촉촉하고 다정했다. 옥봉은 장씨의 말에는 아랑곳하지 않고 말을 이었다.

"단, 조건이 있습니다. 저는 학문이 뛰어나고 도량이 넓은 사람이 아니면 싫습니다. 소실이 된다 해도 제가 존경하고 흠모할 수 있는 사람과 살고 싶습니다."

장씨의 표정이 일순 복잡해졌다. 그러자 이봉이 상황을 진정시키려는 듯 낮은 목소리로 물었다.

"그렇다면 미리 생각해놓은 사람이라도 있다는 게냐?"

"……"

한동안 침묵이 흘렀다. 기다리다 못한 장씨가 조바심이 난 듯 다그쳤다.

"답답하여 죽겠다. 어서 말을 하래도!"

옥봉은 당당하고도 분명한 목소리로 말했다.

"조원 나으리의 소실로 보내주세요."

순간, 이봉과 장씨가 아연한 얼굴로 서로를 쳐다보았다. 이봉은 제 귀를 의심했다.

"누…… 누구라고 했느냐?"

"조원 나으리라 하였습니다."

옥봉은 담담한 얼굴로 되풀이했다. 이봉은 사위가 핑 돌았다. 아뜩한 느낌이었다. 조원, 조원이라니! 이번 진사시에서 장원급제했다던 그 사람이 아닌가. 사림계의 촉망을 한 몸에 받고 있다는 장안의 인물, 그 조원이라니. 으음…… 이봉은 자신도 모르게 신음 소리를 냈다. 그때껏 충격을 이기지 못한 얼굴로 명치에 손을 얹고 있던 장씨가 가까스로 입을 열었다.

"도, 도…… 도대체 가당키나 한 일이냐?"

옥봉은 아무런 대답도 하지 않았다. 그러자 옥봉의 얼굴을 빤히 쳐다보고 있던 장씨가 어이가 없다는 듯 팩, 돌아앉았다. 이봉은 무슨 말을 해야 할지 알 수 없었다. 한동안 무연한 얼굴로 침묵을 지키다가 가까스로 입을 열어 얼버무렸을 뿐이었다.

"네 생각이 정 그렇다면…… 알아보기는 하겠다만……"

그러자 장씨가 참지 못하겠다는 듯 손바닥으로 방바닥을 쾅, 내리치더니 벌떡 일어섰다.

"다들 가관입니다그려!"

장씨가 어처구니없다는 듯 옥봉을 흘겨보더니 쿵, 쿵, 소리를 내며 댓돌 아래로 내려섰다. 이봉은 지끈거리는 듯 이마에 손을 얹더니 앞에 앉은 옥봉을 향해 말했다.

"그만 물러가 있거라."

옥봉이 사랑채를 나서자 이봉은 긴 침묵에 빠졌다.

조원이라면, 어려서부터 신동에다 효자로 이름이 났던 사람이다. 남명 조식은 자신의 문하에 들어온 조원을 보고는 '아름다운 선비'라고 감탄하였다지 않는가. 시론으로도 최고 명사인 최경창, 백광훈과 비등하다는 평가를 받는 사람이다. 인품으로나 재주로나 어느 모로 보나 옥봉의 성에 찰 만한 사람이다. 옥봉의 배필이 그 정도라면 자신도 아까울 것 없다고 생각은 하지만…… 이를 어쩐다?

옥봉이 별당으로 가니 부월이 마루 끝에 앉아 훌쩍이고 있었다. 바야흐로 농사철. 두만이 샛골 마름과 함께 양평 소작인들을 돌아보고 며칠 만에 귀가한 참이었다. 부월이 두만을 보자마자 껴안을 듯 달려들었다가 엉겁결에 밀쳐낸 두만의 손에 널브러졌던 모양이었다. 그런 부월에게 하인들이 손가락질해대며 낄낄댔다는 것이다.

"나쁜 놈! 콩떡에다 인절미까지 챙겨준 마음도 몰라주고 …… 내가 저를 을매나 생각허는디……"

징징거리며 울던 부월이 치마를 홱 걷어 올려 코를 풀었다.

옥봉이 그런 부월을 바라보며 빙그레 웃었다.

"원래 사내들이란, 좋다고 달라붙는 아녀자에겐 질색자망으로 내빼는 법이란다."

부월이 두툼한 입술을 내민 채 퉁명스럽게 되물었다.

"어째서 그런대요? 좋으면 좋은 거지."

"물론이지. 좋으면서도 내치기도 하고."

그러자 부월은 언제 그랬냐는 듯 눈을 빛내며 옥봉에게 바짝 다가앉았다.

"진짜요?"

"그리엄."

"두만이도요?"

"아마도."

며칠 뒤였다. 이봉은 조원의 집 앞에 서 있었다.

고샅길 양쪽으로 빈틈없이 잘 다져놓은 담장이 길게 이어졌다. 풀 한 포기, 꽃 한 송이도 키와 넓이를 맞춘 듯 조화롭고 단정했다. 대문 앞에 서니 맞배지붕으로 된 화려하고도 중후한 솟을대문이 하늘로 날아갈 듯 날렵했다. 장안의 풍광이 한 손에 잡힐 듯 내려다보인 탓에 보는 이의 기개를 의연히 날아오르게 할 만한 풍수였다.

종종걸음으로 달려 나온 하인은 극진하게 이봉을 맞아들였다. 이봉은 하인에게 일러 자신이 타고 온 말과 함께 두만을 행랑채에 들어 쉬게 했다. 하인은 이봉을 사랑채로 안내했다. 잘 조성된 연못과 꽃밭이 한눈에 쏙 들어왔다.

집의 외관이 주인의 정신을 드러낸다면, 안으로는 주인의 감성을 담는 법이다. 이봉은 이 집이야말로 내, 외관의 풍모가 잘 어우러져 있다고 생각했다. 나무 한 그루, 돌 하나, 화초 한 포기마다 정성스러운 손길 속에서 매만지고 다듬어온 흔적이 역력했다. 큰사랑 양쪽으로는 자미목이 각각 맵시 있게 드리워져 선비의 풍모를 더했고, 담장 밑에는 괴석이나 석함이 놓여 고아한 운치를 자아냈다. 댓돌 아래쪽으로는 네모 반듯한 하마석을 놓아 말이나 가마를 타고 내릴 때 디딜 수 있게 해놓았는데, 정남향으로 향한 사랑채의 마루가 햇살에 마냥 푸근한 것이 낮잠이라도 한숨 빠져들고 싶을 정도였다. 기둥마다 붙어 있는 주련도 깔끔했다.

하인이 봉당 아래에 서서 이봉의 도착을 알리자, 방에서 잘생긴 사내 하나가 옷깃을 여미며 마루로 나왔다. 마루를 딛는 그의 버선이 눈부시게 하얬다. 버선만큼이나 하얀 얼굴에 이목구비가 수려한 이지적인 사내였다. 사내가 댓돌 아래로 내려서며 깊이 허리를 숙였다.

"어서 오십시오. 조원입니다."

"처음 뵙겠소. 이봉이올시다."

"장인어른을 통해 어른의 함자는 익히 들었습니다."

"신암공과의 각별한 인연은 제게 과분한 복록이지요."

조원의 장인인 신암공 이준민은 이봉의 부친인 덕흥대원군과 내왕이 잦아 어릴 적부터 교분이 두터운 사이였다.

이봉은 조원을 따라 사랑채로 들어섰다. 누마루 왼쪽에 있는 사랑채의 내부도 바깥 풍경과 마찬가지였다. 화려하다고는 할 수 없었지만 놓일 것과 들일 것이 제자리에 있어 한 치의 어긋남이 없었다. 아랫목에 놓인 여섯 폭의 병풍에는 사군자에 맞게 시가 곁들여져 있어 한층 선비의 기품을 더했다.

이윽고 다과상이 들어왔다. 상 위엔 한 사람 접대에 맞춤한 쌀강정 몇 개와 따뜻한 찻물뿐 다른 차림이 없이 단출했다.

"드시지요."

조원의 권유를 받은 이봉은 찻잔을 집어 들었다. 조원은 찻물을 목울대로 넘기는 이봉을 물끄러미 바라보았다. 차갑고 이지적인 조원의 얼굴에는 자신을 찾아온 생면부지의 사람에 대한 경계의 빛이 역력했다. 같이 차를 마셨더라면 분위기가 한결 부드러울 텐데…… 이봉은 아쉽게 생각했다.

우선 말머리를 돌릴 필요가 있었다. 이봉은 찻잔을 내려놓으며 그때껏 자신을 바라보고 있던 조원을 향해 입을 열었다.

"장원급제하심을 축하드리오이다."

"고맙습니다."

조원이 앉은 채로 상체를 굽혔다.

"신암공께서는 운강에 대한 자부심이 대단하더이다."

"과찬이십니다. 오히려 장인어른께서 미력한 저를 자식처럼 돌봐주시는 편이지요."

이봉은 방 안을 휘둘러보면서 계속 딴전을 피웠다. 벽면에는 조원이 썼음직한 몇 개의 족자가 고요히 드리워져 있었다.

"은은한 차향이 먹물의 향기와 어우러지니 진정 이곳이 천상인가 싶습니다그려."

"왕실의 귀한 계보를 잇고 계시는 어른의 가풍과 비교나 할 수 있겠습니까? 그저 어린아이 장난처럼 유치할 뿐이지요."

인사치레로 몇 차례 말이 오갔으나, 더 이상 다음 말이 이어지지 않았다. 한참 동안의 침묵이 이어졌다. 그러자 조원이 기다릴 것 없다는 얼굴로 침묵을 뚫었다.

"이곳에는 어쩐 일이십니까."

이봉은 조원의 눈길을 피할 수 없었다. 이봉은 헛기침으로 목청을 쓸어내렸다. 어쭙잖게 매파를 동원할 사안은 아니라

고 생각했다. 무엇보다 늘 가슴 한쪽을 시리게 했던 자식의
원을 풀어주는 일이었다. 아비로서 간절한 의중을 담아 직접
담판을 벌이는 게 낫다는 심사가 섰기 때문이었다.

"사실은, 내 한 가지 청이 있어서 왔소이다."

"무슨 일이시온지……"

조원은 여전히 불편한 얼굴을 누그러뜨리지 않은 채 이봉
의 말을 되받았다.

"학문과 문재가 뛰어나다는 공께 어울리는 일이라 생각되
어 말씀드리오이다. 내게는 눈에 넣어도 아프지 않을 영특한
여식이 하나 있소. 시 짓는 재주가 뛰어나 명사들의 칭찬을
받는 바이지만, 불행히 서녀로 태어나 걸맞은 혼처를 정하지
못해 애를 태우고 있던 차, 그 아이가 공의 소실이 되기를 원
하고 있소이다. 허락해주시오."

조원의 이마가 찌푸려졌다. 이윽고 조원은 입매를 단단히
모으더니 뚝 잘라 말했다.

"그럴 생각이 없습니다."

생각대로 단정한 성품이었다. 이봉은 벌게진 얼굴로 입술
을 짓씹었다. 한동안 어색한 침묵이 이어졌으나 더 이상의 언
급은 없었다. 기다리다 못한 이봉은 마침내 방을 나서고야 말
았다. 별다른 표정 없이 뒤따르는 조원에게 내보인 뒤통수가
헛헛해서 견딜 수 없었다. 마루를 내려설 때는 하마터면 발을
헛디딜 뻔했다. 댓돌의 신발을 꿰차는 모습이 위태로웠던지

행랑채 마루에 앉아 기다리고 있던 두만이 부리나케 달려와 이봉의 몸을 부축했다.

끙, 말에 올라타면서 이봉은 신음 소리를 냈다. 두만이 걱정스러운 듯이 안장과 걸쇠를 한 번 더 확인했다. 이봉은 실신한 듯 말 잔등에 엎드렸다.

집에 돌아온 이봉은 한동안 문밖출입을 하지 않았다. 가슴을 끓이느라 두 눈이 쑥 들어갔다.

"건방진 놈! 나를 우습게 보다니…… 이렇게 분할 데가 있나. 내 이놈을……!"

생각할수록 벌떡증이 치밀어 견딜 수 없었다. 생병이 도질 지경이었다. 두만은 그런 이봉의 수발을 묵묵히 받아냈다.

이봉은 다시 옥봉을 불렀다. 옥봉은 자리에서 몸을 일으키는 아버지의 초췌한 모습을 보고는 가슴이 철렁 내려앉았다. 이봉이 지친 듯한 목소리로 입을 열었다.

"아무래도 조원과의 혼사는 어려울 성싶다."

옥봉은 고개를 숙인 채 한동안 말이 없었다. 이윽고 차분하게 가라앉은 목소리로 입을 열었다.

"뭇 생명들의 짝을 맺는 일은 하늘이 정한 이치이온데, 미약한 사람의 뜻으로 어찌 천리를 거스를 수 있겠습니까? 저의 미천함으로 일이 이렇게 되고 말았으니 하늘에 부끄럽습니다. 하지만 제 마음이 아닌 타인의 뜻을 따를 수 없는 것 또한 순리이오니 어쩌겠습니까? 평생 홀로 늙어갈 밖에요."

이봉의 표정이 아뜩해졌다. 절망도 체념도 없이 앉아 있는 옥봉을 보며 이봉은 하릴없이 마당으로 시선을 돌리고 말았다. 마당에는 이제 막 타오르기 시작한 한여름 햇살이 땅바닥에 창대처럼 내리꽂히고 있었다. 이봉은 시선을 마당에 던져둔 채 혼잣말로 중얼거리듯 말했다.

"그렇겠구나…… 그렇겠어."

옥봉의 고집은 도저히 꺾을 수 없는 데다 세상에 하나밖에 없는 손안의 보물을 평생 독수공방하게 만든다는 건 상상도 할 수 없었다. 이봉은 다시 깊은 고민에 빠졌다.

흠…… 어려서 부친을 잃었다는 조원. 그렇다면 신암공이 조원에게는 부친 같은 장인일 테다. 어려서 양자로 간 탓에 생모와 양모를 함께 모시느라 고생을 했다면…… 소실 두는 것이 번거롭게 느껴지기도 하겠지. 게다가 부인의 성품 또한 녹록지 않다고 하질 않던가. 그렇다면…… 소실 생각이 있다 하더라도 장인과 부인의 뜻을 멀리하고 혼자 결정하기는 쉽지 않을 것이야. 그렇다면 어쩐다?

순간, 이봉의 머릿속이 환해졌다.

이봉은 자리에서 일어나 옷을 갈아입기 시작했다. 말을 대령하라고 이르고 나자 마음이 이를 데 없이 조급해졌다. 이봉은 단숨에 조원의 장인인 신암공 이준민의 집으로 달려갔다. 이제 막 퇴청하여 옷을 갈아입고 난 이준민은 예기치 않게 찾아온 이봉의 부탁을 듣고 빙그레 웃었다.

"대단한 여식을 두셨구려."

당황스러워진 이봉이 말을 더듬었다.

"부끄럽습니다."

그러자 이준민은 빙그레 웃는 얼굴로 이봉을 빤히 쳐다보며 물었다.

"아비의 마음을 그토록 사로잡는 여식이라면 출가시킨 뒤엔 어찌 지내시려고?"

"그러니 아무에게나 보낼 수 있겠습니까?"

이봉은 말을 뱉어놓고 아차, 싶었다. 속내를 들키기나 한 것처럼 얼굴이 따가웠다. 뒷수습을 하려는 듯 이봉이 다시 어물거렸다.

"열심히 가르치기는 했어도 사실은 부족한 게 많습니다."

"종실의 자손인데 어련하겠소? 내 직접 운강에게 말을 건네보리다."

이준민이 걱정하지 말라는 듯 흔쾌한 목소리로 말했다. 이봉은 깊이 허리를 숙여 절을 하고는 이준민의 집을 빠져나왔다. 이봉은 대문 앞에서 기다리고 있던 말의 안장 위로 훌쩍 올라탔다. 사뿐한 몸놀림이었다. 이봉은 터져 나오려는 감정을 애써 누르려는 듯 혼잣말로 중얼거렸다.

"잘됐다!"

조심스레 이봉의 기색을 살피던 두만의 얼굴이 일순 어두워졌다. 고개를 숙인 채 말없이 말고삐를 잡고 가던 그의 걸음걸이가 자꾸만 뒤로 쳐졌다. 고삐가 두만을 끌고 가는 형국이 되었다.

고샅을 빠져나오는 동안, 담장 안쪽에서 때늦은 닭 울음소리가 들려왔다. 닭은 연거푸 울어댔다. 말 위에 탄 채 담장 너머를 기웃거리며 히죽이던 이봉이 혼잣말로 중얼거렸다.

"허 참, 고놈! 알 낳았나 보다."

세찬 빗줄기가 사선을 그으며 떨어져 내렸다. 잔뜩 흐린 탓에 사위가 어두침침했다. 처마 끝에서 떨어지는 빗물은 물고랑 사이로 둥글게 파문을 만들면서 끝없이 떠내려갔다.

날은 금방 어두워졌다. 해 질 무렵이 되면서 빗발이 가늘어지긴 했지만 비는 계속해서 쏟아졌다. 내내 빗소리에 귀를 적시고 있던 옥봉은 마음을 가라앉히고자 서안을 끌어당겼다. 그러나 눈이 책 위에 머물러 있을 뿐 머릿속은 빗소리가 어지럽게 파고들어 산란하기 이를 데 없었다.

조원의 소실로 들어가겠다고 말은 했지만 확신할 수 있는 것은 아무것도 없었다. 어떻게 앞날이 전개될지 알 수 없는 일이었다. 학문을 하고 효를 다한다는 소문만으로 그를 안다고 할 수 있을까. 아침 안개를 좋아하는지, 저녁노을을 좋아하는지, 비를 좋아하는 사람인지, 눈을 좋아하는 사람인지 알지도 못한다. 외롭고 허허로운 순간에 따뜻한 말 한마디 건네줄 수 있는 국량을 가진 사람인지도 아는 바 없질 않은가.

두렵고 허전했다. 지금껏 살아온 삶이 어려웠다 해도 자신에게는 한없이 아껴주는 아버지와 두만네가 있었다. 이들의 관심으로도 별 탈 없이 잘 지내온 셈이었다. 하지만 혼사는 자신을 버리고 새로운 삶을 받아들이는 일이었다. 어둠 속에서 무수한 잔바늘 같은 빗방울이 찔러대는 듯 가슴이 싸했다. 그때였다.

"아씨!"

옥봉은 봉창을 열었다. 두만이 마루 앞에 서 있었다.

"드릴 말씀이 있구먼요."

두만이 주춤거렸다.

"들어오너라."

두만은 방 안으로 들어와 옥봉 앞에 무릎을 꿇고 앉았다.

"무슨 일이냐?"

두만은 고개를 숙인 채 한동안 아무런 말도 하지 않았다. 그의 표정이 지나치게 무겁고 진지했다.

그건 평소에도 마찬가지였다. 살아가다 보면 민들레 홀씨를 훅 불어버리듯 어려움을 털어낼 줄 아는 재주도 필요할 터였다. 하지만 두만은 그러질 못했다. 표정은 지나치게 멀거나 깊었다. 그런 두만이 신실하고 믿음직스럽게 느껴질 때도 있었지만 사실 버거울 때가 더 많았다.

"할 말이 있으면 하거라."

"안 됩니다!"

고개를 든 두만의 얼굴은 뜻밖에 단호했다.

"안 된다니…… 무슨 말이냐?"

"그 혼사는 절대로 해서는 안 될 일입니다!"

옥봉은 자신도 모르게 목소리가 높아졌다.

"서녀라고 네가 나를 능멸하는 것이냐?"

두만의 얼굴이 벌겋게 달아올랐다. 황급히 뒷수습하려는 듯 두만의 말이 떨려 나왔다.

"저는 아씨가 무탈하게 살기를 바랄 뿐…… 다른 뜻은 없습니다."

"무탈! 무탈! 어떻게 사는 게 무탈한 삶이더냐? 말해보아라. 돈 많은 유기 장수의 후실이 되어 헤픈 씀씀이로 만족하는 일이냐? 아니면 후손이 없는 양반집 첩실이 되어 대대손손 서자를 낳아주는 일이냐?"

두만이 말을 잇지 못한 채 고개를 숙였다. 붉게 달아오른 목엔 굵은 핏줄이 도드라져 있었다. 앙다문 입술이 바르르 떨린다고 생각하는 순간, 두만이 고개를 들었다. 어떤 질책에도 아랑곳하지 않겠다는 듯 목소리가 결결했다.

"저는 아씨가 돈도, 양반의 직첩도 바라지 않는다고 생각했습니다. 하지만 벼슬과 명예, 학문, 조원 나으리가 가진 능력까지 모두 다…… 아씨는 스스로 이루지 못한 것들을 대신 채우려 하십니다."

옥봉은 서안을 거칠게 밀쳐내며 소리쳤다.

"듣자 듣자 하니…… 가관이구나! 주제넘게도 네가 어찌 나를 안다고 하느냐. 그만 물러서거라. 불편하다!"

옥봉의 도드라진 말이 문지방을 넘었다. 그러자 금방 잠에서 깬 듯한 부월이 부스스한 얼굴로 뛰어왔다. 부월은 옥봉과 두만을 번갈아 보며 의아한 낯빛을 지었다. 옥봉은 화를 가라앉히려는 듯 긴 숨을 내뱉었다. 그리고 천천히 낮은 목소리로 말을 이었다.

"삶이 내게 원하는 게 있을 것이야. 난 그 길을 갈 뿐이다. 그러니 더 이상 나를 흔들지 마라."

그러자 두만이 떨리는 목소리로 덧붙였다.

"욕심이 화를 불러올까 두렵습니다……"

"그만 나가보래도!"

옥봉은 두만을 외면했다. 두만은 그대로 물러갔다. 부월은 두만의 뒤를 보며 이해할 수 없다는 듯 고개를 갸웃거리며 건넌방으로 돌아갔다. 문이 열리고 닫히는 동안 자락자락 내리는 빗소리가 더욱 거세게 파고들었다.

옥봉은 방 안을 서성였다. 괘씸한지고! 내 뜻대로 상대를 선택하는 게 그리도 위험한 일인가. 권문세가의 딸도 정해준 혼처에 따라 두말없이 결정하는 시대라서? 감히 서녀인 주제에? 물론 나도 조원이 어떤 사람인지 알지 못한다. 하지만 내 앞에 놓인 길을 갈 뿐이다. 다른 선택은 없다. 부귀는 본디 내 원하는 바 아니요, 높은 벼슬 또한 내 원한 바 아니다. 다만 시로 세상을 보고 시 짓기로 흉중의 뜻을 설파하는 자, 그 눈높이를 좇으려 함이라. 세상에 그런 남자는 귀한 고로 아득하고 캄캄할 뿐이다.

옥봉은 화를 가라앉히려고 애썼다. 사실 두만은 지금껏 누구보다 자신을 자상하게 돌봐준 사람이었다. 그러니 그의 염려가 과하지 않을 수도 있었다. 애정이 깊을수록 비관에 더 예민해지는 법이니까. 지금껏 누이처럼 피붙이로 살아온 두만이기에 예민하게 반응하는 것일 테지. 그마저도 두만의 충심이라 생각하니 마음이 차차 누그러졌다.

이봉이 다녀간 다음 날, 이준민은 즉시 조원의 집을 찾아갔다. 자리에 앉자마자 이준민은 조원의 얼굴을 빤히 들여다보며 물었다.

"이봉이라는 자가 여길 찾아왔다지? 그의 여식이 자네 소실로 오기를 소원한다는 이야기를 들었네. 어째서 그의 청을 거절했는가?"

망설일 것도 없이 들이치는 장인의 질문에 조원의 얼굴이 붉어졌다.

"나이도 어린 관원이 어찌 첩을 둘 수 있겠습니까?"

이준민은 큰소리를 내며 웃었다.

"이 사람아. 자네의 지위라면 소실을 들이는 게 흠이 아니네. 게다가 이봉의 여식은 용모와 덕행이 출중하고 시재가 뛰어나 풍류 반려로 맞을 만하다네. 그러니 받아주는 것이 어떻겠나."

"제게는 자식의 어미이자 어른을 봉양하고 지아비를 섬기는 정처(正妻)가 엄연한 터, 그런 말씀은 거두어주시지요."

부친 같다던 장인의 말도 들어먹히지 않을 꼿꼿한 어조였다. 흠, 이준민은 아쉬운 듯 몇 번 혀를 차더니 그대로 돌아갔다.

이준민은 이마에 손을 얹고 골똘히 생각했다. 양자로 간 양부모와 친모 모두를 정성껏 챙겨야 했던 노고를 누구보다 잘 알고 있었던 운강으로서는 흔쾌히 결정할 일은 아닐 것이다. 그러나 이 일을 성사시키고 싶은 생각을 포기할 수 없는 것은 이봉의 아버지였던 덕흥대원군과의 각별한 친분도 친분이지만 정작 딸의 유난한 성정 때문이기도 했다.

겉으로는 부드러운 듯 보였지만 누구에게도 빈틈을 용납하지 않는 딸의 꼿꼿하고 냉정한 성품이 이준민에게 늘 걱정이었다. 부모인 자신들뿐만 아니라 대소가의 친척들까지도 딸 앞에서는 말 한마디도 편하게 꺼내지 못했다. 그러니 집안 아랫것들의 전전긍긍이야 말할 필요조차 없을 것이다. 이준민은 딸이 아무리 출가외인이라 하지만 윗사람으로서 갖추어야 할 넉넉한 마음 씀씀이를 지니지 못해 집안의 기운을 원만하게 터주지 못할까 늘 걱정이었다. 다정다감한 소실이라도 들어와 같이 어우러지다 보면 집 안 분위기가 훨씬 부드러워질 것이다. 이준민은 다시 조원의 집을 찾아갔다.

"생각해봤는가? 소실을 들이지 않겠다는 자네 말은 고맙지만, 모름지기 남아로서 관직을 수행하는 동안 집안일을 지원하는 손길과는 다르게 적절한 보필을 받아야 하는 때가 오는 법이네. 나중에야 급하고 무리한 결정을 하느니 때마침 닿은 사람이 있어 나로서도 놓치고 싶지 않은 마음이니 이것도 인연이라 생각하네. 그 집은 종실의 후손이어서 가정의 훈도가 빠지지 않을 터인데다 고금 시문에 능해 글깨나 한다는 선비들도 쩔쩔매는 재능을 지닌 여식이라네. 자네를 보필할 소실로는 부족함이 없을 터이니, 다시 한 번 생각해주면 어떻겠나."

조원은 가타부타 아무런 대답도 하지 않았다. 그때 밖에서 인기척이 나더니 뜻밖에 조원의 부인인 이씨가 방으로 들어섰다.

"아버님, 오셨습니까?"

이씨는 식혜 그릇이 담긴 소반을 조심스럽게 방바닥에 내려놓았다.

"어서 오너라."

이준민은 낭패한 얼굴로 딸을 맞아들였다. 부엌어멈을 시키지 않고 직접 들고 온 품새로 보아 어떤 기척을 느꼈음이 틀림없었다. 사각 턱이라 얼굴이 유난히 커 보이는 데다 표정이 좀처럼 바뀌지 않는 딸의 얼굴이 가면을 쓴 것처럼 딱딱했다.

이씨가 양단 치마를 살짝 걷어내며 자리에 앉았다. 평소 치맛자락에 주름 한 올 얹히는 것도 신경을 쓰는 유별난 성격이었다. 이준민은 어렸을 때부터 똑같은 환경에서 아들들과 여식을 키웠지만, 여식은 다른 아들들과는 여러 면에서 다르다고 느꼈다. 아들들은 자신을 닮아 비교적 순편한 속내를 가졌지만 하나뿐인 여식은 혼자 지내는 방 안에서도 좀처럼 자세를 흩뜨리는 적이 없었다. 아버지 앞에서도 늘 허리를 꼿꼿이 세우고 앉아 이야기를 들었다. 말과 행동거지가 진중하고 엄격할 뿐만 아니라 성격 또한 냉정하고 이성적이어서 소소한 틈마저 그냥 지나친 적이 없었다. 그러니 이번 일도 마찬가지일 터였다. 딸의 의견을 듣지 않고는 진행할 수 없는 사안이었다. 더군다나 소실을 들이는 문제가 아닌가.

"마침 잘 왔구나. 그러잖아도 너를 부르려던 참이었다."

이씨가 살짝 이맛살을 찌푸리며 입술을 모았다.

"이봉이란 자로부터 자신의 여식을 운강의 소실로 맞아달라는 청을 받았다."

순간, 이씨의 눈살이 찌푸려지더니 미간이 잔뜩 좁아졌다. 그러나 입술을 굳게 다물 뿐 섣불리 감정을 드러내진 않았다.

"예로부터 관원이 소실을 두는 것은 흠이 아니다. 게다가 이번 시험에 장원급제까지 하고 보니 자연스러운 일이 되었다. 그래서 내가 몇 번이나 권유했는데도 운강은 극구 사양하는구나. 그래, 네 생각은 어떠냐?"

이씨는 여전히 찌푸린 표정을 짓고 있을 뿐 대답은 하지 않았다.

"그 집의 여식은 비록 서자이나 종실의 후예로서 보고 배운 바가 많고 성격 또한 다감해서 소실로 들어오면 네 뜻을 받들어 화목한 집안을 만들어갈 수 있을 것이다."

곁에 앉은 조원 또한 묵묵부답 침묵만 지키고 있을 뿐이었다. 이씨가 아버지 이준민을 향하여 조용히 입을 열었다.

"한 번도 생각해보지 못한 일입니다. 말미를 주시지요."

조원이 놀란 얼굴로 이씨를 돌아보았다. 단칼로 잘라버리지 않고 일말의 여지를 두다니 뜻밖이었다. 이씨는 조원의 눈길을 애써 피했다. 아버지 이준민이 돌아가고 난 뒤, 이씨도 조원과 한마디도 섞지 않은 채 곧바로 안채로 돌아갔다.

이씨는 보료 위에 꼿꼿하게 앉아 깊은 생각에 잠겼다. 온몸에 열이 달아올랐다. 무엇보다 아버지가 남편의 소실을 제안했다는 사실이 혼란스러웠다. 자신의 성정을 누구보다 잘 아실 분이 아닌가. 야속하고 서운했다.

만일 아버지가 아니고 다른 사람이 이 문제를 들고 나왔다면? 이씨는 고개를 저었다. 어차피 이리될 일이라면 앞뒤 재가며 딸을 위해 판단해줄 사람은 아버지가 아니겠는가. 그렇게 생각하자 이씨의 마음이 차츰 가라앉았다.

우선 남편 조원이 소실을 두는 일에 극구 사양하는 품이 무엇보다 고마웠다. 게다가 이 일은 예판 대감으로서 남자들의 사회적 위치와 처세에 대해 누구보다 잘 알고 있는 아버지가 권하는 일이었다. 소실로 들어올 사람의 됨됨이 또한 어느 정도는 갖췄다 하니 조건은 그런대로 괜찮을 듯싶었다. 지금은 남편이나 자신이 반대한다 해도 앞으로 언젠가는 대소가의 안팎에서 소실 문제를 들고 나올 수도 있는 일이었다. 나중에 그렇게 될 바에야 지금 아버지가 권유하는 사람으로 결정하는 게 나을지도 모른다. 여염집에서 벌어지는 처첩 간의 투기와 계략은 지어내기 좋아하는 호사가들의 말일 뿐이다. 어차피 될 일이라면 기꺼이 맞아들이는 게 누가 봐도 모양이 좋을 것이다. 며칠 동안 이마를 짚고 생각에 몰두하던 이씨는 조원을 찾아가 말했다.

"아버지의 권유를 받아들이시지요."

조원이 망연한 얼굴로 이씨를 쳐다보았다.

원앙이 짝을 지어
날아오르다

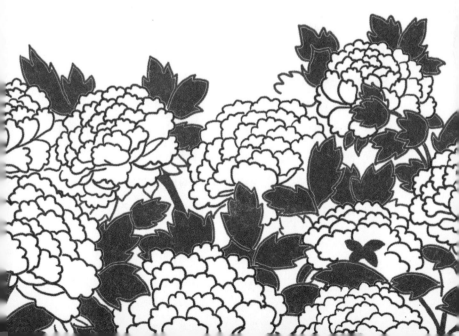

촛불이 가만가만 흔들렸다. 장지문 창호지 속으로 가을 달빛이 은은하게 배어들었다. 아랫목 병풍 앞에는 이부자리가 펼쳐져 있었고, 옆에는 조촐한 주안상이 차려져 있었다. 굳이 혼사의 예를 갖춘 것은 아니었지만, 집안사람들이 내내 종종거리며 정성스러운 마음으로 새아씨를 맞아들였다. 손님을 초대하지 않아 준비한 음식의 양은 많지 않았지만, 지난봄에 잘 갈무리해둔 모싯잎 송편과 절구로 찧어 만든 콩가루 인절미, 어물과 버섯과 고기와 채소를 정성껏 꿰어 만든 산적과 전골, 쌀과 깨로 만든 강정, 독하지 않게 빚은 맑은 술과 나물 등 종류별로 조금씩 준비했다. 하나하나 손으로 모양을 내가며 정성껏 음식을 만드는 것이야 이 집의 오래된 전통이라 하더라도, 빠진 것 없이 준비된 음식들은 이씨가 진두지휘하며 부엌에 나와 직접 간을 보고 모양을 맞춘 뒤에야 차려진 것들이었다.

옥봉은 마주 앉은 조원의 얼굴을 감히 올려다볼 생각도 하지 못한 채 고개를 모은 채 병풍에만 시선을 둘 뿐이었다. 여덟 폭 병풍에 현란하게 수놓아진 사군자와 화조도가 아름다웠다. 평소 손끝이 맵짜기로 유명한 두만네의 솜씨였다.

불현듯 두만이 떠올랐다. 그렇게 따져 묻고 돌아간 뒤 좀처럼 얼굴도 볼 수 없었던 두만. 집을 떠나올 때 자꾸 눈물을 훔치는 두만네의 손을 잡고 어디선가 두만이 나타나기를 기다렸는데도 두만은 끝끝내 모습을 드러내지 않았다. 옥봉의 가슴께에 아릿한 통증이 스쳐 갔다.

후원의 솔숲 쪽에서 바람이 일었다. 낙엽이 툇마루 위에서 이리저리 쓸려 다니는 소리를 냈다. 조원은 술병을 든 채 고개를 숙이고 있던 옥봉을 바라보았다.

'놀랍도다. 풍진 세상에 어찌 이토록 어질고 격조 높은 여인이 있었더란 말인가.'

조원이 빙그레 웃으며 옥봉 앞에 놓인 잔에 술을 따랐다.

"내게도 한잔 권해보시구려."

옥봉은 수줍은 얼굴로 조원에게서 술병을 받아들었다. 술병을 든 옥봉의 손이 가뭇없이 떨렸다. 술잔을 쥔 조원의 손이 촛불 아래 하얬다. 살점이라곤 찾아볼 수 없이 창백한, 오로지 글을 쓰고 책장을 넘기는 데만 사용되었을 식자(識者)의 손이었다. 옥봉의 손이 떨리는 바람에 술잔이 넘치고 말았다. 조원이 빙그레 웃으며 수건으로 손을 닦았다.

"같이 드십시다."

조원은 단숨에 잔을 비웠다. 옥봉이 잔을 입에 댔다 내려놓는 사이, 조원은 자신의 잔에 다시 술병을 기울였다. 그제야 옥봉은 고개를 들어 술을 따르고 있던 조원을 바라보았다.

휜칠한 키에 걸맞은 체격, 이목구비 수려한 외모, 짙은 눈썹과 이지적인 눈동자, 말수가 적은 데다 약간 끌리는 듯한 어투의 진중함까지, 조원의 외모는 옥봉이 지금껏 기대했던 바에 한 치도 어긋나지 않았다. 조원은 연거푸 두번째 잔을 비우고 나서 다시 입을 열었다.

"원치 않게 인연이 이루어졌소만 서운타 여기진 마시오. 간단치 않았던 저간의 사정에 대해서는 그대도 들은 바 있을 것이오. 하지만 오늘 이렇듯 직접 만나고 보니 기실 흡족하기 이를 데 없구려. 왜 그토록 장인어른께서 그대를 내 집식구로 만들려 했는지 이해가 되니 말이오."

조원이 옥봉을 바라보며 미소를 머금었다. 옥봉의 얼굴이 발그레 달아올랐다. 조원은 생각에 잠긴 듯 잠시 술잔을 내려다보더니 다시 말을 이었다.

"부족한 나를 그대가 그토록 소원했다 하니 고맙기 이를 데 없소. 다만 우리의 인연을 원만히 이어가기 위해 나 또한 그대에게 약조 하나를 받고자 하오."

옥봉은 바짝 긴장한 채 묵묵히 조원의 다음 말을 기다렸다. 조원은 고개 숙인 옥봉의 반듯한 가르마를 무연한 얼굴로 바라보다가 다시 말을 이었다.

"그대의 시재가 뛰어나다는 것은 익히 들어 알고 있소이다. 내 집에 들어와 글을 읽고 시를 쓰는 것은 좋은 일이나, 집안에 해가 되거나 부담되는 글을 쓰는 것은 용납할 수 없는 일이오. 그런 일이 생긴다면 엄중하게 책임을 물을 생각이오."

옥봉은 안도의 미소를 지으며 차분한 목소리로 대답했다.

"제가 어찌 나으리께 해가 되는 글을 쓰겠습니까? 그저 나으리의 소실로서 도리를 다할 따름이지요."

조원은 옥봉의 얼굴을 바라보더니 낮은 목소리로 덧붙였다.

"말은 입 밖으로 빠져 나오는 순간 사라져버리지만, 글은 오래도록 남기에 예기치 않은 순간에 우리의 등뼈를 찌르기도 하는 법이오. 부디 자중자애하여 뜻하지 않는 일에 연루되지 않기를 바라는 마음이오. 내 말이 무슨 뜻인지 그대가 모르진 않을 것이오. 어려운 시대를 살아가는 죄가 크오……"

조원은 한숨을 쉬듯 길게 숨을 내쉬었다. 옥봉은 조원의 마음에 화답하듯 굳은 어조로 대답했다.

"시문이라는 게 원래 사람의 사사로운 감정에서 출발한 산물이 아니겠습니까? 그동안 서녀로 태어나 살아오는 동안 제 마음의 외로움과 울화를 스스로 다스리지 못해 시문에 의지한 바 크오나, 이제 그토록 소원하던 지아비를 얻게 되었으니 어찌 시문의 힘을 빌릴 까닭이 있겠습니까? 이제부터는 나으리의 소실로 살아갈 목숨, 평생 나으리의 안위를 지켜드리며살 것입니다."

술기운이 오르는지 조원의 얼굴이 불그스레해졌다. 옥봉에게 다가간 조원은 조심스럽게 옷고름을 풀었다. 저고리를 벗겨내자 얇은 비단 속적삼 사이로 탐스럽게 익은 골짜기가 모습을 드러냈다. 조원은 부드러운 가슴에 입술을 댔다가 뗀 다음 치마의 고름을 풀었다. 사륵사륵 비단 자락 스치는 소리가났다.

발그레하게 익은 볼을 가만히 어루만지던 조원의 손길이뒤쪽을 더듬어가며 가만히 비녀를 잡아 뺐다. 그러자 땋아 내린 머리가 어깨 위로 풍성하게 쏟아졌다. 조원은 속적삼 속으로 손을 밀어 넣으며 옥봉의 몸을 넘어뜨렸다. 그 바람에 가물거리던 촛불이 한순간에 사위었다. 방 안에는 물속 같은 어둠이 펼쳐졌다. 이부자리처럼 펼쳐진 어둠 속으로 구월의 열나흘 달빛이 은은하게 스며들었다.

아침에 눈을 뜨자 조원은 이미 사라지고 없었다. 채 날이밝기도 전의 일이었다. 옥봉은 늦도록 잠을 이루지 못하고 뒤척거리다 곁에서 고른 숨소리를 내며 평안히 잠든 조원의 잘생긴 얼굴을 오래오래 바라보던 기억이 났다.

옥봉은 적삼과 속곳 사이로 가만히 자신의 몸을 쓸어보았다. 아직도 조원의 몸과 손길이 남아 있는 듯 생생했다. 옥봉의 얼굴이 발갛게 달아올랐다. 조원의 몸이 자신의 몸 안으로 깊숙이 들어오는 순간, 자신도 모르게 조원의 허리를 힘껏 끌어당겼다는 생각이 들었다. 반듯한 사고와 품성을 가진 조원이 옥봉의 행동을 불경하다고 여긴 것은 아니었을까. 현숙한 여인이 지녀야 할 첫날밤의 풍정치고 과한 것은 아니었을까. 조원이 정숙한 여자를 원했던 것이라면 이미 첫날밤에 가름이 되어버린 것은 아니었을까.

그러한들 옥봉은 조원을 제 품에서 놓고 싶지 않았다. 어떻게 해서 만난 사람인가. 분탕질을 하며 요분을 떨지는 못할망정 조원을 향해 가진 자신의 춘정까지야 어찌 제어할 수 있단 말인가. 옥봉은 이런저런 생각에 빠져 있다가 새벽녘에야 깜빡 잠이 들었던가 보았다.

옥봉은 자리에서 몸을 일으켰다. 낯을 씻고 거울을 끌어당겨 몸가짐과 옷차림을 간소하게 가다듬은 뒤, 안채로 가 이씨에게 문안 인사를 올렸다.

아직 날이 새지 않은 새벽의 기운이 새파랬다. 그러나 이씨는 기다리고 있었다는 듯 옥봉을 맞았다. 화조가 그려진 여섯 폭의 병풍이 둘러쳐진 아랫목에는 연보라에 진보라 공단으로 띠를 두른 보료가 깔려 있어 아늑하고도 차분한 느낌을 주는 방이었다. 이씨는 정갈한 차림으로 보료 위에 앉아 있었지만 밤새 잠을 자지 못했는지 까칠한 얼굴에는 피로한 기색이 역력했다. 그런데도 이씨는 윗사람의 의연한 태도를 잃지 않겠다는 듯 느릿한 어투로 물었다.

"잠자리가 불편하지는 않았는가."

옥봉은 수줍은 듯 얼굴을 붉혔다. 그러자 이씨는 밤새 되뇌었을 대사를 암송하듯 빠르게 말을 이었다.

"이제 자네는 오늘부터 이 집안의 식구가 되었으니, 하루바삐 불편함을 잊고 살아주길 바라네. 내 아랫것들에게도 단단히 이르겠지만 무엇보다도 자네의 노력이 필요할 터."

이씨는 잠깐 말을 끊은 후 옥봉을 바라보았다. 비녀를 꽂은 머리의 가르마가 선명했다. 치장 따위는 염두에 두지 않은 듯한 옥봉의 차림새에도 불구하고 요동하지 않는 차분한 눈빛과 투명하고 맑은 피부에 기품이 돌았다. 이씨는 속에서 터져 나오려는 말을 신음처럼 집어삼켰다.

'과연 듣던 대로구나……'

이씨는 반질반질 윤기가 흐르는 옥봉의 머릿결에 닿아 있던 시선을 거두었다. 마음속 깊이 담아두었던 말을 생각해내고는 잠깐 헛기침을 해 목을 가다듬었다. 긴장한 탓인지 눈빛이 딱딱하게 굳었다.

"한 가지만 묻겠네."

멈칫, 옥봉의 몸도 따라 굳었다. 이씨의 입언저리에 미세하게 경련이 일고 있었다. 감정을 제어하지 못한 탓에 목소리가 떨려 나왔다.

"자네가 나으리의 소실로 오기를 그토록 소원했다지?"

옥봉은 고개를 숙인 채 묵묵히 앉아 있었다. 치마폭 위에 놓인 이씨의 손가락이 떨고 있었다. 의연한 태도와 표정으로 말하고는 있지만 소실에 대한 질투와 두려움을 숨기지 못했기 때문이었다. 옥봉은 슬그머니 회심의 미소를 지었다.

"나라에서 첩을 허용한다고는 하나, 한 집에 두 아녀자가 살기는 쉬운 일이 아닐 터. 어린 나이에 어미를 여의었다니 소실로서의 처신을 배우지 못하고 자란 게 아닌가?"

이씨는 의혹에 찬 눈으로 옥봉을 바라보았다. 눈동자가 불안하게 흔들리고 있었다. 평안한 가정에서 지금껏 쌓아왔던 부덕이 한순간에 흔들리는 순간이었다.

옥봉은 차분한 목소리로 입을 열었다.

"처신에 관해 물으시니 일찍 어미를 잃은 저 또한 아는 바가 없어 드릴 말씀이 없습니다만, 태어나 오늘에 이르기까지 천한 자식인 저를 어미 대신 자애롭게 품어주신 부친의 보살핌으로 자라, 사람을 귀히 여기며 애련과 연민의 마음을 잃지 않았다고 사료되옵니다. 지금껏 서녀로 살다가 또다시 소실로 살아가야 할 이 몸의 곤곤함 또한 만만치 않사오나 운명으로 받아들이고 스스로 감당하고자 하는 마음으로 여기까지 오게 되었습니다."

이씨는 한 치의 떨림도 없이 차분하게 말을 이어가는 옥봉을 가만히 내려다보았다. 규방에 갇힌 아녀자로서 살아오는 동안 만나보지 못했던 또 하나의 여인, 당당하고 기품 있는 모습이었다.

"하지만 저를 받아들여야 할 마님의 마음 역시 편안치는 않을 것입니다. 지금껏 사람을 귀히 여겨왔던 제 마음이 변치 않았다면, 역지사지의 심정으로 소실을 곁에 두어야 하는 정처의 마음을 헤아리고자 하옵니다. 하여 오직 제 몸의 방자함으로 마님의 마음에 상처를 주는 일은 결단코 없을 것입니다."

옥봉의 말을 듣는 동안 이씨의 눈빛이 차분하게 가라앉았다. 딱딱하게 굳어 있던 허리를 곧추세운 이씨의 입에서 의연해진 목소리가 다시 흘러나왔다.

"자네의 마음이 정히 그렇다니 고맙네. 하지만 앞으로 우리가 어떻게 지낼 수 있는가는 순전히 자네에게 달렸다는 것만은 잊지 말게."

옥봉은 미소를 지으며 가만히 고개를 끄덕였다. 그러자 이씨가 다시 말을 덧붙였다.

"말이 난 김에 한 가지 더 약조를 받으려네."

옥봉의 얼굴이 다시 굳어졌다.

"자네의 시문 짓기 능력이 뛰어나다고 들었네. 체계적으로 학문을 쌓을 기회가 없는 우리 아녀자들에게 시문 짓기란 가히 넘볼 수 없는 귀하고 높은 재주이네. 하지만 아무리 글재주가 뛰어나다 해도 감히 남자들과 겨루는 일은 마땅하지도 옳은 일도 아니니 자네는 삼가고 또 삼가길 바라네. 그러니 내 말 각별히 새겨듣게."

옥봉은 깊이 다짐하고 공손하게 대답했다.

"명심하고 또 명심하겠습니다."

옥봉은 비로소 자신이 다른 삶을 시작했다는 것을 실감했다. 아침저녁 이씨에게 문안 인사를 올릴 때마다 옥봉은 외양을 치장하는 일을 극도로 삼갔다. 소실의 이런저런 치장으로 정처의 마음에 분란을 일으킬 소지를 아예 없애고자 함이었다. 사람의 아름다움은 꾸미지 않고도 자연스레 발현되는 법이거늘, 치장 없이도 충분히 자신을 살필 수 있다는 자신감인지도 몰랐다. 그런 태도는 담백하고도 금욕적인 집안 분위기와도 잘 맞아떨어졌다.

마당에는 비질 자국이 선명했고, 집 안팎은 늘 정갈했다. 일일이 관장하는 일이 윗사람의 의무이고 낱낱이 고하는 일이 아랫사람의 도리라는 듯 하인들의 웃음소리가 방문을 넘는 일도 없었다. 대체로 필요한 때 외에는 말을 아꼈다. 큰 소리로 말하는 법도 없었고 쉽게 화를 내는 사람도 없었다. 사람들은 정해진 시간에 일어났고, 정해진 시간에 밥을 먹었으며, 또 정해진 시간에 다시 잠자리에 들었다. 사람들은 날마다 같은 얼굴을 바라보며 자기 일에 충실할 뿐이었다. 바깥주인과 안주인의 변함없는 성격이 아랫것들의 수하 거처에 낱낱이 묻어났다.

댓돌에 놓인 신발이나 집 안의 가재도구 하나도 흐트러져 있는 법이 없었다. 기름 먹여 잘 닦아낸 장롱마다 반짝반짝 윤이 났고, 부엌어멈이 차려낸 밥상은 소박하고 따뜻했다. 빨래 어멈이 날마다 후원에서 삶아낸 빨래는 백옥처럼 희었고, 여종들이 아침저녁으로 닦아낸 마루에는 먼지 한 점 묻어나지 않았다. 침모는 바싹하게 마른 옷가지들과 이불 홑청과 베갯잇에 되디된 풀을 먹여 다듬이질했다. 햇살을 잘 받은 옷과 이불은 늘 고슬고슬했고, 얼굴을 들이대면 달콤한 누룽지 냄새가 났다. 한 치의 빈틈도 허용하지 않는 안주인 이씨의 성격을 닮은 탓이었다. 이씨는 조용했지만 까다로웠고 정확해서 정도를 넘는 법이 없었다.

조원 또한 다정다감하지는 않았지만 권위를 부리는 법도 없었다. 권위란 스스로 만들어 부리는 게 아니라, 사람들이 인정해줄 때 생기는 것임을 아는 사람들이었다. 어쩌다 찾아오는 사람들을 맞아들이기도 했지만, 조원은 대부분 사랑채에 들어앉아 오래도록 책을 읽었다. 두 아들을 외가로 보내 집을 비우고 없는 자리에 새 식구가 된 옥봉만이 별당의 그림자로 소리 없이 들어앉았을 뿐 외관상 변한 것이라곤 아무것도 없어 보였다. 물속처럼 고요한 날들이 그렇게 흘러갔다.

옥봉의 몸종으로 따라오게 된 부월은 고요한 집안 분위기에 답답해했다. 뒤꿈치를 들고 종종걸음을 치는 하인들의 흥을 보다가 나중에는 집으로 보내달라며 어린애처럼 앙앙거렸다. 어떤 날은 두만이 보고 싶다며 눈물을 짜내기도 했다. 그나마 부월에게 다행인 것은 옥봉의 거처가 별채에 있다는 사실이었다. 부월은 시종 별채에서 얼쩡거렸을 뿐 좀처럼 숨 막히는 안채 출입을 하지 않으려고 했다.

그러나 옥봉은 별채에만 머물러 있지 않았다. 시를 쓰지 않아 넘쳐나게 된 시간 중 대부분은 안채로 건너가 이씨의 말동무가 되어주는 데 힘썼다. 옥봉은 별채에 엎드려 그림자처럼 살지는 않겠다고 다짐했다. 줄곧 사랑채에 칩거해 글공부에 몰두하던 조원이 본격적인 학문 수행을 위해 남명 선생을 찾아 산천재로 거처를 옮긴 탓이기도 했다. 한층 적적해진 이씨에게 옥봉의 존재는 뜻밖에 정겹고 살갑게 다가왔다.

옥봉은 깐깐한 이씨의 성품에 맞게 정성을 기울였다. 그리하여 얼굴 붉힐 일도 없었다. 친정에서 양모인 장씨의 성품을 익히 겪어온 옥봉으로서는 어떻게 하면 이씨와 사이좋게 지낼 수 있겠는지 생각하지 않을 수 없었다. 설사 불편한 상황에 부닥치게 된다고 하더라도 이씨의 입장에 서야 집안의 화목을 도모하는 일이라 믿었다. 그것만이 옥봉이 이 집에서 살아남는 방법이었다.

그러려면 먼저 이씨의 마음을 사로잡아야 했다. 관계에 각별히 공을 들이되 적정하게 자신의 존재 수위를 유지하는 것이 중요했다. 없는 듯하면서도 정작 없으면 빈자리를 생각나게 만드는 것이야말로 오히려 자신의 존재를 드러내는 일이라 여겼다. 쉽고도 어려운 일이었다.

물속처럼 고요한 가운데 두 계절이 흔적 없이 지나갔다. 맑고 청명한 봄 날씨가 다시 이어졌다. 그날도 옥봉은 안채에 들어 이씨와 바둑을 두고 있었다. 바둑에 대해 별로 알지 못했던 옥봉은 이씨에게 돌을 놓는 것부터 시작해서 집을 만드는 법까지 하나하나 묘수를 배웠다. 이씨가 가진 지식을 마음껏 뽑낼 수 있도록 묻고 또 물었다. 두 사람은 바둑을 매개로 자연스럽게 가까워졌다. 옥봉은 하루가 다르게 바둑 실력이 늘었다. 어느덧 이씨와 나란히 돌을 놓을 정도가 되었다.

"그동안 나으리께서는 3년이나 지리산에서 공부하느라 집을 비웠지 않았겠나. 친정아버지께서 당신의 외숙이자 조선의 대학자이신 남명 조식 어른을 나으리께 소개를 해주었던 것이지. 그러한 까닭에 나도 혼례 이후 지금껏 나으리를 뵈온 날짜는 손으로 꼽을 정도라네."

옥봉은 고개를 끄덕였다.

"나으리 성품이 본래 그렇게 과묵하신 건지요. 통 말이 없으시니 어떻게 처신을 해야 할지 모르겠습니다."

이씨가 자신과 조원의 관계에 마음을 쓰고 있을 것으로 생각되어 일부러 꺼낸 말이었다. 조원이 소실인 자신을 대수롭지 않게 생각하고 있음을 인식시킴으로써 정실부인의 마음을 놓게 하려는 의도이기도 했다. 그러자 이씨가 부드러운 어조로 타이르듯이 말을 이었다.

"자네가 나으리를 잘 몰라서 그럴 것이야. 달리 표현은 없으시지만 마음 씀씀이가 남다른 분이시네."

본처의 당당함이 느껴지는 어조였지만 상황은 달랐다. 조원은 별채를 찾을 때마다 옥봉의 몸 구석구석에 얼굴을 묻었다. 옥봉의 손길이 더듬어올 적마다 움찔거리는 자신의 몸을 느꼈다. 제어할 수 없이 뜨거워지는 몸이었다. 정처에게서는 느낄 수 없는 생동감이었다. 간절히 기다리고 있었다는 듯 자신을 받아들이는 옥봉의 몸이 타오르는 불길처럼 느껴졌다. 조원은 빠져들면 다시는 헤어나올 수 없는 늪에 기꺼이 투항했다. 조원은 이지적이면서도 다감하기 짝이 없는 이 여자가 밤이 되면 미로 속으로 자신을 빨아들인다는 사실에 아찔함을 느꼈다. 현기증을 느꼈고, 신비로웠고, 경이로웠다. 한낮에도 그랬다. 서안을 당겨 책을 읽다 보면 자신을 휘감던 뜨거운 몸이 책 위에 어른거리기도 했다. 조원은 고개를 흔들었다. 아녀자의 몸이 가진 신비. 여태껏 느껴보지 못했던 몸의 격정에 비로소 눈을 뜬 기분이었다. 산등성이에 올라 뜨거운 숨을 터트릴 때마다 조원의 이마에는 승천지경의 황홀감이 오래오래 떠돌았다.

그러나 아침이 되면 조원의 얼굴은 예의 창백한 빛을 되찾았다. 그건 옥봉 또한 마찬가지였다. 물론 조원이 자주 옥봉을 찾지는 않았다. 엄정한 자제력 때문이었다. 두 사람은 모두 뜨거웠던 밤의 열정을 눈빛으로 나누려 들지도 않았다. 하지만 냉정한 표정 속에 감추어진 조원의 열정을 옥봉은 알고 있었다. 그럴수록 옥봉은 조원을 차지하고 있다는 승리감에 차올랐다. 조원을 절대로 놓지 않겠다고 다짐한 결과였다. 이씨는 절대 알 수 없을 것이다. 조원의 차갑고 냉정한 얼굴 속에 감추어진 뜨거운 몸의 열정을.

바둑판에 돌을 놓는 소리가 경쾌했다. 옥봉이 돌을 놓을 차례였다. 갑자기 바깥 마루가 시끌벅적해지더니 문이 왈칵 열리며 두 아이가 뛰어들어왔다. 아이들은 머리에 쓴 복건을 벗어던지며 이씨의 품에 안겨들었다. 이씨는 황급히 바둑판을 밀쳐내더니 함박웃음을 지으며 아이들을 껴안았다. 아이들은 이씨의 무릎을 차지하기 위해 서로를 몸으로 밀쳐냈다. 예닐곱쯤 되어 보이는 아이들이었다. 두 아들을 품에 안은 이씨의 얼굴은 천군만마를 얻은 듯한 표정으로 바뀌었다.

"어서들 오시게. 우리 주군들!"

이씨는 두 아이의 볼에 얼굴을 묻으며 행복한 미소를 지었다. 지금껏 봐왔던 엄숙하고 딱딱한 표정과는 전혀 다른 얼굴이었다. 이씨는 자랑스러운 얼굴로 옥봉을 바라보며 말했다.

"그동안 외가에 보냈다네."

이씨는 두 아들의 볼을 차례로 손바닥으로 쓸어주면서 말했다.

"어디 보자. 우리 희정은 외가의 형들 밑에서 공부하느라 힘드셨나 보우. 얼굴이 매우 수척해지셨어. 그래, 희철은 어떠신고?"

옥봉의 몸이 벼락을 맞은 듯 굳어졌다. 조원의 아들들에 대해 이야기를 듣긴 했지만 몇 달을 지내오는 지금까지 실제로 만난 것은 처음이었다. 환한 이마, 총명한 눈빛과 부드러운 볼, 앙증스러운 입술을 가진 두 아이의 몸짓은 햇살에 통통 튀어 오르는 물고기들 같았다.

옥봉은 극심한 질투를 느꼈다. 지금껏 조원의 몸을 사로잡았다고 믿으면서도 미처 채울 수 없었던 아쉬움의 실체를 두 눈으로 똑똑히 확인해버린 느낌이었다. 희정과 희철은 누구도 부정할 수 없는 조원의 분신들이자 그와의 삶을 증명해줄 이씨의 결정체들이었다.

그렇다면 자신의 사랑은 어떤가. 날이 밝으면 언제든 사라질 수 있는 이슬 같은 것 아닌가. 그것은 허망한 구름 같은 것이기도 했다. 옥봉의 가슴속으로 허허로움이 물밀듯 밀려왔다.

"인사드리시게. 작은어머니라네."

두 아들은 총명한 눈빛을 반짝이면서 옥봉에게 허리를 숙였다.

"우리 도련님들, 이리 오셔요."

옥봉도 한껏 팔을 벌리며 두 아들의 출현을 반겼다. 그러나 아이들은 이씨를 보며 머뭇거릴 뿐 선뜻 옥봉의 품에 안기려 하지 않았다. 눈에는 경계의 빛이 역력했다. 조원을 품에 안으면서 세상 전부를 껴안았다고 믿었던 옥봉의 두 팔이 만들어내는 공간이 허망했다. 옥봉은 어색한 듯 팔을 거두었다.

"어디, 그동안 외가에서 있었던 재미난 이야기 좀 들어볼까요?"

옥봉은 눈앞의 장면에 어지럼증을 느꼈다. 자리에서 일어선 옥봉은 이씨와 아들들이 도란도란 이야기를 나누는 모습을 뒤로한 채 안방을 나왔다. 걸음이 허청거렸다.

옥봉의 내부에서는 처음으로 아이를 갖고 싶다는 욕구가 불같이 끓어올랐다. 조원의 분신으로 자신을 확증하고 싶었다. 그럴 수만 있다면 서녀로서의 부질없는 삶이나 목숨도 두렵지 않을 것 같았다. 자식이야말로 무정형의 삶이 남기는 유일한 결정체가 아닌가.

옥봉은 이내 고개를 흔들었다. 나는 이씨와 같은 처지가 아니다. 정실과 소실이라는 신분의 격차는 엄연한 법. 비록 내 사랑의 증거라 해도 태어날 생명에게 또다시 서자의 멍에를 씌울 수는 없었다. 등줄기에 시린 기운이 훑고 지나갔다.

별채로 걸어오는 동안 옥봉의 걸음은 몇 번이나 허방을 디딜 뻔했다. 극심한 외로움에 몸을 떨었다. 간절히 자식을 낳고 싶었다. 안 된다고 고개를 저었다. 명치끝이 칼로 헤집는 듯 쓰라렸다. 자신이 아무리 한 남자를 품 안에 넣은들 그저 한 육신에 지나지 않듯, 아무리 발버둥을 쳐도 한 세계를 품 안에 담을 수는 없는 일이었다. 소실이라는 신분으로서는 모든 것이 불가능했다. 옥봉의 볼에 눈물이 흘러내렸다.

별채의 하루는 쉽게 저물었다. 비가 오려는지 잔뜩 흐린 탓에 별채 주변이 붓 자국에 번진 수묵화 같았다. 답답증을 이기지 못해 다시 마루로 나온 옥봉은 따뜻한 불빛이 새어 나오고 있는 안채를 건너다보았다. 오랜만에 만나 두 아들의 재롱에 흐뭇해하는 이씨의 표정이 손에 잡힐 듯 다가왔다. 따뜻한 불빛 아래 하하, 호호거리는 그들의 화목한 풍경들이 눈앞에 어른거렸다. 옥봉은 마루에 쭈그려 앉은 채 두 팔을 감싸 안았다. 밤바람이 차가웠다.

며칠 뒤 지리산 산천재에서 돌아온 조원이 옥봉의 방으로 찾아들었다. 독서에 지친 눈자위를 문지르며 술잔을 기울이던 조원의 얼굴이 부드럽게 풀어졌다. 조원은 능숙하고 자연스럽게 옥봉을 끌어안았다. 옷고름을 풀어 헤치자 촉촉한 가슴이 탐스럽게 드러났다. 조원은 옥봉의 가슴에 얼굴을 묻었다. 부드럽게 출렁이는 가슴에선 알싸한 체취가 배어났다. 조원은 아찔한 현기증을 즐기며 자신의 볼을 부드럽게 간지럽히던 젖꽃판을 찾아 이리저리 혀를 굴렸다. 가슴은 금방이라도 단물이 담뿍 배어날 것만 같은, 잘 익은 복숭아처럼 풍요롭고 감미로웠다.

어쩌면 조원은 자신의 투정으로 옥봉을 놓칠 뻔했던 일을 생각하고 있는지도 모른다. 이봉이 자신을 찾아와 직접 담판을 벌였던 일, 자신이 거절했음에도 굴하지 않고 장인 이준민을 찾아갔던 건 어떻게 해서든 기어이 성사시켜주고 싶은 아비의 자애였을 것이다. 아비뿐만 아니다. 누구든 이 여자를 사랑하지 않고는 배길 수 없으리라는 것을 비로소 알 것 같았다.

옥봉은 조원의 몸을 힘껏 끌어안았다. 조원의 몸을 제 몸 안으로 밀어 넣을 수만 있다면 분신을 가지지 않아도 될 것이다. 누구와도 나눠 갖지 않고 혼자 차지하는 것, 아무도 찾을 수 없도록 제 몸 안에 감춰버리는 일. 그의 몸을, 마음을, 아니 그의 모든 것을 통째로 차지하고 누구에게도 내보이지 않도록 하는 일만이 중요했다. 조원은 싱싱한 지느러미를 팔딱이며 몸의 중심을 향하여 힘차게 진격해 들어갔다.

옥봉은 조원의 몸을 뜨겁게 휘감았다. 껴안은 존재를 놓치고 싶지 않았다. 깊고 은밀한 곳에 숨긴 채 아가리를 벌리지 않는 단단한 자물쇠가 되고 싶었다. 무엇으로도 열 수 없음을 증명해 보이고 싶었다.

조원의 몸이 점차 빨라지기 시작했다. 다시는 빠져나올 수 없는 늪지대를 향한 단 하나의 뜨거운 열망! 위태로운 바다 한가운데 떠 있는 쪽배처럼 두 사람의 몸이 비바람 몰아치는 풍랑 속에서 어지럽게 흔들렸다. 조원의 몸이 붕 솟구쳐 올랐다. 아찔한 현기증과 함께 온몸이 뻣뻣하게 굳어지는 순간, 옥봉의 입에서는 한숨인지 울음인지 모를 뜨거운 기운이 쏟아졌다. 조원은 옥봉의 가슴에 얼굴을 묻은 채 한참 동안 가쁜 숨을 토해내다가 쓰러지듯 떨어져 나갔다. 창호 문밖에서는 바람 한 점 일지 않고 그저 고요했다.

"'화개반 주미취(花開半 酒微醉)'란 말을 들어본 적 있소?"

파정(破精)의 고요 속에서 조원이 옥봉을 돌아보며 낮게 물었다. 은은하게 배어든 달빛이 발갛게 달아오른 조원의 얼굴을 비춰주고 있었다. 참으로 아름다운 얼굴이었다. 옥봉은 취한 듯 조원을 바라보고 있다가 이내 고개를 떨어뜨렸다. 이 남자는 누구인가. 그렇다면 이 아름다움은 누구의 것인가. 옥봉의 눈동자에 습습한 물기가 배어들었다.

"'꽃은 반쯤 피었을 때가 가장 보기 좋고, 술은 약간 취했을 때가 가장 기분이 좋다'는 말이오. 오늘따라 그대가 더욱 아름다워 보이니, 아무래도 내가 그대의 취기에서 벗어나지 못했나 보오."

조원이 슬그머니 옥봉의 어깨를 끌어안았다. 옥봉은 얼른 고개를 돌려 눈물을 닦아냈다. 그러자 조원이 깜짝 놀라며 옥봉의 얼굴을 들여다보았다.

"무슨 일이오?"

옥봉은 고개를 흔들었다.

"어서 말을 해보오."

"나으리의 사랑을 이토록 받는 제게 무슨 일이 있겠습니까? 행복해서 그런 모양이지요. 주책없는 행동으로 나으리의 마음을 상하게 할까 염려하는 마음뿐이니 너무 심려 마십시오."

조원은 마음이 놓이는 듯 누긋한 목소리로 속삭였다.

"그렇다면 다행이오. 그동안 차마 입 밖으로 내지는 못했으나 그대가 이 집에 들어와 살면서 행여나 불편함이 있지 않을까 마음이 쓰였소. 앞으로도 마찬가지요. 그러니 내 어찌 그대의 심기를 모른 체 할 수 있겠소."

조원은 옥봉의 손을 잡았다. 따뜻한 손이었다. 그러자 눈물이 왈칵 쏟아져 내렸다. 한번 흘러내리기 시작한 눈물은 좀처럼 멈추지 않았다. 조원의 가슴에 얼굴을 묻었다. 한없이 행복한 것 같기도 했고, 한없이 슬픈 것 같기도 했다. 조원은 그런 옥봉을 힘껏 껴안아주었다.

여름이 일찍 찾아오려는지 때 이른 더위로 날씨가 후끈 달아올랐다. 대청마루의 분합문이 일찌감치 들쇠에 걸어 올려졌다. 댓돌 아래 수국꽃이 무성하게 피어올라 가지가 휘어질 정도였다. 마당에서 투호 놀이를 하던 희정과 희철 형제는 우물로 달려가 푸, 푸, 소리를 내며 얼굴을 씻었다.

마침 마루에 앉아 그들의 모습을 지켜보고 있던 옥봉이 수건을 그들에게 내밀었다. 희정과 희철은 수건을 받으려는 기색도 없이 물이 뚝뚝 떨어지는 얼굴로 옥봉을 쳐다보았다. 넓은 이마에 발그레 상기된 볼이 파닥거리는 물고기처럼 깨끗하고 싱싱했다. 옥봉은 미소를 지으며 수건으로 그들의 얼굴을 닦아주려 했다. 그러자 희정이 엉덩이를 뒤로 빼며 손을 내밀었다.

"주세요."

옥봉의 손이 멈칫했다. 희정이 손을 내민 채 옥봉을 올려다보고 있었다. 옥봉은 당황한 얼굴로 주춤하게 서 있는 자신이 껄끄러워졌다. 하지만 옥봉은 이내 상냥한 표정으로 수건을 희정에게 건네주었다. 희정은 얼굴을 쓱 한 번 문지르더니 동생 희철에게 넘겼다. 희철도 수건을 건성으로 얼굴에 댔다 떼기만 하더니 수건을 내던지고 대청마루로 뛰어 올라섰다. 그러느라 신발이 댓돌 아래로 나동그라졌다. 옥봉의 입가에 다시 미소가 번졌다. 옥봉은 신발을 댓돌 위에 가지런하게 놓았다.

그들은 방에 들어가 연상을 대청마루로 내왔다. 분합문을 올려붙여 사방이 트인 대청마루는 시원했다. 연상의 뚜껑을 열고 벼루에 물을 담았다. 아이들이 앙증맞은 손으로 종이를 접었다 펴는 동안 옥봉은 그들 옆에 앉아 먹을 갈기 시작했다. 희철은 뾰로통한 얼굴로 중얼거렸다.

"더 놀고 싶은데⋯⋯"

"글씨는 언제 다 쓰려고?"

희정은 의젓한 얼굴로 희철을 나무랐다.

"나중에 쓰면 안 돼?"

"그런 말 하면 아버지께 다 이를 거여."

피이! 희철의 볼이 바람 넣은 공처럼 부풀었다.

"아버지께서 써놓으라고 했으니까 약속은 지켜야지."

희정과 희철의 대화는 옆에서 지켜보고 있는 사람을 의식하지 않은 듯 자연스러웠다. 먹을 갈면서 가만히 그들의 모양을 지켜보는 옥봉의 얼굴에 잔잔하게 미소가 피어났다. 보아도 보아도 귀엽고 사랑스러운 아이들이었다. 새순처럼 작고앙증맞은 저 손으로 과연 글씨를 쓸 수 있을까.

희철은 『소학』을 펼친 다음 문진을 조심스럽게 종이 위에밀어놓고 천천히 글씨를 써 내려가기 시작했다.

'신체발부 수지부모(身體髮膚 受之父母) 불감훼상 효지시야(不敢毁傷 孝之始也)'

삐뚤빼뚤, 크기는 고르지 않았지만 획은 힘차고 선명했다.글씨의 모양을 만들어가는 틀이 제법 아름다웠다. 대여섯 살아이의 글씨라고는 생각할 수 없을 만큼 분명하고 싱싱했다.

"잘 쓰십니다!"

옥봉은 휘둥그런 눈으로 감탄의 말을 토해냈다. 희철은 뜨악한 눈빛으로 옥봉을 바라보더니 희정을 향해 시선을 돌렸다. 옥봉은 갈고 있던 먹을 벼루에 걸쳐놓은 다음, 종이 한 장을 집어 자신의 무릎 앞에 펼쳐놓았다. 희정도 고개를 들어옥봉을 바라보았다. 옥봉은 먹물을 흠뻑 묻힌 붓을 놀리며 시를 짓기 시작했다.

시 짓기를 마친 옥봉이 글자 한 자 한 자를 가리키며 시를읽어주기 시작했다.

묘예개동치(妙譽皆童稚)

동방모자명(東方母子名)

경풍군필락(驚風君筆落)

읍귀아시성(泣鬼我詩成)

묘한 재주 어릴 적부터 자랑스러워

동방에 우리 모자 이름 날렸네.

자네가 붓을 휘두르면 바람이 일고

내가 시를 지으면 귀신도 울고 갔지.[*]

"앞으로 대 문장가들이 되시라고 저의 축복을 담아보았습니다."

마지막까지 뚱한 표정을 짓고 있던 희철이 시를 보다가 입을 삐쭉이며 물었다.

"모자(母子)? 우리가 왜 모자예요? 우리 어머니는 저기 계시는데……"

희철은 안채를 손가락으로 가리켰다. 순간, 옥봉의 몸이 움찔했다. 서늘한 기운이 엄습해왔다.

'우리 모자라니!'

_____

* 이옥봉, 「적자에게 주다(贈嫡子)」.

어린 희철은 당치 않다고 말하고 있었다. 희철은 곧장 자신의 책과 종이를 접으며 일어섰다. 그러자 희정도 따라 연상의 뚜껑을 덮고 일어섰다. 옥봉은 옆구리에 종이를 끼고 뒤뚱거리면서 마루를 내려서는 아이들의 뒷모습을 망연히 바라보았다. 아이들의 조붓한 등이 벼랑처럼 아득했다.

옥봉이 희철의 글씨를 일러 '바람이 일 정도로 대단하다'고 극찬했지만, 정작 옥봉은 그들에게 외로운 소실에 불과할 뿐이었다. 그런 주제에 지엄한 정처 자식을 가리켜 '우리 모자'라니, 우리 모자에 버금갈 만큼 '귀신도 울리는 시적 재능'이 뛰어났어도, 첩은 첩일 뿐이라고 아이들이 온몸으로 말하고 있지 않은가 말이다.

그때였다. 불현듯 사랑채로부터 조원의 목소리가 들려왔다.

"이리 오너라!"

옥봉은 화들짝 놀라며 사랑채를 돌아보았다. 쌍희(囍) 자 무늬가 드리워진 대나무 발이 거칠게 들춰지며 조원이 얼굴을 내밀었다. 발의 안쪽에서 대청마루의 모습을 지켜보고 있었던 모양이었다. 그는 노기 어린 얼굴로 작은 사랑으로 건너가는 아이들을 불러 세웠다. 돌아선 아이들의 얼굴에 두려움이 서렸다.

"이리 오래도!"

아이들은 주춤거리며 조원이 든 큰사랑의 문지방을 넘었다. 옥봉은 어찌할 줄 몰라 두 손을 모으고 마루를 서성거렸다.

"희철은 종아리 걷고 희정은 벽장에서 회초리를 꺼내 오너라."

희철의 얼굴이 사색이 되었다. 희정은 주뼛주뼛 몸을 일으켜 벽장문을 열었다. 조원은 엄한 얼굴로 희철에게 말했다.

"예로부터 효는 인륜의 근본이라고 했다. 너희들은 이 아비가 두 어머니를 어떻게 모시는지를 직접 보면서 자라지 않았느냐. 그런데도 작은어머니가 어머니가 아니라니 그게 무슨 말이더냐? 안채에 있는 어머니만 어머니가 아닌 고로!"

희정이 벽장에서 회초리를 내왔다. 느릅나무 가지로 만들어진 가느다란 회초리 두어 개가 방바닥에 놓였다.

"애초에 외가에 보낼 때는 많은 것을 보고 듣고 오라고 보낸 것이다. 그런데도 망종이 다 됐구나. 자식은 부모의 얼굴이라 했거늘, 어찌 못 배운 행동으로 집안에 먹칠하려 드느냐! 이놈, 어서 종아리를 걷어라!"

희철은 금방이라도 울음을 터트릴 듯한 얼굴로 종아리를 걷어 올렸다. 매끄러운 종아리가 희게 드러냈다.

"잘못했어요! 아버지! 다시는 안 그럴게요. 한 번만 용서해주세요!"

희철은 엉거주춤한 자세로 서서 거듭 애원했다. 옥봉은 마루에 선 채 안절부절못하다 방 안으로 뛰어들었다. 희철을 가로막으며 방바닥에 엎드렸다.

"우둔한 제 탓이오니 용서해주십시오! 아이들은 잘못이 없습니다."

"비키시오!"

조원의 어조는 단호했다. 입술을 단단히 물더니 회초리를 들어 올렸다. 희철이 눈을 질끈 감으며 기어이 울음을 터뜨렸다. 불안한 얼굴로 옆에 앉아 있던 희정은 울상이 되어 고개를 푹 숙였다. 회초리는 희철의 종아리에 감기며 찰싹 소리를 냈다. 내리칠 때마다 희철의 울음소리는 점점 높아갔다. 푸릇푸릇 멍이 들고서야 회초리질은 끝났다. 옥봉은 울음을 그치지 못하는 희철을 끌어안았다. 희철은 옥봉의 품 안에서 오래 울었다.

"다음은 희정이, 종아리 걷어라."

불안한 얼굴로 희정이 고개를 들었다. 눈빛에 두려움이 단단히 서렸다.

"예로부터 장자는 아버지와 같다 했거늘, 너한테는 동생을 건사해야 할 책임이 있는 법이다. 동생이 돼먹지 않은 말과 행동을 일삼는데도 너는 그대로 보고만 있을 참이냐? 그게 장자로서 취해야 할 태도이겠냐는 말이다. 모범이 되어야 할 네가 무엇을 보여줄 것이냐?"

희정에게도 회초리가 가해졌다. 그러나 희정은 울지 않았다. 눈을 질끈 감은 채 꿋꿋한 얼굴로 회초리를 견뎌냈다.

그때였다. 뒤늦게 이 소식을 접한 이씨가 득달같이 들이닥쳤다.

"아니! 도대체 무슨 일로 이러십니까?"

쿵쿵거리며 요란하게 마룻바닥을 건너온 이씨는 매를 맞고 있던 희정을 덥석 끌어안았다. 매섭게 조원을 노려보는 이씨의 두 눈에 붉은 핏발이 어려 있었다. 옥봉은 온몸을 떨며 그저 고개를 수그리고 있을 뿐이었다. 조원이 침착하게 이씨를 타일렀다.

"자식의 잘못을 무조건 치마폭에 감싸는 것은 현명한 처사가 아니오. 그러니 비키시오!"

조원의 말은 낮고도 단호했다. 하지만 이씨 또한 호락호락 물러설 사람이 아니었다.

"무슨 일로 그러시는지 연고나 알아야 하지 않겠습니까?"

이씨가 씩씩거리며 주위를 둘러보았지만 아무도 입을 열지 않았다. 거친 시선으로 탐색하던 이씨의 시선이 마침내 고개 숙인 옥봉에게 닿았다.

"아니! 자네는 여기 웬일인가? 그렇담 자네가 말해보게! 대체 무슨 일로 금쪽같은 내 자식에게 매질을 하는지. 자네가 여기 있었으니 알 것 아닌가!"

옥봉의 고개가 땅에 닿을 듯 더 수그러들었다. 그러자 눈을 까뒤집을 듯 쌍심지를 돋운 이씨의 말이 칼날처럼 옥봉에게 떨어졌다.

"드디어 자네가 내 집에서 분란을 일으키기 시작했단 말인가? 내 자식이 맞다니…… 설마 자네가 무슨 고자질을 한 건 아닌가! 그게 아니라면 이렇게 맞고 있는데도 그저 보고만 있어? 자네가 낳은 자식이 아니라서 이런단 말인가?"

이씨는 입가에 게거품을 문 채 비난을 폭포처럼 쏟아냈다. 자식 일이라면 앞뒤 가리지 않고 따지고 드는 맹목의 모성. 이씨도 예외가 아니었다. 지금껏 옥봉을 향해 견지해왔던 품위와 이성이 어처구니없이 무너지고 있었다. 언제든 이런 순간이 오고야 말 허위와 허상의 몸짓이었단 말인가. 사태의 원인과 결과가 모두 옥봉에게로 귀결되고 있었다. 옥봉은 어떤 말도 덧붙일 수 없었다. 조원이 무섭게 이씨를 쏘아보았지만 이씨는 그런 조원을 본척만척 옥봉에게만 화살을 겨누었다.

"내 그동안 자네에게 어찌 일렀던가! 집안의 화평이 자네의 손에 달렸다고 누구이 말하지 않았던가 말이네!"

놀란 눈으로 이씨를 제지하려던 조원이 낮게 한숨을 쉬고 말았다. 한번 폭발하면 걷잡을 수 없는 이씨 성정을 누구보다 잘 알고 있던 터라 어떤 말도 소용없음을 알기에 꾹꾹 눌러 삼키고 만 것이다.

"조신한 척 눈을 내리깔고 다니면서 뒤로는 일러바치고 까발리는 그 음흉한 속내를 내 모를 줄 알고?"

더는 들을 수가 없었던지 조원이 진저리를 치면서 물러앉았다.

"다들 물러가거라!"

하지만 이씨는 미동조차 하지 않은 채 옥봉을 쏘아볼 뿐이었다.

"어서 물러가래도!"

조원의 목소리가 튀어 올랐다. 그러자 벌떡 일어난 이씨가 입술을 짓씹듯 옥봉을 향해 낮게 부르짖었다.

"다시 또 이런 일이 생기면…… 그땐 각오하게!"

아이들은 절뚝거리며 이씨를 따라 방에서 나갔다. 조원은 회초리를 거두어 벽장에 넣었다. 다시 서안을 잡아당기고 앉을 때까지 옥봉을 향해 눈길 한 번 던지지 않았다. 조원이 새삼 낯설게 느껴졌다. 손에 닿지 않을 멀찍한 자리로 물러 앉아버린 것 같았다. 그것은 아득한 거리감이었다.

옥봉은 한마디라도 해주길 기다렸다. 무슨 말이든 필요했다. "예로부터 엄부자모(嚴父慈母)라 하였소. 가정의 법도를 잡고자 하는 훈육이었으니 오늘 일은 그대 탓이 아니오. 그러니 마음 쓰지 마시오." 이렇듯 따뜻하게 한마디만 건네주었더라면 옥봉은 이씨의 어떤 막말도 견딜 수 있을 것 같았다.

하지만 그들은 옥봉이 어떤 노력을 기울인들 이 집안의 질서에 편입될 수 없는 존재라는 것을 말로, 몸으로, 눈빛으로 증언하고 있었다. 그들은 밀어냈고 옥봉은 속수무책 밀려났다. 옥봉은 자신을 바라보는 애타는 눈빛을 몰랐을 리 없는, 끝까지 소외감을 견디게 만든 조원의 침묵이 더없이 무섭고 두려웠다. 옥봉은 막막한 고립감에 떨며 허위허위 사랑채에서 물러 나왔을 뿐이었다.

여름이 점점 무르익고 있었다. 옥봉의 얼굴은 점차 창백해져갔다. 어떤 일에도 의욕이 일지 않았다. 부지런히 안채를 오가던 걸음도 뜸해졌고 집 안 사람들과 나누던 정담도 사라졌다. 짙게 그늘진 헛헛함은 좀처럼 가시지 않았다. 한번 바닥을 드러내 보인 탓인지 지금껏 허위로 자신을 무장해오던 이씨는 옥봉을 향한 불편한 기색을 굳이 감추려 들지 않았다. 공공연히 말로, 눈빛으로, 침묵으로 제 뜻을 드러냈다. 옥봉은 끝 모를 아득한 곳으로 밀려나고 있었다. 의지가지없는 옥봉의 마음은 점점 정처가 없어졌다.

옥봉은 그때껏 밀쳐두었던 서안을 다시 끌어당겼다. 두서없는 마음을 가라앉히는 것은 책뿐이라고 생각했다. 하지만 글자가 전혀 눈에 들어오지 않았다.

어느 날이었다. 옥봉은 방문을 나오다 그만 비명을 지르며 주저앉았다. 장지문 모서리에 가슴을 부딪힌 까닭이었다. 부월이 깜짝 놀란 얼굴로 건넌방에서 튀어나왔다. 옥봉이 가슴을 싸안고 마룻바닥에 웅크렸다. 젖가슴이 단단히 뭉치며 부풀어 오르고 있었다. 부월이 옥봉을 부축해서 일으켰다. 옥봉은 괜찮아졌다는 듯 부월의 손을 뿌리치고 방으로 들어왔다. 부월이 마루에 선 채 옥봉의 뒷모습을 바라보고 있었다. 개짐을 맡아 빨던 부월이 옥봉의 달거리가 두어 달째 자취를 감췄다는 것을 떠올렸다.

다음 날이었다. 부월이 이웃집에서 가져온 제사 음식이라며 부침개를 가져와 옥봉 앞에 내밀었다. 옥봉은 반가운 얼굴로 부월이 건네준 부침개를 받아 들었다. 입안에 넣으려던 옥봉은 불현듯 고개를 치마폭에 묻으며 거푸거푸 구역질을 해 댔다. 부월이 다급한 몸짓으로 다가와 옥봉의 등을 두드렸다. 그러나 토하지는 않았다. 부월이 반색을 하며 소리쳤다.

"오마나! 우리 아씨, 애기 뱄나 봐유!"

"쉬잇!"

옥봉은 주변을 살피며 입술에 검지를 얹었다.

"경사여유, 경사랑게유……"

"조용히 하래도!"

옥봉이 엄한 얼굴로 꾸짖었다. 그러자 부월의 목이 자라목처럼 움츠러들었다. 옥봉은 흔연스러운 얼굴로 자리에서 일어나 무언가를 찾는 시늉을 했다. 무연한 얼굴로 선반에 놓인 책과 종이를 뒤적이던 옥봉이 부월을 향해 고개도 돌리지 않은 채 말했다.

"부침개는 네 방으로 가져다 먹어라."

부월이 고개를 갸웃거리며 소반을 들고 방을 나갔다. 옥봉은 부월의 뒷모습을 물끄러미 바라보다가 자리에 주저앉았다. 망연히 방바닥에 눈길을 주고 있던 옥봉은 구석에 놓인 경대를 잡아당겨 얼굴을 들여다보았다. 생기 잃은 눈두덩과 윤기를 잃은 까칠한 볼이 경대 안에 드리워졌다.

옥봉은 경대를 들여다보며 한참 동안 앉아 있었다. 이윽고 눈동자가 꼿꼿해지더니 눈물이 배어들었다. 얼굴에 열이 치솟는 듯 입술이 일그러졌다. 옥봉은 입술을 힘껏 깨물었다. 입술 사이로 방울방울 피가 배어났다. 불안한 눈빛이었다. 낳고 싶어! 거울 속의 옥봉이 말했다. 그러자 거울 밖의 옥봉이 거칠게 고개를 흔들었다. 아니래도! 눈동자가 점점 핏빛으로 끓어올랐다. 내 아이……를! 거울 속의 옥봉이 애끓는 얼굴로 말했다. 간절한 목소리로 낮게 애원했다. 나도 내 아이…… 갖고 싶어! 옥봉의 눈동자가 불안하게 흔들렸다. 옥봉은 주먹을 불끈 쥐었다. 이글이글 타오르는 눈빛으로 주위를 둘러보더니 벼루를 들어 거울을 향해 힘껏 내리쳤다. 아니래도! 아니래도! 거울 조각이 옥봉의 치마폭으로 어지럽게 쏟아져 내렸다. 부월이 놀란 얼굴로 뛰어 들어왔다. 아니래도! 아니래도! 옥봉은 상처 난 짐승처럼 몸을 웅크린 채 경대를 향해 울음을 쏟아냈다. 벌겋게 달아오른 핏대가 금방이라도 튀어나올 듯 꿈틀거렸다. 부월은 숨이 끊어질 듯 껄껄대는 옥봉의 몸을 안아 올렸다. 버선에 파고든 거울 조각이 두 사람의 발바닥 여기저기를 찔러 댔다.

"부자(附子)를 구해와, 어서!"

가까스로 보료 위로 옮겨진 옥봉의 몸이 기진한 듯 널브러졌다.

"어서, 부자를……"

옥봉은 마루에 나와 앉아 있었다. 햇살이 옥봉의 얼굴 위로 아낌없이 쏟아졌다. 그러나 온기를 느낄 수 없었다. 뼈에 구멍이라도 생긴 듯 찬 바람이 숭숭거려 자꾸만 몸이 움츠러들었다. 부월이 날마다 아궁이에 장작불을 깊숙이 밀어 넣었지만, 자글자글 끓는 방바닥에 등골을 지져도 한번 몸 안에 든 한기는 좀처럼 잦아들지 않았다.

여름이 성큼 다가와 있었다. 하지만 별채의 적막은 길고도 깊었다. 한층 무성해진 모과나무 이파리가 담장 너머로 깊숙한 그늘을 드리웠다. 옥봉은 밤마다 식은땀을 흘리며 잠에서 깨곤 했다. 비명 때문이었다. 벼랑 끝으로 밀어내듯 한 생명이 떨어져 나가는 소리였다. 비명은 처절했다. 옥봉이 숨을 헐떡이며 명치끝을 눌러 대고 있노라면 비명이 환청처럼 옥봉의 주위를 맴돌았다. 부자를 구하느라 몇 번이나 남몰래 시장 출입을 해야 했던 부월은 땀에 젖은 옥봉의 이마를 닦아줄 뿐 더 이상 묻지 않았다. 해 지고 어둑할 무렵에야 개울가로 나가 피 묻은 개짐을 남몰래 주물러냈을 뿐이었다.

해는 점점 기울어갔다. 별당채의 처마를 담은 그림자가 길게 그늘을 드리웠다. 옥봉이 망연한 얼굴로 햇볕에 몸을 맡기고 앉아 있는 사이, 문득 매미 울음소리가 귓속으로 파고들었다. 사위에 가득 찬 매미 소리에 귀를 맡기고 있던 옥봉의 눈앞 풍경이 한층 고즈넉해졌다.

하얗게 쏟아지는 햇살에 사위가 눈부셨다. 굴뚝을 휘감고 피어오르던 능소화가 희미하게 젖은 연못 위로 뚝 떨어졌다. 매미 소리가 귀에서 점차 사위어갔다. 불그스름한 능소화 꽃잎 속으로 물기가 배어들었다. 능소화 꽃송이가 다시 뚝 떨어졌다. 화들짝 정신을 차린 옥봉은 꽃잎을 털어내듯 치마폭에 고인 햇살을 털며 마루에서 일어섰다.

그때였다. 이씨가 유령처럼 별당 문턱을 넘어 들어왔다.

"몸은 좀 어떠신가? 아프면 말을 해야 알 게 아닌가. 아랫것들 이목도 있지. 이리 몸져눕도록 내버려뒀다고 흉볼 것이네."

얼음처럼 뚝뚝 분질러지는 말투였다. 남의 이목이 두려워 마지못해 찾아왔으리라 짐작되는 이씨의 방문이 옥봉에게 반가울 리 없었다. 칼날보다 더한 얼음송곳에 깊숙이 찔려본 적이 있는 옥봉으로서는 이래저래 가슴에 피도 채 마르지 못한 때가 아닌가. 안채로 돌아간 이씨는 말래 애비를 불러 약방에 가서 탕약을 한 재 지어오라고 일렀다. 그 뒤로도 한동안 약기운이 별채를 휘감았지만 탕약은 옥봉의 헛헛한 마음까지는 어루만져주지 못했다.

별채는 외딴 섬이었다. 별채에 그림자처럼 놓인 존재. 서녀와 소실인 옥봉에게 별채는 살아평생 숙명인 셈이었다. 옥봉은 애초 안채와 사랑채를 무시로 넘나들 수 있는 존재가 아니었다. 지금껏 기울였던 노력을 돌아보니 제 분수를 모르고 날뛰었던 형국이었나 싶어 부끄럽기까지 했다.

부월이 달여 온 약을 먹고 있으면 불현듯 두만이 생각나기도 했다. 그때 두만이 왜 그토록 이 혼사를 반대했던가. 무리한 결정이 화를 가져올까 두렵다던 두만의 말은 참으로 당돌했다.

곡두처럼 기억 저편에서 맨발의 맹아가 자신을 향해 달려오는 것 같기도 했다. 맹아는 두 팔을 활짝 벌린 채 자잘한 들꽃을 흔들었다. 맹아야, 어떻게 사는 게 잘 사는 길일까. 치열하게 살아간다는 것은 어떤 삶일까. 사람으로 태어나 사는 게 이처럼 고단한 일인 줄 알았더라면 태어나지 말아야 했을까. 서녀와 소실로 잘 산다는 것은 어떤 삶일까. 피눈물로 너에게 묻는다, 맹아야.

옥봉은 병을 핑계로 안채 출입을 삼간 채 별채에서의 시간 대부분을 책을 읽으며 보냈다. 조원은 사랑채에 꽂힌 많은 책을 옥봉에게 보내주었다. 그로서는 일일이 설명할 수 없는 복잡한 심사를 전한 셈이지만, 한번 헛헛해진 옥봉의 마음에는 좀처럼 위로가 되지 않았다. 무엇으로 가라앉힐 수 있을까. 그토록 소원하던 조원을 품에 안았을 때, 세상이 자신의 품 안에 들어온 것처럼 느껴지질 않았던가. 그런데도 왜 이리도 외로운가.

그러던 어느 날이었다. 마침내 조원이 옥봉을 사랑채로 불러냈다. 걱정스러운 듯 옥봉의 안색을 찬찬히 살펴보던 조원이 따뜻한 목소리로 물었다.

"좀 어떠시오?"

"심려를 끼쳐드려 송구스럽습니다. 이제 거의 회복이 되었습니다."

"다행이구려. 내, 고뿔을 그렇게 심하게 앓는 사람은 처음 봤소그려."

조원은 그만하길 다행이라는 듯 고개를 끄덕이며 낮게 읊조렸다.

"그대가 처한 상황이 녹록지 않다는 게 꼭 내 부덕의 소치인 것만 같아 나 또한 편치 않소…… 그대도 마음을 굳게 먹어야만 이 풍진 세상을 단단히 헤쳐갈 수 있을 터이오. 모쪼록 그물에도 걸리지 않는 바람처럼 가볍고 의연히 버텨주길 바라오."

옥봉은 말없이 고개를 수그렸을 뿐 마땅한 대답을 하지 못했다. 조원은 이내 분위기를 바꾸려는 듯 흔쾌한 얼굴로 종이에 두껍게 쌓인 물건 하나를 옥봉 앞에 풀어놓았다.

"그대가 앓아누워 있는 동안에 부여의 서 목사가 다녀갔소. 그때 서 목사와 사당 뒤편의 누각에 앉아 한담을 나누었는데, 뜻하지 않게 이렇듯 편액을 선물로 보냈구려. 서 목사의 소실이 쓴 글씨라 하니 어찌 내가 화답을 할 수 있겠소? 임신을 한 불편한 몸으로 정성껏 써서 보내준 편액이니 이에 대한 고마움의 답신을 그대가 써서 보내주었으면 하오."

조원이 펼쳐낸 편액을 보니 과연 명필이었다. '무화당(務和堂)'. 목판에 새긴 큰 글씨 석 자가 호방하고도 경쾌했다. 웅혼한 기상으로 자신을 말하는 듯했고 아련하고 섬세한 필치로 상대를 다독이는 듯했다. 편액을 살피던 옥봉의 가슴이 단번에 탁 트이는 듯 시원해졌다.

　아! 이렇듯 자신의 세계를 단단히 일구어가며 살아가는 소실도 있구나 싶었다. 그런데도 나는 어찌 살았는가. 한탄하지 않겠다고, 원망하지 않겠다고, 내 선택에 따라 책임지는 삶을 살겠다고 다짐하지 않았던가. 그런데 지금의 나는 어떤가. 누가 내 헛헛함을 채워주리라 기대했던가. 그래서 해답을 찾았던가. 입술을 질끈 동여맨 옥봉은 그 자리에서 즉각 붓을 들어 답신을 썼다.

　가늘고도 힘 있게 써서 뛰어난 글씨를 이뤘으니 유공권 서체의 남은 자취를 보았습니다. 진서는 바람 속을 높이 나는 봉황과 같고 큰 글씨는 피어올랐다 부서지는 구름처럼 뭉쳐 있습니다. 산속의 서재에 걸었더니 호랑이가 뛰어오르는 듯하고 강가 다락에 걸었더니 용이 승천하는 듯합니다. 위부인(衛夫人) 붓 솜씨야 건장한 줄 알겠거든 소약란(蘇若蘭)의 재주로야 어찌 혼자 뽐내겠습니까? 몸은 난초 가지 같아도 생각은 굳세어 옥처럼 가냘픈 손으로도 웅혼케 휘둘렀습니다. 정신으로 만릿길 사귀고 글씨로 통하니 여의주로 갚으오리다. 부디 옥동자를 낳으십시오.*

음미하듯 천천히 글을 읽어 내려가던 조원이 놀란 눈으로 옥봉을 쳐다보았다.

"익히 들었던바 기대가 헛되지 않구려!"

조원은 흡족한 듯 몇 번이고 답신을 읽으면서 감탄을 토해 냈다.

"예로부터 사람의 덕행과 성품은 필법에 나타나는 법이라 하였으니, 서체와 내용 하나하나에 이르기까지 지식을 과시하며 문자질을 일삼는 사람들의 무익지문(無益之文)과는 다르다는 생각이 드오."

조원의 감탄은 글씨에 대한 칭송뿐만 아니라 편액을 보내준 것에 대한 답례, 옥동자 낳기를 기원하고, 서 목사 소실의 행복을 기원하기까지 하나도 빠짐없이 들어 있는 문장에 대한 놀라움이었다. 하지만 옥봉은 무엇보다도 '정신으로 만릿길 사귀고'라는 표현에 조원의 시선이 머물러주길 바랐다. 그렇다면 서 목사의 소실과 '만 리 밖의 정신적 사귐에 서예와 문학으로 서로 통하고 싶다'는 옥봉의 마음을 헤아려줄 것 같았다.

---

* 이옥봉, 「서 목사 익의 소실이 크게 편액을 써주신 것에 감사드리며(謝徐牧使益小室惠題額大字)」.

서 목사의 소실처럼 살고 싶다고 생각했다. 그런 사람과 교류를 한다면 자신의 마음을 다잡을 수 있을 것 같았다. 가르치고 배우는 일이란 서당에서만 이루어지는 것은 아닐 터, 살아가는 정황을 글로 나눌 수만 있다면 능히 깊은 교유가 되지 않겠는가.

서 목사 소실이 산다던 멀고 먼 부여까지 외출이 가능할 리는 만무했다. 그렇다면 시문이나 편지를 통해서라도 치열하게 살아가는 사람과 깊은 우정을 나누고 싶었다. 더구나 소실이라니 같은 처지가 아닌가. 기다리고 기다리다 받은 편지를 두고두고 읽으며 '반가운 옥서(玉書) 대하고 짐짓 회신하지 못함은 내 게으름의 탓이외다'라는 답장의 정다움까지 누리고 싶었다. 그러면 외로움 따위는 거뜬히 이겨낼 수 있을 것 같았다.

옥봉은 흡족해하는 조원의 표정을 바라보며 자신의 마음 또한 많이 누그러지고 있다고 느꼈다. 그토록 멀리하고자 했던 붓이 자신의 마음을 다독여준 일등 공신이었다. 편지 하나를 썼음에도 이런 마음이라니. 옥봉은 비로소 숨겨진 글의 힘을 확신했다. 옥봉은 마침내 빙그레 웃었다.

별채로 돌아온 옥봉은 서안을 더욱 바짝 끌어당겼다. 지칠 줄 모르고 책을 읽었고 좋은 문장은 몇 번이고 붓으로 베껴 썼다. 이런저런 감회를 시로 옮겨보기도 했다. 별당 마루에 서서 아스라이 보이는 장안의 풍경을 내려다보기도 했고,

부월과 집 뒤편 야산으로 산책하러 나가기도 했다. 시야 가득 자욱한 안개가 끼기도 했고, 맑은 햇살이 오래 머무르기도 했다. 소 잔등을 다툰다는 소나기가 한강을 가로지르는 모습을 읊조리기도 했다. 옥봉은 마음에 오래 머문 풍광들을 반드시 종이에 옮겨 적었다.

그러자 세상의 어떤 밧줄을 잡고 있는 것보다 한층 마음이 견결해졌다. 형언할 수 없는 어떤 세계가 자신을 떠받치고 있다는 생각이 들었다. 그 세계는 무엇으로도 바꿀 수 없는 귀하고 높은 세계였다. 그 세계는 붓으로 이루어진 세계였다. 붓은 옥봉이 의지할 수 있는 유일한 지팡이가 되었다.

스적스적 바람이 불고 비가 오던 초가을의 어느 날이었다. 뒷목을 툭툭 쳐가며 조원이 피곤한 눈빛으로 별채를 찾았다. 예기치 않게 들이닥친 조원은 방 안에 문방사우들이 어지럽게 흩어져 있는 모습을 보고는 눈을 휘둥그레 떴다. 지난번 서 목사의 소실에 답신을 한 터라 붓을 들었다는 것을 알고는 있었지만, 고작 언제 올지도 모를 서신의 답신을 쓰기 위해 먹을 갈고 있었다는 사실이 믿기지 않았다. 여가 삼아 시전지에 넣을 꽃무늬라면 모를까 시문을 짓고 있었다는 사실에 이르자 조원의 눈에 노기가 단단히 어렸다.

"무슨 짓이요? 그새 나와의 약조를 잊었단 말이오?"

순간 옥봉의 머릿속에 찬바람이 일었다. 사태를 알아차린 옥봉의 얼굴이 금세 사색이 되었다. 절대로 글을 쓰지 않겠다

고 맹세하지 않았던가. 그 약속을 저버린 사람은 바로 자신이
었다. 옥봉은 황망히 자리에 엎드려 흐느꼈다.

"죽여주십시오. 약속을 지키지 못한 죗값이오니 죽어도 원
망치 못하오리다."

조원은 할 말을 잃었다. 방바닥에 앉아 망연히 시선을 놓을
따름이었다. 한참 동안 침묵을 지키며 앉아 있던 조원의 시야
에 시 한 수가 눈에 들어왔다. 조원은 자신도 모르게 손을 뻗
어 종이를 집어 들었다.

종남벽면현청우(終南壁面懸靑雨)

자각비미백각청(紫閣霏微白閣晴)

운엽산변잔조루(雲葉散邊殘照漏)

만천은죽과강횡(漫天銀竹過江橫)

종남산 허리에 푸른 빗줄기 걸렸네.

이쪽엔 빗방울 날리건만 저쪽은 맑게 개었네.

구름 흩어진 사이로 햇살이 새어 나오니

하늘 가득 은빛 댓가지 강을 가로지르네.*

---

* 이옥봉, 「비(雨)」. 허균은 자신의 책 『성수시화』에서 이 시를 보고 감탄하여 평하기를
"기발하고 고와서 분내를 단번에 씻었다"라고 자신의 누이 난설헌과 나란히 일컫는 데
주저하지 않음.

순간 조원의 머릿속이 아뜩해졌다.

비 내리는 풍경의 다양한 변화를 이토록이나 재치 있고 섬세하게 그려내다니. 소나기가 남산을 지나다 다시 한강을 건너는 모습을 시간과 회화의 기발한 대비로 표현한 것이다.

'이렇듯 뛰어난 재주를 내 일찍이 본 적이 없거늘!'

조원은 자신도 모르게 무릎을 탁, 쳤다. 무조건 막는 일로만 대응할 일은 아닐 성싶었다. 자신 또한 누구보다도 시문 짓는 어려움을 통감하지 않았던가. 이렇듯 귀한 재주는 아무에게나 주어지는 게 아니었다. 조원은 회한에 가득 찬 목소리로 입을 열었다.

"그동안 내 생각이 짧았나 보오. 그대에게 이렇듯 뛰어난 재주가 있는 것을, 내 어리석음으로 억누르려고만 하였으니 오히려 미안해할 사람은 나요."

옥봉은 뜻하지 않은 조원의 반응에 어쩔 줄 몰랐다. 바늘 하나 꽂을 틈을 보이지 않는 깐깐하기 이를 데 없는 조원에게 약속을 어긴다는 것은 결코 녹록한 일이 아니었다. 내침을 당하지 않으면 날벼락을 맞을 줄 알았던 옥봉으로서는 그저 어리둥절하기만 했다. 옥봉은 고개를 숙인 채 묵묵히 조원의 다음 말을 기다렸다.

"그대가 시문에 마음을 기대는 정도야 내 어찌 막을 수 있겠소. 다만 내게 부담이 되거나 해가 되는 시 짓기를 피해달라는 뜻이니 다른 의도는 없소."

옥봉은 떨리는 마음을 겨우 진정할 수 있었다. 노여움을 가라앉힌 조원에게 감사했고, 시를 버리지 않아도 된 것에 기뻐했다. 옥봉은 안도의 한숨을 길게 내쉬며 말했다. 목소리가 사뭇 떨려왔다.

"나으리의 명을 거역하고 변변찮은 글로 노여움을 산 죄 죽어 마땅한데도, 이렇듯 온정을 베푸시니 그 은혜 어떻게 갚아야 할지 모르겠습니다. 이 용서 잊지 않고 차후 나으리께 추호도 부담이 되는 글이나 해가 되는 글은 절대 짓지 않을 것임을 깊이깊이 명심하겠습니다."

조원은 옥봉의 간절한 목소리를 들으며 가만가만 고개를 끄덕였다.

"참으로 훌륭하오. 누구에게든 각자의 재능이 감추어져 있는 것이거늘, 자신의 재능을 발견하고 활용하는 사람은 소수에 불과한 법이오. 하늘이 주신 재능을 이렇듯 자신의 근거로 삼을 수 있음은 그대의 복록임이 틀림없소. 그동안 내가 지나쳤음을 인정하는 바이니 너무 자책하지 말고 복을 복답게 활용하길 바라오."

옥봉은 비로소 가슴을 쓸어내리며 미소를 지었다. 그러자 조원이 아까부터 물어보고 싶었다는 듯 방바닥에 놓인 시를 다시 집어 들며 물었다.

"이 시를 쓰게 된 배경이 궁금하오."

옥봉은 여전히 상기된 얼굴로 느릿느릿 말을 이어갔다.

"엊그제 소나기가 왔을 때 장안을 내려다보며 쓴 것입니다. 여름철 소나기는 변덕스러울 때가 많지요. 그날도 그랬습니다. 비가 왔다가 금세 갰다를 반복했어요. 이쪽엔 비가 오는데 저쪽은 맑게 개어 있고, 또 이쪽에선 햇빛이 새어 나오는데 저쪽에선 소나기가 오는 모습을 지켜보다가 두 가지의 상황을 대비시키면 재미있을 것 같아 이렇게 적어본 것입니다."

자줏빛 누각엔 안개가 자욱한데 흰색 누각엔 맑게 개어 있다…… 이렇듯 나란히 배치한 시각적 조화의 절묘함이라니! 비가 오는 곳과 오지 않는 곳을 색으로 구분을 하다 보면 저런 표현에 닿게 되는 것일까.

"그렇다면 '은죽(銀竹)'이란 무엇을 일컬음이오?"

"먹장구름 속으로 햇빛이 찬란하게 뻗어 나와 강물에 꽂히듯 가로질러 가는 소나기를 묘사해본 것입니다."

아아! 조원은 낮게 신음했다.

"참으로 훌륭하오! 내가 그대를 독선생으로 삼아야 할 듯싶소. '교학상장(教學相長)'이라는 말도 있지 않소? 그대와 나 모두 시문 짓기를 희망하는 자이니 서로 배우면서 가르쳐주면 발전이 있을 듯하오."

"황송한 말씀입니다. 미력한 제가 나으리께 늘 배우는 마음이오니 내치지 마시고 언제든 불러주시길 바라는 마음뿐입니다."

정신은 놀아도
칼날은 놀지 않는다

1545년, 열두 살의 어린 경원대군(명종)이 왕위에 오르자 모후인 문정왕후 윤씨가 수렴청정을 하게 되면서 문정왕후의 동생인 윤원형이 정치를 장악하기 시작한다. 소윤파에 속해 있던 윤원형은 대윤파를 제거하고 세력을 잡기 위해 대윤파의 윤임이 중종의 여덟번째 아들인 봉성군을 왕으로 삼으려 한다며 탄핵을 제기한다. 이에 문정왕후는 윤임과 유관 등을 사약으로 죽게 하고, 봉성군과 이언적과 노수신 등을 유배시키는 등 대윤파에 대한 대대적인 숙청을 자행한다. 이른바 을사사화. 6년 동안 100여 명의 사람들이 처형되고, 민초들의 삶은 더욱 피폐해져 도둑들이 들끓고 거리거리에서 굶어 죽어 나가는 사람들이 생겨나고, 거듭되는 흉년이 덮치면서 민심은 더욱 흉흉해진다.

명종 20년(1565년), 문정왕후 윤씨가 죽는다. 20년 동안이나 수렴청정을 해왔던 모후였다. 비로소 명종은 수렴청정에서 벗어나 외척 횡포의 중심이었던 윤원형과 정난정, 승려 보우 등을 처단하고 인재를 고르게 등용하여 선정을 펴는 데 주력한다. 이에 환호한 백성들은 새로운 시대의 도래를 기대하지만, 명종은 자신의 유일한 자식인 순회 세자를 잃은 지 2년 만에 다시 모후를 잃고 마음의 병이 깊어져 2년 만에 승하하고 만다. 그때 명종의 나이는 서른넷. 후사를 하나도 남기지 못한 명종은 중종의 아홉번째 아들 덕흥대원군의 셋째 아들 하성군(선조)에게 왕위를 물려주라는 유언을 남긴다. 그에 따라 조선은 후궁에게서 태어난 서얼 출신인 방계 혈족이 왕위를 잇는 상황에 처해졌고, 이 때문에 왕의 권위는 한층 떨어지게 되었다.

조원은 병과 시험에 응시하기 위해 『사서오경』과 함께 『무경칠서』를 익히는 데 매진했다. 지리산 산천재에 내려가 기거하느라 몇 달 동안 집에 올라오지 않을 때도 많았다. 옥봉도 집에서 책을 읽고 시문 짓기에 주력했다. 몰입은 무서웠다. 과거 준비에 매진하는 조원과 시문 짓기에 열중인 옥봉의 모습은 열혈 도반(道伴)에 가까웠다.

조원이 한양에 다니러 올 때마다 두 사람은 서로의 책 읽기와 시문 짓기의 향상된 모습에 눈을 비비고 바라보았으며 대화는 한층 무르익어갔다.

그러던 어느 날이었다. 사랑채에 손님이 들었다. 최영경과 전치원, 이대기, 박성무 등 남명 문하의 제자들이 한양에 왔다가 우연히 시간을 맞춘 모양이었다. 옥봉은 조원의 부름으로 사랑채로 나가 그들의 수발을 들었다.

"운강은 참 아리따운 소실을 두셨구려!"

옥봉의 자색에 홀린 듯 쳐다보고 있던 전치원이 감탄한 듯 조원을 향해 입을 열었다.

"칭찬이 과하십니다."

조원은 빙그레 미소를 지으며 말했다. 싫지 않은 표정이었다. 그러자 박성무가 옥봉의 얼굴을 일별하며 말을 이어갔다.

"과찬이 아닙니다. 뛰어난 미색에 범접할 수 없는 품위까지 느껴지니 가히 경국지색이라 할 만합니다."

옥봉의 얼굴이 발갛게 달아올랐다.

"그만두시고 어서 술이나 마십시다."

조원은 여전히 미소를 머금은 얼굴로 옥봉 앞으로 빈 술잔을 내밀었다. 모두의 술잔마다 그득히 술이 채워졌다. 그들은 유쾌한 얼굴로 술잔을 높이 추켜들었다. 단숨에 술을 입에 털어 넣은 그들은 제각각 앞에 놓인 산적과 육포를 집어 들었다. 최영경이 육포를 북 찢으며 말을 꺼냈다.

"그나저나 선왕께서 승하하신 이후로 나라 꼴이 어떻게 될지 걱정이 많습니다."

벌겋게 달아오른 얼굴로 술을 받던 이대기가 최영경의 말을 이어받았다.

"그러게나 말입니다. 오랜 수렴청정에다 외척 세도까지 척결해 오랜만에 태평성대가 이어지려나 기대했더니 그리 일찍 가실 줄을 어찌 알았겠습니까?"

"선왕의 은덕을 입어본 적이 없던 남명 선생께서도 시조를 지어 임금의 승하를 애도했지요. 선생의 시조를 듣고 마음으로 울지 않을 사람이 없었습니다. 다들 들어보셨지요?"

전치원이 좌우로 가만가만 몸을 흔들며 낮은 목소리로 읊조리기 시작했다. 좌중은 지그시 눈을 감고 남명 선생의 시조를 음미했다.

삼동에 베옷 입고 암혈에 눈비 맞아

구름 낀 볕뉘도 쬔 적이 없건마는

서산에 해 진다 하니 눈물겨워 하노라.

눈을 뜬 전치원이 시조의 여운에서 벗어나지 못한 얼굴로 좌중을 둘러보았다.

"유학자였던 선생의 삶을 은둔으로 바꿔버린 계기가 연이은 사화 때문이라지요?"

그러자 이대기가 기다렸다는 듯 말을 이었다.

"그렇지요. 가족과 많은 벗들이 연이은 사화에 몰살을 당해버린 것이라오. 그러니 선생께서는 권력에 의문을 품고 은둔의 삶을 택할 수밖에요."

모두 눈을 지그시 감은 채 한동안 말이 없었다. 남명 선생의 아픔을 떠올린 까닭이었다. 그러자 옥봉이 차분한 목소리로 끼어들었다.

"제 부친께서도 남명 어른의 삶을 경외의 염으로 우러르고 계시기에 저 또한 오래전부터 남명 어른의 가르침을 받고 싶었습니다. 그러한 까닭에 저희 나으리께서 여러 어르신과 함께 남명 어른의 문하생이 되어 유자적 삶을 추구하고 계신 것이 참으로 자랑스럽습니다."

옥봉의 말이 끝나자 그들은 깜짝 놀란 듯 눈을 휘둥그레 떴다. 궁금한 눈빛을 반짝이며 부친의 함자를 물었다. 그러자 조원이 대신 대답했다.

"덕흥대원군의 후손으로 종실의 계보를 잇고 있는 집안입니다. 다만 어른께서는 벼슬을 멀리하고 학문과 문장에 주력하시니 제게는 남명 선생과 다를 바 없지요."

아하! 사람들의 눈에 감탄의 빛이 어렸다. 박성무가 경외해 마지않는 눈빛으로 조원을 바라보았다.

"역시 훌륭한 집안입니다. 여러모로 운강이 부럽소이다."

"원, 별말씀을요."

조원은 흡족한 듯 미소를 짓더니 벽면에 세워놓은 칼집에서 칼을 끄집어냈다.

"이건 지난 진사시 급제 때 남명 선생께서 하사하신 칼입니다. 평생의 유지(遺志) 삼아 가슴에 새기고 있습니다."

조원은 자랑스럽게 칼자루에 새긴 글씨를 읽었다.

"궁추태백(宮抽太白) 상박광한류(霜拍廣寒流) 두우회회지(斗牛恢恢地) 신유인불유(神游刃不游). 불 속에서 크고 흰 칼 뽑아내니. 서릿발이 넓고 차가운 흐름을 스친다. 견우와 북두성이 떠 있는 넓은 하늘. 정신은 놀아도 칼날은 놀지 않는다."

조원의 목소리에 귀를 기울이고 있던 박성무가 조용히 읊조리듯 말했다.

"신유인불유(神游刃不游)라…… '정신은 놀아도 칼날은 놀지 않는다.' 우리에게도 늘 강조하시던 마지막 문장 아닙니까? 가슴을 찌릅니다그려."

"역시 칼을 찬 유학자답습니다. 남명 선생의 칼에 대해서는 재미있는 일화가 많지요?"

그러자 최영경이 눈빛을 빛내며 말을 이어갔다.

"그렇지요. 선생은 평소 칼을 차고 다니는 것을 좋아하셨는데, 하루는 경상 감사 이양원이 선생께 부임 인사를 왔다가 물었답니다. '무겁지 않으십니까?'라고 하니 선생은 '뭐가 무겁겠소. 내 생각에는 그대 허리춤에 든 돈주머니가 더 무거울 것 같소이다'고 답하셨다지 뭡니까?"

하하하. 좌중은 호쾌한 듯 큰 소리로 웃었다.

"시원하게 한 방 먹인 셈이군요."

"그렇지요. 선생이 '성성자(惺惺子)'라는 방울을 평소에 허리춤에 차고 다니길 좋아하신 것도 같은 맥락입니다. 걸음을 옮길 때마다 방울 소리를 들으며 흐트러지기 쉬운 마음을 수습하기 위해서였지요."

그러자 전치원이 허리를 곧추세우며 말을 이었다.

"어찌 방울뿐이겠습니까? 칼에는 '내명자경(內明者敬) 외단자의(外斷者義)', 안으로 마음을 밝게 하는 것은 경(敬)이요, 밖으로 시비를 결단하는 것은 의(義)다'라는 패검명(牌劍銘)을 새겨 스스로 깨어 있기를 마음속에 새기셨습니다. 우리 역시 선생의 뜻을 받들어 모셔야 할 까닭 아니겠습니까?"

"맞습니다. 우리가 이렇게 모여 나라를 걱정하는 것도, 선생의 뜻을 받들어 올바른 세상을 만들어가자는 충정에서 비롯된 것이니 말입니다."

좌중에 앉은 이들이 모두 생각에 잠긴 얼굴로 고개를 끄덕였다.

"그렇지요. 말이 나왔으니 말이지, 올바르지 않은 세상에는 절대로 출사할 수 없다는 선생의 '단성현감 사직상소'를 어찌 새기지 않을 수 있겠습니까? 문장 중에 명문장이지요."

"그렇습니다. 아직도 많은 사람의 가슴에 남아 있는 꼿꼿한 기상이요, 기개가 아닐 수 없소이다."

"선생이 단성 현감 제수를 사양한 첫번째 이유가 '자신이 벼슬을 감당할 만한 인재가 아니다'라는 거였지만, 선생께서는 이미 당시의 정사에 대해 깊은 실망을 느끼고 계셨던 게 틀림없습니다. 상상하기 어려울 정도로 혹평을 하신 걸 보면 말이지요."

전하의 국사가 이미 잘못되고 나라의 근본이 이미 망하여 천의가 떠나갔고 인심도 이미 떠났습니다…… 소관은 아래에서 시시덕거리며 주색이나 즐기고, 대관은 위에서 어물거리면서 오직 재물만 불립니다. 백성의 고통은 아랑곳하지 않으며…… 신은 이 때문에 길게 탄식하며 낮에 하늘을 우러러본 것이 한두 번이 아니며, 한탄스럽고 아린 마음을 억누르며 밤에 멍하니 천장을 쳐다본 지가 오래되었습니다.

"아하! 다시 봐도 명문장입니다. 그처럼 꼿꼿하신 어른도 드물 것입니다."

"이런 구절은 또 어떻습니까? '자전(慈殿, 문정왕후)께서는 생각이 깊으시지만 깊숙한 궁중의 한 과부에 지나지 않으시고, 전하께서는 어리시어 단지 선왕의 한낱 외로운 후사(後嗣)에 지나지 않습니다. 그러니 천백 가지의 천재(天災)와 억만 갈래의 인심을 무엇으로 감당해내며 무엇으로 수습하겠습니까?' 정말이지 서릿발 같은 기상입니다."

"맞습니다. 이 상소문은 은거 처사 남명 선생을 단숨에 전국 제일의 선비로 만들어놓았지요. 참으로 무서운 기개가 아닐 수 없습니다. 공명을 탐하는 자가 가득한 세상에서 선생의 기개는 천추(千秋)에 남을 것입니다."

"그런데도 퇴계 선생이 선생의 상소문을 비판한 것은 어인 일입니까?"

"퇴계 선생의 부드러운 성품 탓이지요. '대개 소장(訴狀)은 곧은 말을 피하지 않는 것을 귀하게 여기는 것이다. 그러나 모름지기 자세는 부드러워야 하며, 뜻은 곧으나 말은 순해야 하고, 너무 과격하여 공손하지 못한 병통은 없어야 할 것이다. 그래야만 아래로는 신하의 예를 잃지 않을 것이요, 위로는 임금의 뜻을 거스르지 않을 것이다. 남명의 소장은 요새 세상에서 진실로 보기 어려운 것이지만, 말은 정도를 지나 일부러 남의 잘못을 꼬집어 비방하는 것 같으니 임금이 보시고 화를 내시는 것도 무리가 아니다'라고 지적하신 걸 보면요."

"남명 선생은 을사사화로 일가의 몰살을 겪은 탓에 문정왕후나 윤원형 등 외척이 주도하던 선왕 치하에서는 '임금의 뜻을 거스르지 않고는 의를 추구할 수 없다'고 봤기 때문에 그토록 강직한 상소를 올린 것이 아니겠습니까?"

그들의 토론은 끝날 줄을 몰랐다. 빈 잔을 찾아 술병을 기울이고 있는 옥봉의 머릿속으로 그들의 대화가 가감 없이 스며들었다. 그러자 분위기를 바꿔보려는 듯 전치원이 호탕한 목소리로 술잔을 추켜올렸다.

"다들 어지간하십니다그려. 목도 마르실 텐데 어서 술이나 드십시다. 우리가 산천재에서 지낼 때야 이런 날이 올 줄 얼마나 예측했겠습니까?"

"그렇지요."

모두 술잔을 집어 들었다. 그러자 조원이 옥봉을 일별한 후 좌중을 향해 물었다.

"귀한 손님을 대접하는 자리에 시가 빠질 수 없지요. 마침 이 사람도 자리를 함께했으니 먼저 한 수를 청해 들으면 어떻겠습니까?"

모두가 눈빛을 빛내며 손뼉을 쳤다.

"아녀자가 시를 짓다니, 참으로 놀라운 일입니다!"

조원의 뜻밖의 제안에 옥봉은 어쩔 줄 몰랐다. 당황하다 못해 얼굴이 더욱 발갛게 물들었다. 심장이 두서없이 고동쳤다.

"미천한 시를 청하시니 실로 몸 둘 바를 모르겠습니다. 제 시는 그저 세상 물정 모르는 아녀자의 하소연에 불과하니 그만 거두어주시지요."

그러자 조원은 대견하고도 자랑스러운 얼굴로 거듭 청했을 뿐 제안을 거두지 않았다. 하는 수 없이 옥봉은 자신의 시 한 수를 골라 들었다.

"연전에 집 뒤편에 있는 귀래정(歸來亭) 주변을 산책하다가 느낀 바 있어 지어보았습니다."

시를 읊는 옥봉의 목소리가 부끄러운 듯 사뭇 떨렸다.

해불귀래조(解紱歸來早)

정개일수분(亭開一水分)

계상지유주(溪上知有主)

구로득위군(鷗鷺得爲群)

출숙선충양(秫熟先充釀)

심한욕화운(心閑欲化雲)

토구종노계(菟裘終老計)

비시오징군(非是忤徵君)

일찍이 벼슬을 그만두고 돌아와서
물 갈라진 냇가에 정자를 지었구나.
시냇물 위엔 주인이 있음을 아는데
갈매기와 백로도 친구가 될 만하네.
차조가 익거든 우선 가득 술 빚으니
마음은 한가로워 구름이 될 듯하네.
이곳에서 끝까지 늙어가려 하는 것이
임금께서 부르심을 싫어한 건 아니리.*

아아! 사람들의 입에서 절로 경탄이 터져 나왔다. 아녀자

---

* 이옥봉, 「고향으로 돌아와서(歸來亭)」.

의 하소연이라니 그저 그러리라 생각했을 각자의 생각에 허를 찔린 얼굴이었다. '보통 시재가 아니구나' 생각했다. 좌중은 깊은 감응 속에 빠져 한동안 깨어날 줄 몰랐다.

정자의 이름을 해석한 것으로 추측되는 수련, 갈매기와 백로 등 자연물과도 벗 삼을 만한 인물이라며 정자 주인의 인격을 칭송한 함련, 차조가 익어 술을 빚어놓고 풍류를 즐기며 살아가는 은거 생활의 즐거움을 담은 경련, 은둔의 생활 속에서도 충군의 사상을 잃지 않는다는 유가 정신을 담아 마무리한 미련에 이르기까지, 사대부도 짓기 어려운 호방한 시를 아녀자가 지어냈다는 게 도저히 믿어지지 않았던 것이다.

감응은 점차 너도나도 시를 내놓으면서 시회로 이어졌다. 그들은 각자 내놓은 시 속에서 술과 흥취에 젖었다. 모두 즐거운 마음으로 들었고 흔쾌하게 읊었다. 옥봉은 다섯 사람의 남자들이 펼치는 시흥 속으로 흠뻑 빠져들었다. 위아래가 없었고 좌우의 구별이 없었다. 뜻이 맞는 사람들 속에서, 가고자 하는 길이 같은 사람들 속에서, 취하고자 하는 시문의 세계를 함께 즐겼다. 책을 읽는 자, 시문을 짓는 자라면 누구나 누릴 수 있는 세계였다. 옥봉은 그들과 한데 어우러져 시의 향취에 흠뻑 취했다.

조원은 옥봉에게 해가 되는 글을 쓰지 말라고 했을 뿐 오히려 주변 사람들에게 자기 소실의 글재주를 은근히 자랑하고 싶어 했다. 그런 조원의 내면에는 재색을 겸비한 소실을 두고 있다는 대단한 자부심도 있었지만, 한편으로는 소실의 재능이 자신을 가리는 일은 용납하지 않겠다는 조바심이 복잡하게 얽혀 있었던 것이다.

옥봉도 마찬가지였다. 시를 포기하겠다는 맹세를 하면서까지 조원을 차지하려 했음에도, 자신의 전부인 시를 놓고는 살 수 없다는 이율배반적 욕망이 내부에서 맹렬하게 싸우고 있었다. 이렇듯 두 사람의 욕망은 서로의 틈에 뿌리를 내리며 더욱 굳고 튼실하게 자라났다.

조원이 병과에 급제했다. 1572년 봄이었다. 곧이어 남명 선생의 타계 소식이 들려왔다. 조원은 곧장 행장을 꾸려 지리산으로 떠났다. 그러나 조원은 오래 머무르지 못하고 곧 돌아와야 했다. 병과 급제로 한성부 출입이 빈번해진 까닭이었다. 그러나 남명 선생의 타계가 준 조원의 상실감은 생각보다 컸다. 얼굴은 눈에 띄게 수척해졌고 말을 잃었다. 잠을 이루지 못하는 밤이면 홀로 뜰에 나와 서성이기도 했다. 옥봉은 뜨락에 선 채 망연히 시선을 놓고 서 있는 조원에게 조용히 다가갔다.

"밤기운이 아직은 찹니다. 몸이 상하오니 그만 안으로 드시지요."

조원이 옥봉을 돌아보았다. 황망하기 이를 데 없는 얼굴이었다.

"가슴의 별이 떨어진 듯하오."

"그러시겠지요. 제게도 슬픔이 적지 않은데 하물며 나으리
께서야……"

어둠 속에서 자귀나무 이파리가 바람에 가만가만 몸을 까
닥이고 있었다. 조원은 자귀나무에 시선을 놓은 채 힘없는 목
소리로 말했다.

"은일거사로 사셨지만 내게는 큰 버팀목이었소."

그러자 옥봉이 고개를 끄덕이며 조원의 말을 받았다.

"남명 선생께서는 '천하에 도가 있으면 출사하고, 도가 없
으면 숨는다'는 「논어」의 구절을 몸소 행하신 분이지요. 선생
에겐 정치적인 의미로 은둔을 택하신 셈입니다. 숨은 선비가
뭇 사람들의 신망을 얻을수록 권력의 부당성이 더욱 짙어지
기 마련이니까요. 선생께서는 많은 사람의 가슴에 흠모의 정
을 남기고 가셨으니 너무 상심해하지 마십시오."

"그렇소. 참으로 대쪽 같은 어른이셨는데……"

조원은 고개를 끄덕이며 혼잣말처럼 중얼거렸다. 슬픔이
짙게 깔린 어조였다. 그러자 옥봉이 조원을 돌아보며 물었다.

"선생과는 애초 어떻게 인연을 맺게 되셨는지요?"

"선생이 지리산 덕천동에 산천재를 지으셨을 때요. 장인인
신암공께서 평소 존경해 마지않던 외숙인 남명 선생의 가르
침을 받도록 하기 위해 나를 산천재로 가게 한 것이라오."

"남명 선생께서 나으리를 처음 보시고는 '아름다운 사람'이
라고 경탄하셨다는 말씀 들었습니다."

"부끄럽소. 내 삶이 선생의 기대를 저버리지 말아야 하는 이유요. 불의와 타협하지 않는 대쪽 같은 선생의 유훈이 앞으로의 내 삶에 시비를 가리는 거울이 될 것이오."

두 사람의 대화는 끊일 듯 말 듯 가만가만 이어졌다. 별채 마당은 고요하기 이를 데 없었다. 채 잎을 틔우지 못한 정원의 빈 가지들이 우두커니 서서 두 사람의 말에 귀를 기울이고 있었다.

"제자들이 목 놓아 울면서 했다던 말이 있소. 임종의 순간에 선생께 사후 칭호를 물었더니 '처사로 쓰는 것이 옳다. 만약 이를 버리고 벼슬을 쓴다면, 이는 나를 버리는 것이다'라고 대답하셨다고 하오. 선생은 죽는 순간까지 처사로서 재야 정신을 잃지 않았던 것이오. 세상 사람들은 선생을 은거처사에 지나지 않는다고 생각하는지 모르지만, 뵐수록 가히 범접하기 힘든 향훈이 느껴지는 분이오."

옥봉이 낮게 가라앉은 목소리로 대답했다.

"지당하신 말씀입니다. 남명 선생의 가르침은 나으리를 통해서 제게도 생생하게 되살아나는 듯합니다. 어릴 때는 아버지의 가르침을 받았고, 출가해서는 지금껏 나으리의 가르침을 받았다고 여겼는데, 나으리의 가르침 속에 남명 선생의 훌륭한 삶이 들어 있음을 새삼 느끼게 됩니다. 덕분에 한세상 어떻게 살아야 할지 저에게도 깨우침을 주시는 듯합니다."

조원이 놀란 얼굴로 돌아보자 옥봉은 얼굴을 붉히며 고개를 숙였다. 조원은 옥봉이 뿌듯하고 대견했다. 총명하고 영특한 여인이 자신과의 대화로 고양되는 모습을 지켜보는 것은 즐거운 일이었다. 그것은 도반의 우정이었고 군자삼락에도 비견할 만한 기쁨이었다.

남녀 사이가 어디 애정만으로 가당키나 한가. 그것은 서로에 대한 존경과 배려, 가르치고 배우는 자가 따로 있는 게 아니라는 교학상장의 유대, 학문적 욕구와 일에 대한 성취감을 배가시키는 능력, 온갖 간난과 억울을 무화시키는 힘, 자신의 처신을 정리하게 하고, 어떻게 가야 할지 생각하게 하고, 잘 가고 있다는 확신마저 갖게 하는 심정적 지원이 아니던가.

자신의 의견이 맞다고 생각하면 굽힐 줄 모르는 조원에 비해 옥봉은 흔들리면서도 받아들였다. 아마도 모호한 출생에서부터 자신이 겪어야 했던 세파에 적응하기 위해서인지도 모른다. 가벼워져야 산다, 옥봉은 늘 그렇게 자신을 타일렀다. 그런 유연함은 옥봉에게 지치지 않는 지적 성취감의 동력이 되었다. 잘난 자신을 과시하는 것보다 먼저 상대방을 귀하게 인정해주는 것, 상대에게 '자신이 대단한 사람이 된 것 같은' 느낌이 들도록 해주는 것이 옥봉으로 하여금 자신을 흩트리지 않고도 지키는 방식이 되었을 것이다.

남명의 '정신은 놀아도, 칼날은 놀지 않는다'는 추상같은 기개를 이어받은 조원은 이조 전랑(銓郎)이라는 정언에 올라

선조에게 당쟁 타파를 위한 탕평의 계책을 상소한다. 부끄럼 없는 정의와 정직의 기개를 가진 서른한 살의 젊은이가 당시 쟁쟁한 당파의 수뇌를 파직하라고 주장한 것이다.

때는 1575년. 사림 분열의 발단이 되던 해였다. 당시 동인에는 주리 철학을 펼친 이황과 조식의 제자들로 이루어진 영남학파가, 서인에는 주기 철학을 주장했던 이이와 성혼을 추종하는 기호학파 인물들이 대거 참여했다. 그러다가 1591년 세자 책봉 문제로 서인이 실각하고 동인이 득세하면서 다시 이황 문하의 남인과 조식 문하의 북인으로 나뉘게 되었다.

조원은 사림 분열의 한가운데에 있었다. 분열의 직접적인 이유는 조원의 후임인 전랑직을 둘러싼 명종비 인순왕후의 동생 심의겸과 신진사류 김효원의 암투에서 비롯되었다.

이조의 정랑(正郎, 정5품)과 좌랑(佐郎, 정6품)을 통칭하는 전랑에게는, 삼사(사헌부, 사간원, 홍문관)의 간관들을 천거하는 막강한 권한이 주어져 있었다. 삼사의 간관들이란 공직자들의 부정과 부패를 감시하고 처단을 청하는 언관들을 말한다. 간관들의 추천을 전랑들에게 맡긴 것은 정승들이나 판서들이 함부로 간관들을 뽑아서 자신의 울타리로 삼는 것을 방지하기 위해서였다. 그러므로 사람들은 관직의 표상인 전랑의 자리를 '관직의 꽃'이라고 불렀다. 정직과 정의를 지키고 직언할 수 있다는 자부심이 없고서는 불가능했다. 그런데도 권문세가가 되어 독선과 독단으로 정사를 전횡하고 싶어

하는 사람들은 대개가 전랑의 자리를 탐냈다. 삼사의 언관들을 장악하여 타인의 비리를 캐내어 탄핵하게 하고, 자신의 비리를 묻어두기 위해서였다.

심의겸과 김효원의 대립은 급기야 벼슬아치와 사류들이 두 편으로 갈라져 정치적 이념적 성격을 띤 붕당으로 발전하기에 이르렀다. 이들의 분파는 단순한 감정 대립에서 비롯되었지만, 그 내부는 다소 복잡한 양상을 띠었다. 왜냐하면 이들은 서로 학맥과 사상을 달리했기 때문이다. 이러한 학맥과 사상의 차이는 붕당 정치에 기반을 둔 당쟁 시대를 예고하는 것이었다. 조원이 이 과정에서 탄핵을 입고 괴산 군수로 좌천된 것도 이 때문이었다.

그 무렵, 동인과 서인들이 상대방을 공격하고 비판하는 데 여념이 없는 동안 오직 이이 한 사람만이 양자의 조정을 위해 노력했다. 이이는 어떤 쪽에도 논의가 공정하고 행동에 치우침이 적었지만, 교우 관계 때문에 서인의 지지를 받은 반면에 동인에겐 배척을 받았다. 선조는 끝까지 동, 서인을 조정하려는 이이 편을 들었다. 1584년 세상을 뜬 이후 이이는 서인으로 지목되었고 뒤에 서인의 종장(宗匠)으로 추대되었다. 1564년, 같은 해 조원과 진사시 생원시에 나란히 장원급제했던 이이의 행보였다.

조원이 이조 전랑에 재임되는 것을 누구보다도 반대했던 사람은 이이였다. 이이는 조원을 가리켜 '문학적 명성은 있으나, 국량과 식견이 부족하다'고 지적했다. 결국 조원은 이조 전랑에 재임되지 못했다.

하필이면 그날 밤, 이씨는 셋째 아들 희일을 낳았다. 겨울의 짧은 해는 쉽게 저물었다. 어둠이 사위를 통째로 삼켜버린 후에도 사랑채에는 불을 밝히지 않았고, 조원은 심의에 복건을 쓴 채 어둠 속에 앉아 굳게 입을 다물었다. 창백한 낯빛이 어둠과 섞여들지 못한 채 떠다녔다. 기와의 골골마다 매달려 있던 고드름이 간간이 땅에 떨어져 부서지는 소리가 났다. 집 안은 괴괴했다. 적막한 집 안 분위기는 뒤숭숭했고 하인들은 어둠 속에 죽은 듯이 들어앉아 주인의 명을 기다렸다.

불현듯 종종거리는 발걸음 소리가 났다. 안채에서였다. 부산스럽게 오고 가는 발소리에 이어 웅얼거리는 사람들의 말소리가 낮게 들려오기 시작했다. 발걸음이 점점 다급해졌다. 진통이 시작된 모양이었다. 사람들은 숨소리를 낮춘 채 안채에서 들려오는 소리에 귀를 기울였다.

옥봉은 안방에 있었다. 이씨의 입가에서 차츰 신음이 새어 나오기 시작했다. 그러자 산파를 맡은 영산 할멈이 이씨의 배를 쓸어내리기 시작했다. 옥봉은 허공을 허우적거리는 이씨의 손을 꼭 붙들었다. 진통이 찾아들 때마다 이씨는 옥봉에게 손을 내맡긴 채 온몸을 비틀었다. 부엌에서는 아궁이를 피워 물을 데웠고, 계집종들은 김이 설설 피어오르는 가마솥 뚜껑을 열고 뜨거운 물을 퍼 담았다. 침모는 가위와 당목과 배내옷을 윗목에 가지런히 늘어놓았다.

신음이 점점 높아졌다. 움켜잡은 이씨의 손등에 힘이 가해지면서 푸른 핏줄이 도드라졌다. 이씨의 손을 움켜쥔 옥봉의 손가락마저 으깨질 것 같은 고통이었다. 옥봉은 자신도 모르게 입술을 악물었다. 이씨의 가랑이 사이에 얼굴을 처박고 있던 영산 할멈이 소리를 쳤다. 마님, 조금만 더……! 다리를 붙들고 있던 침모의 이마에도 연신 땀이 흘러내렸다. 조금 더……! 조금만……!

영산 할멈의 외침이 잦아들었다. 옥봉은 자신도 모르게 영산 할멈의 주문에 목소리를 보탰다. 조금만 더……! 이씨의 신음이 점점 잦아지기 시작했다. 더……! 더……! 마침내 이씨의 몸이 허공 위로 솟구쳤다. 입에서 온몸이 찢어지는 듯한 비명을 쏟아내더니 이내 고개를 풀썩 떨구었다. 정적이 찾아들었고 이내 아이의 울음소리가 터져 나왔다.

"옥동자구먼요!"

영산 할멈이 소리쳤다. 기진한 얼굴로 누워 있던 이씨가 가만히 눈을 떴다. 영산 할멈이 핏자국을 닦아낸 아이를 이씨의 얼굴에 들이밀었다. 이씨는 고무락거리는 핏덩이를 보고 환하게 웃었다. 이씨의 눈은 자랑스러움으로 가득 찼다. 입술이 갈라 터져 피가 배어나고 있었지만, 흠뻑 땀을 쏟아낸 이씨의 얼굴은 충만함으로 가득했다.

옥봉은 이씨의 환한 자랑스러움이 고통스러웠다. 차마 눈빛조차 마주치기 어려웠다. 고개를 돌리고 싶었다. 옥봉은 고개를 숙인 채 따뜻한 물에 적신 수건으로 이씨의 이마에 흘러내리던 땀을 닦았다.

불그스름한 살빛의 아이는 어느새 목욕을 마친 채 강보에 싸여 있었다. 아이를 안고 싶었지만 그러지 못했다. 무서웠다. 손끝에 가해지는 힘. 아이를 안고 도망쳐버릴 것만 같았다. 터질 것 같은 울혈이 두려웠다. 옥봉은 두 손을 모은 채 한동안 아이를 바라보다가 자리에서 일어섰다.

옥봉은 안방 문을 열고 나왔다. 그때껏 마루에 휘돌고 있던 서늘한 바람이 달려들었다. 땀에 젖은 몸이 으스스 떨려왔다. 옥봉은 마당을 가로질러 사랑채로 걸어갔다. 달도 별도 없는 칠흑의 밤이었다. 마당에 선 대추나무가 바람에 솨, 솨, 솨, 소리를 냈다. 차가운 바람이 살 속으로 파고들었다.

"마님께서 옥동자를 낳으셨습니다."

조원은 어둠 속에 등을 내보인 채 미동도 없이 앉아 있었다. 조원의 뒷모습이 금방이라도 어둠 속으로 빨려 들어갈 듯 위태로웠다. 옥봉은 어둠 속에 한동안 서 있다가 다시 물었다.

"등잔을 켤까요?"

"놔두시오."

조원의 목소리가 갈라져 있었다. 어둠은 검은 물처럼 옥봉의 몸을 에워쌌다. 먹먹한 슬픔이 목 위까지 차올라왔다. 사람은 제 설움에 취해 운다고 했던가. 조원과 옥봉은 어두운 바다에 뜬 두 개의 섬처럼 나뉘어 있었다. 슬픔의 간격은 너무나 멀었다.

그런 조원을 마지못해 밖으로 끌어낸 것은 괴산 군수로서의 소임이었다. 옥봉은 신래 마마가 되어 좌천된 조원을 따라 괴산으로 내려갔다. 신래 마마란 벼슬아치가 외직으로 나갈 때 대동하던 첩을 일컫는 말이었다.

겨우내 얼었다 녹기를 반복하던 땅바닥 위로 뒤늦게 매서운 추위가 들이닥쳤다. 잠깐의 볕뉘에 막 매달기 시작한 꽃망울은 후려치며 맹렬하게 부는 꽃샘바람에 잔뜩 몸을 움츠렸다. 경저리와 노비 하나에 부월만 대동시킨 가마 행렬은 단출했다.

이씨는 산후풍 때문에 누운 채로 남편과 하직했다. 조원은 어두운 얼굴로 세 아들에 대한 당부만 남긴 채 발길을 돌렸다. 괴산에 도착한 것은 그로부터 이틀이 지난 뒤였다. 앞뒤 좌우 보이는 것이라곤 모두 산뿐이었다. 세상이 까마득하고 멀게 느껴졌다.

관아의 이방이 몇 명의 관원들을 데리고 마을 입구까지 마중 나와 있었다. 말을 탄 이방과 조원이 나란히 앞장을 섰다. 그들을 따라 관아에 도착하니 금세 해가 저물었다. 하루 내내 매서운 바람에 시달린 일행들의 몸은 잔뜩 굳어 있었다. 저녁

밥을 짓는지 굴뚝에 연기가 모락모락 피어올랐고 아궁이마다 장작불이 일렁였다. 부월은 아궁이 앞에 앉아 추위에 굽은 손을 이리저리 뒤집었다. 방구들은 따뜻했다.

저녁을 먹자마자 조원은 노독을 핑계로 그때껏 남아 있던 관원들을 모두 물리치고 일찍 잠자리에 들었다. 문밖에서 바람이 휘파람 소리를 내지르며 지나갔다. 조원은 반듯하게 누워 천장을 바라보고 있었다. 쉬이 잠들지 못한 탓이었다. 몇 번이나 이리저리 뒤척이더니 혼잣말로 중얼거렸다.

"바람이 많이 부는군."

잠들지 못한 것은 옥봉도 마찬가지였다. 벅차오른 가슴을 좀처럼 진정시키기 어려웠기 때문이다. 어둡고 음습한 별채에 갇혀 정실부인인 이씨의 눈치만 보며 첩실로 살던 자신이 음수골을 벗어나 조원과 마음껏 함께할 시간과 공간이 주어졌다는 사실이 믿기지 않았다. 처음으로 조원과 온전하게 누리는 시간, 온전하게 누리는 자유와 행복은 오롯이 자신의 것이 될 것이다.

몸은 널브러질 듯 피곤했지만 오히려 잠은 멀리 달아나버린 뒤였다. 옥봉이 조원을 향해 파고들듯 돌아누웠다. 짐짓 가볍고 애교스러운 어투로 조원에게 말을 붙였다.

"여기까지 오는 내내 나으리께 어떤 선물을 드릴까 생각했지요."

그러자 조원이 옥봉을 향해 빙긋 웃으며 말했다.

"갑자기 웬 선물이오?"

옥봉은 대답 대신 한참 동안 생각하는 얼굴을 지었다. 그러자 조원이 궁금하다는 듯 옥봉의 얼굴을 쳐다보았다.

"말해보시오."

"봄바람입니다."

"봄바람?"

"네, 꽃샘바람이지요!"

"허 참…… 사람이 실없기는!"

조원은 어이없는 얼굴로 웃음을 터트렸다. 그러자 옥봉은 조원의 품에 살갑게 파고들면서 말을 이었다.

"봄에는 바람이 심술궂게 많이 불수록 겨우내 얼어 있던 나무들이 몸을 흔들며 뿌리와 줄기를 자극한다고 하지요. 그래야 물을 빨아올리는 힘이 좋아진답니다. 봄바람이 없는 해는 잎사귀 피는 모양부터 야물지 못하다니, 나무에는 가끔 폭풍이 불어줘야 좋은가 싶습니다."

옥봉은 조원의 얼굴을 향해 바짝 얼굴을 들이대며 속삭이듯 주절거렸다.

"나으리께서 이제 막 꽃망울을 매달기 시작했는데 세찬 바람이 불어주니 그야말로 든든한 꽃샘바람 아니겠습니까?"

순간, 조원의 얼굴이 굳어졌다. 옥봉이 무슨 말을 하려는지 알아차린 것이다. 옥봉이 조원의 품에 더욱 깊이 파고들면서 정겨운 어조로 말했다.

"제가 드리고 싶었던 선물은 따로 있지요. 이곳에 오기 전에 준비해놓은 거랍니다. 보시렵니까?"

조원이 고개를 끄덕였다. 옥봉은 이불을 밀쳐내며 몸을 일으켰다. 등잔에 불을 밝힌 옥봉은 장옷 깊숙이 담아둔 종이 하나를 끄집어냈다.

"이번엔 진짜 선물입니다. 나으리께서 직접 확인하시지요."

조원은 싫지 않은 듯 자리에서 일어나 앉았다. 종이를 등잔에 가깝게 들이대더니 중얼거리듯 읽어 내려가기 시작했다.

　　낙양가재자(洛陽賈才子)
　　양광진가차(佯狂眞可嗟)
　　일사천상후(一辭天上後)
　　수념재장사(誰念在長沙)*

　　낙양의 재자 가의는
　　거짓으로 미쳤으니 참으로 우스워라.
　　한번 임금의 곁을 떠난 뒤에
　　장사왕의 태부가 될 줄을 누가 알았으리오.**

---

* 장사(長沙)는, 어려서부터 글 짓는 재주가 뛰어났던 가의(賈誼)가 간신들의 반대로 쫓겨난 뒤 나중에 장사왕의 태부가 된 사실을 말함.
** 이옥봉, 「괴산군수가 된 운강공에게 드림(賦雲江公除槐山)」.

조원은 한동안 종이에서 얼굴을 떼지 못했다. 이어 회한에 가득 찬 얼굴로 옥봉을 바라보았다. 옥봉은 조원의 심중을 어루만지듯 부드러운 목소리로 말했다.

"후에 더 좋은 벼슬로 임금께서 부를 것입니다. 너무 심려치 마십시오."

조원은 울컥 치받치는 감정을 누르며 옥봉의 손을 잡았다.

"부끄럽구려. 그대가 있어 얼마나 든든한지 모르겠소. 내 다시 일어나리다."

다음 날, 조원의 표정은 밝았다. 흔연스럽고 기꺼운 얼굴이 되어 군정에 임했다. 객사를 찾아가 전패에 절을 한 다음, 동헌에서 향리를 비롯한 관아 식구들의 인사를 받았다. 관아의 모든 서류를 열람하고 민정을 돌아보았다. 읍성에서 꽤 많이 떨어진 양반 마을을 찾아가 힘 있는 사족에 인사하는 일도 빼놓지 않았다. 평화로운 나날이 이어졌다.

삼짇날이 지나자 날씨가 점점 따뜻해졌다. 내아 마당 여기저기에서 꽃망울들이 활짝 피어나기 시작했다. 처마 곳곳에 제비들이 모여들었다. 제비가 짝을 지어 오가며 깃드는 것을 보고 있노라니, 옥봉의 마음에 외로움이 엄습해왔다. 자연의 영속적인 순환을 가능케 하는 것은 저 새까맣게 지저귀며 자라나는 어여쁜 자식일 터이다. 옥봉은 몇 해 전 제 몸에서 떠난 보낸 어린 생명체를 생각하며 시끄러운 소리로 짖어 대는 제비들을 눈으로 어루만졌다.

화동심심취막저(畵棟深深翠幕低)

쌍비쌍거부쌍서(雙飛雙去復雙棲)

사양문항동풍만(絲楊門巷東風晚)

청초지당세우과(靑草池塘細雨過)

진접기번천약포(趁蝶幾番穿藥圃)

누소종일탁근온(壘巢終日啄芹穩)

탁신득소서편온(托身得所棲偏穩)

양자년년우익제(養子年年羽翼齊)

단청한 대들보 깊숙하고 푸른 장막 나직한데

짝지어 날던 제비 또 짝지어 깃들었다.

실버들 늘어선 골목길 봄바람 저물고

푸른 풀 우거진 연못엔 가랑비 지나가네.

나비들 서로 쫓아 꿀 캐기 여념 없는데

진흙으로 집 짓기에 오늘 해도 저물었네.

몸을 의지할 곳 보금자리 안온하여

새끼 길러 해마다 날개 가지런해졌다.*

처마에 깃든 제비가 날아왔다 새끼를 불려 날아가는 일이

---

* 이옥봉, 「제비를 읊는다(詠燕)」.

몇 번 되풀이되면서 타관의 해가 바뀌고 또 바뀌었다. 그사이 조원은 괴산 군수의 임기가 끝나 내직으로 옮기게 되었다. 그러나 그것도 잠깐, 다시 삼척부사로 임명되었다. 1583년의 일이었다. 그사이 넷째 아들 희진이 태어났다. 옥봉이 내, 외직을 번갈아 하는 조원을 보필하는 동안 동서분당의 극심한 당쟁은 끊이지 않고 이어졌다. 분란 속에서 벼슬아치들이 수없이 좌천당하고 출세하는 정치적 격변을 목도하면서 현실에 대한 옥봉의 자각은 더욱 커져만 갔다.

재(才)가 승(勝)하니

동서의 당파 싸움이 한창이던 계미년(1583년, 선조 16년) 1월, 함경도 경원에 귀순해 살고 있던 여진족이 반란을 일으켰다. 당시 조정은 북쪽 변방에서 심심찮게 벌어지고 있던 오랑캐들의 산발적인 국지전 때문에 골머리를 앓고 있었다. 이에 어명을 받은 신립은 그들을 무찌르고 두만강 건너 야인의 소굴까지 소탕하였으며 신립은 이에 대한 공으로 함경도 병마절도사에 올랐다. 당시 병조판서였던 이이는 조정에 큰 위기의식을 불러일으킨 오랑캐들의 난을 계기로 십만양병설을 주장하기에 이른다.

간과종이서생사(干戈縱異書生事)
우국환응빈발창(憂國還應鬢髮蒼)

제적차시사거병(制敵此時思去病)

운주금일회장량(運籌今日懷張良)

원성전혈산하적(源城戰血山河赤)

아보요기일월황(阿堡妖氣日月黃)

경락휘음상부달(京洛徽音常不達)

강호춘색역처량(江湖春色亦凄凉)

전쟁이 비록 선비의 일과 다르다지만

나라 근심에 도리어 머리털만 희어지네.

적 무찌를 이때에 곽거병이 생각나고

작전을 세울 오늘에 장량이 그리워지네.

경원성에서 흘린 피로 산과 강물 붉어졌고

아산보 요사한 기운으로 햇빛까지 흐려졌어라.

한양에 반가운 소식 아직도 오지 않아

강호의 봄빛마저 올해사 서글퍼라.[*]

    북쪽 변방에 심상찮은 전란이 계속되고 있었다. 사람들이 흘린 피가 산과 강물을 물들였는데도 난리가 평정되었다는 소식은 좀처럼 들려오지 않았다. 옥봉은 끝나지 않은 전란 소

---

* 이옥봉, 「계미년 북쪽 난리를 읊노라(癸未北難)」.

식을 들을 때마다 수자리를 살러 갔다는 맹아의 아버지를 생
각했다. 전란이란 무엇인가. 정사를 윤허하고 실행하는 왕과
대신들은 일찌감치 피신해버린 텅 빈 도성과 변방에서 애꿎
은 민초들만 화살받이로 나가 목숨을 버리던 일이 아니던가.
남자 없는 집안에서 헐벗은 아이들과 더럽혀지는 여자들의
몸, 그들의 호구지책은 어찌 될 것인가.

　옥봉의 머릿속은 맹아처럼 부모 잃고 버려진 아이들과 짓
밟히는 여인들의 모습이 소용돌이치며 차올랐다. 어서 전란
이 평정되기를! 아비와 어미와 자식들이 무사히 만나 구운 알
감자를 서로에게 나눠 먹는 날이 어서 오기를 간절히 바랐다.

　깊은 성채와도 같았던 음수골 별당을 벗어난 옥봉은 그동
안 꾹꾹 눌러 담은 가슴속 응어리를 마음껏 시로 토해내며 사
람과 세상에 대한 자신의 발언을 이어나갔다.

　옥봉은 조원을 따라 삼척으로 내려갔다. 삼척으로 내려가
는 도중에 영월을 지나다 단종의 장릉을 보고 감회가 새로워
시를 짓기도 했다.

　　오일장간삼일월(伍日長干三溢越)

　　애사음단노릉운(哀詞吟斷魯陵雲)

　　첩신역시왕손녀(妾身亦是王孫女)

　　차지견성불인문(此地鵑聲不忍聞)

성문 밖 닷새 길 사흘에 넘으니

슬픈 노래 부르다 끊긴 곳 구름만 둥실

이 몸 역시 왕실의 자손이라

이곳의 두견 소리 차마 듣기 어려워라.[*]

　열두 살의 어린 나이에 만조백관의 하례를 받으며 왕위에 올랐던 단종. 옥봉은 재위 삼 년 만에 숙부인 수양대군에게 왕위를 물려주고 머나먼 영월 땅으로 유배되어 끝내 사약을 먹고 죽음을 맞이한 열일곱 살 비운의 왕을 추모했다. 얼마나 두려웠을까? 얼마나 외로웠을까? 두견의 울음만이 피를 토하는 영월의 깊은 산속. 억울하게 죽은 임금에 대한 주체할 수 없는 울분과 슬픔이, 자신 역시 종실의 후손이라는 한 여인의 붓끝에서 도도하게 흘러나오고 있는 것이다.

　남명 선생의 뜻을 내면화한 강개한 지사의 목소리를 거침없이 분출하고 있는 옥봉의 시 짓기는 실로 아슬아슬하기 짝이 없었다. 이처럼 사랑하는 사람과 목숨처럼 아끼는 시를 양손에 거머쥔 옥봉의 시 짓기는 점점 거침이 없어졌다.

　경계를 넘어 시 짓기에 난만히 꽃을 피워가는 옥봉의 이러한 변화는 조원을 점점 넘어서고 있었다. 거듭되는 외직으로 불안정해진 조원의 시 짓기는 민정을 핑계 삼아 더욱 소원해

---

[*] 이옥봉, 「영월을 지나는 중에(寧越道中)」.

졌다. 조원은 자신을 대신해 번뜩이는 문재와 지혜를 지닌 옥
봉을 자랑스러워하고 든든해했다. 조원은 가는 곳마다 옥봉
을 대동시켰으며 재색을 겸비한 소실을 사람들 앞에 소개했
다. 그리하여 옥봉은 많은 사람과 교유할 수 있었다.

  아름다운 여름밤이었다. 멀리 바다를 휘돌아온 미풍은 살
갖을 간질이고, 하늘에 높이 뜬 보름달은 죽서루 주변을 환하
게 비추었다. 멀리 동해의 물결이 달빛 아래에서 물비늘로 반
짝였고, 누각 주변으로 휘늘어진 버들가지는 부드러운 바람
에 머리채를 살랑였다.
  근동의 현감들과 이름깨나 가진 고을 선비들이 죽서루의
아름다운 경치를 즐기면서 단합을 다지는 자리였다. 어차피
임기를 다하기까지 지역 유지들이란 불가근불가원(不可近不
可遠)의 관계가 아니던가. 조원으로서는 그들의 의중을 추스
르고 다독여야 하는 부사로서 한 번은 마련해야 할 자리이기
도 했다. 개중에는 정계 진출에 실패하고 낙향한 선비도 있었
지만, 재산이 많아 풍류와 시문 짓기에 소일하는 향촌의 사족
들이 대부분이었다. 면면이 그러한지라 경전이나 깊이 있는
학문으로 토론을 벌이기보다는 두보나 이백의 시를 읊기도
하면서 취흥 가득 낭만적인 분위기를 풀어냈다.
  사방 여기저기에 내걸린 등롱(燈籠)은 바람이 잦아들어 흔
들림이 없었다. 머리에 해어화를 꽂고 날아갈 듯 화려하게 치

장한 기생 몇이 가야금과 거문고, 장구를 들고 정자 위로 올라섰다. 사뿐사뿐한 발걸음으로 깊이 허리 숙여 인사를 올린 기생들은 각각 현감들과 선비들 옆에 치맛자락을 살짝 젖히고 앉았다. 조원은 이번에도 기생 대신 옥봉을 곁에 두었다.

솔숲 사이로 미끄러져 내려간 달빛이 자디잔 그림자 속에서 어른거렸다. 정자 누마루 옆에는 자미목이 부끄러운 듯 몸을 비틀며 매끈한 살결을 드러내고 있었다. 눈앞에까지 휘늘어진 소담스러운 꽃송이가 금방이라도 쏟아질 듯했다. 조원은 술잔을 높이 추켜들며 입을 열었다.

"그간 뵙고 싶은 분들 뵈어 반가운 마음 금할 수 없으니, 오늘은 마음껏 술과 풍류에 취해 보십시다."

"좋은 말씀이오이다."

도계 현감이 호탕하게 맞장구를 쳤다. 그러자 장구를 허리에 맨 기생 하나가 벌떡 일어나더니 간드러진 허리를 흔들며 설장구를 놀기 시작했다. 분위기가 후끈 달아올랐다. 그러자 거문고와 가야금이 자신의 재능을 뽐내듯 끼어들었다.

"좋다!"

"좋을시고!"

좌중은 서로의 술잔에 술을 부어가며 취흥을 즐겼다. 분위기가 한층 무르익어가고 있었다. 가야금 병창이 끝나기가 무섭게 태백 현감이 손뼉을 딱딱 치며 소리쳤다.

"이렇게 좋은 날 노래와 시가 빠질 순 없지요!"

그는 말을 마치기도 전에 반백의 생쥐 꼬리 같은 자신의 수염에 매달려 있던 술 방울을 죽 빨았다.

"아암!"

"그렇고말고!"

사람들은 당연하다는 듯이 고개를 끄덕이며 앞다투어 소리쳤다.

"자, 그러면 누가 한 수 읊어보아라."

기생들은 현감을 향해 배시시 웃기만 할 뿐 선뜻 일어나지는 않았다. 그러자 돌연 황지 현감이 옆에 앉은 기생의 치마폭을 훌러덩 뒤집었다.

"네년 속곳에 시를 감춘 거 아니냐? 보자!"

기생이 와락 치마를 찍어 누르며 비명을 내질렀다. 그러자 조원이 눈살을 찌푸렸다. 순간 옥봉의 몸이 앞으로 수그러들었다. 오른쪽 뱃구레에 칼날로 찍는 듯한 통증이 긋고 지나갔기 때문이었다.

"에잇, 아무것도 없구먼! 저리 가거라."

황지 현감이 손을 탈탈 털더니 고개를 뒤로 젖히고 큰 소리로 웃었다. 그러자 도계 현감이 이마를 찌푸리며 물었다.

"아니, 점잖은 수련님께서 오늘은 어쩐 일이십니까?"

"속곳에 시 한 수 없는 기생이 뭔 맛이겠수?"

"그게 뭔 소리랍니까?"

"그 유명한 고경명 이야기도 모르십니까? 그가 젊은 날 일찍이 황해도에 갔다가 한 기생을 사랑하게 됐는데, 그 기생과 헤어지면서 시 한 수를 치마폭 안에 써주었다지요. 그런데 그 기생이 관찰사 앞에서 술을 따르다 치마폭이 바람에 날려 시가 비치는 바람에 이실직고하지 않을 수가 없었다는데요, 그 뒤 관찰사가 고씨 아버지를 만나서는 '당신 아들의 재주는 아름다우나 행실이 어그러졌더이다' 하니, 그 아비가 이르기를 '내 아들이 용모는 제 어미를 닮았고 행실은 이 아비를 닮았소이다' 하며 빙그레 웃더랍니다. 아들의 방탕마저 어여삐 넘길 수 있었던 것도 다 이 시 덕분이 아니겠습니까? 하하하."

좌중이 모두 유쾌하게 웃었다.

"암요. 시 빠진 풍류가 어디 풍류라 하겠습니까?"

빠르게 말을 마친 장성 현감이 불콰해진 얼굴로 옆에 앉은 기생의 허리를 바짝 껴안으며 뜨거운 숨을 토해냈다.

"이년, 네 속곳에도 시 한 수 써주랴?

얼굴 벌게진 기생이 속곳을 들추기도 전에 발딱 자리에서 일어섰다. 옥봉의 얼굴이 창백해졌다. 눅진한 통증이 다시 지나갔다. 뜸을 들이느라 치맛자락을 다듬던 기생이 달을 쳐다보며 구슬픈 목소리로 오언절구의 시를 읊었다.

"달 뜨면 오시겠다고 말해놓고서, 달 떠도 우리 임은 오시지 않네. 아마도 우리 임 계시는 곳에, 산이 높아 저 달도 늦게 뜨나 봐……"

"얼씨구!"

"좋다!"

그러자 맞은편에 앉은 생원 하나가 불콰해진 얼굴로 기생의 저고리 속으로 손을 쑥 집어넣으며 가슴을 움켜쥐었다. 어맛! 기생이 요염하게 몸을 뒤틀면서 콧소리를 질러 댔다. 옥봉은 무심코 소리 나는 쪽을 돌아보았다. 순간 얼굴이 발갛게 달아오른 기생과 눈이 마주쳤다. 어디서 본 듯 눈에 익은 얼굴이었다. 어디서 봤을까. 오른쪽 눈자위 아래에 선명하게 찍힌 눈물점도 익숙했다. 하지만 거듭 뱃구레를 찌르고 달려드는 통증으로 생각은 거기서 멈추고 말았다. 옥봉의 눈길과 마주친 어린 기생의 표정도 예사롭지 않은 듯 힐끗거리기를 반복했다. 머릿속을 더듬는 듯 기생의 표정이 아득했다.

연회 분위기가 무르익어갈수록 옥봉의 얼굴은 점점 핏기를 잃어갔다. 조원이 굳은 표정으로 앉아 있던 옥봉을 걱정스럽게 돌아보았다.

"어디 편치 않은게요?"

옥봉이 고개를 흔들며 낮게 말했다.

"괜찮습니다. 괘념치 마십시오."

그때 옆에 앉은 기생이 일어나서 청아한 목소리로 시를 읊었다.

"열여섯의 아름다운 계집, 모시 적삼 가벼워 눈 같은 살결 비치는구나. 가련하구나, 계수나무 잎 늘어져 푸른데. 달 밝은 이 밤, 뉘 집에서 임 그리는 노래 부르는가."*

"옳거니!"

"어이쿠, 그 계집 짠하다. 눈물이 다 나네."

이곳저곳에서 추임새가 터져 나왔다. 그러자 또 다른 기생이 일어났다.

"저는 충선왕이 사랑했다던 중국 여인의 시를 읊어보겠습니다."

"떠나며 보내주신 연꽃 한 송이, 처음엔 너무도 붉었는데. 줄기를 떠난 지 며칠 못 되어, 초췌함이 제 모습과 똑같습니다."

"애절할시고!"

"자, 그러면 나도 좋아하는 걸로 한 수!"

태백 현감이 그윽한 목소리로 시를 읊었다. 읊고, 붓고, 마시느라 여름밤의 취흥은 한층 깊어갔다.

"봄비가 가늘어서 방울을 짓지 못하더니, 한밤중에 가느다란 소리가 들려온다. 눈 녹아 남쪽 시내에 물이 불어나니, 새싹들이 많이도 돋아났겠다."

흥이 오르는지 좌중 모두 몸을 흔들며 장단을 맞추기 시작했다. 끊일 줄 모르고 시와 노래가 도는 사이, 술잔 또한 질펀하게 돌아가고 있었다. 한 손엔 술잔을 높이 쳐들고는 한 손

---

* 이옥봉, 「시를 지어 기생에게 주다(呼韻贈妓)」.

으로 기생의 가슴을 주물럭거리며 호기를 부리거나, 기생의 속곳을 들추고 거리낌 없이 손을 집어넣으며 히히거리는 모습도 예사였다. 옥봉의 몸이 점점 앞으로 수그러졌다. 창자가 꼬이는 듯한 통증이 밀려든 때문이었다.

그러자 얼굴이 불콰해진 정선 현감이 질세라 큰 목소리를 돋워가며 시를 읊기 시작했다.

"홀로 산창(山窓)에 기대서니 밤기운이 차가운데, 매화 가지 끝에는 둥그렇게 달이 떴다. 살랑살랑 미풍을 기다릴 것도 없이, 온 집 안에 맑은 향기가 절로 가득하다."

술잔을 탁, 소리가 나게 내려놓던 도계 현감이 뒤를 이어 시를 읊었다.

"어젯밤 송당(松堂)에 비가 왔는지, 베갯머리 서편에선 시냇물 소리. 새벽녘 뜨락의 나무를 보니, 자던 새는 둥지를 아직 떠나지 않았네."

뱅글뱅글 돌고 돌아온 술잔에 맞춰 취흥은 점점 더 질펀해졌다. 옥봉은 두 손을 맞잡은 채 이를 악물었다. 통증은 점점 심해져갔다.

당장 자리를 박차고 일어나고 싶었다. 아무리 시를 지으며 논다 한들 기생을 끼고 분탕질을 하며 노는 사내들의 술자리를 옥봉은 견딜 수가 없었다. 얼굴을 팔고, 웃음을 팔고, 몸을 팔며 살아가는 저 기생들에게도 제 어미 아비는 있을 터였다. 풍월을 빙자해 속곳을 들추며 헤헤거리는, 저고리 속으로 가슴을 움켜쥐며 귓불에 술 냄새, 찌든 냄새 뜨겁게 불어넣는 넋 빠진 사람들이라니. 차라리 눈을 감고 싶었다. 고통스럽게 연신 긴 숨을 몰아쉬던 옥봉이 옆에 앉은 조원의 얼굴을 돌아보았다.

조원의 얼굴은 깎아지른 듯 무표정했다. 그로서도 이 자리가 편치는 않을 것이다. 살아가는 동안 견뎌내야 할 때와 장소가 어디 한두 번이겠냐는 생각을 견디고 있는 듯한 얼굴이었다. 옥봉의 이마에 땀이 방울방울 배기 시작했다. 옥봉은 이를 악물며 통증을 견뎌냈다.

이윽고 좌중이 조원을 향해 시 한 수를 청했다. 조원이 곤란한 듯 겸연쩍은 얼굴로 웃으며 말했다.

"요즘 민정에 신경 쓰느라 시 지은 지가 오래되었소이다. 저를 대신하여 이 사람에게 시 한 수를 부탁드려보지요."

그러자 사람들의 눈길이 일제히 옥봉을 향해 쏠렸다. 옥봉의 손아귀에 식은땀이 배어들었다. 옥봉은 안간힘을 다해 시 「죽서루」를 읊었다.

강함구몽활(江涵鷗夢闊)
천입안수장(天入雁愁長)

강은 갈매기 꿈을 품어 넓고

하늘은 기러기 슬픔에 들어와 멀다.*

그러자 좌중이 한순간에 조용해졌다. 사람들은 눈을 지그시 감은 채 한동안 깨어날 줄을 몰랐다. 몇 번이고 되뇌면서 시의 정취를 음미했다.

"과연 천고의 절창입니다!"

"그러게 말입니다. 역대 수많은 시인이 이곳 죽서루에 올라 시를 지었는데 이 시를 따를 자가 누구이겠습니까."

"이토록 짧은 두 줄의 시에 자연과 인생, 폭넓은 세상을 다 담아놓았으니 과연 크고도 높지요!"

"음미하면 할수록 강과 하늘 밖에 무한한 정취가 녹아 있습니다."

앞다투어 내미는 찬사에 옥봉은 그만 눈살을 찌푸렸다. 진실이라고는 추호도 느껴지지 않는, 그저 부사의 눈과 귀와 혀가 되고자 입맛에 맞추려는 호사가들의 아부처럼 들릴 뿐이었다. 뱃구레를 밀고 지나가는 통증이 마침내 명치 위까지 치받고 올라왔다. 옥봉은 엎어질 듯 몸을 수그렸다. 이마에 식은땀이 줄줄이 흘러나오고 있었다. 마침내 심상치 않음을 느낀 조원이 부월을 불러오라 일렀다.

옥봉은 황급히 나타난 부월에 의지해 연회 자리를 간신히

---

* 이옥봉, 「죽서루에서(竹西樓)」.

빠져나왔다. 그때였다. 등 뒤에서 다급하게 뒤쫓아 오는 기생 하나가 있었다. 기생은 허리를 구부리고 겨우 걸음을 떼놓는 옥봉을 애타게 불렀다.

"아씨! 아씨!"

옥봉은 뒤를 돌아보았다. 눈물점의 어린 기생이었다. 기생은 터질 듯한 얼굴로 입술을 일그러뜨리면서 옥봉에게 다가섰다.

"아씨! 저…… 맹아예요. 맹아!"

옥봉이 매우 놀란 듯 눈이 동그래졌다.

"뭣이?"

기생은 숫제 울음소리를 냈다.

"동소문 밖…… 개떡…… 그 맹아라고요!"

"아……!"

옥봉은 기생을 얼싸안았다.

"너로구나! 맹아야……!"

옥봉의 말끝이 물에 젖은 듯 잦아들었다. 맹아는 기어이 울음을 터트렸다. 맹아의 울음은 길고 길었다. 옥봉의 볼 위로도 눈물이 끝없이 흘러내렸다. 부월은 그런 두 사람을 영문 모른 채 바라볼 뿐이었다.

"그때…… 아씨가 제게…… 연하디연한 푸른…… 새싹이라고 하셨지요…… 세상에서…… 가장 이쁜…… 이름을 가졌다고요…… 그 말을 가슴에 품고…… 여태껏 살아온걸요……"

　눈으로는 웃고 입으로는 울면서 맹아가 주절거렸다. 옥봉
은 그런 맹아의 볼을 쓰다듬으며 눈물을 닦아주었다.

　"그래, 그동안 어떻게 지냈단 말이냐? 그 뒤로 찾아갔었다.
떠나고 없더구나. 다리는 이제 괜찮고? 할머니는 어떻게 됐
느냐? 어머니는? 아버지는 수자리에서 돌아오셨고?"

　옥봉은 질문을 폭포처럼 쏟아냈다. 맹아가 전하는 그동안
의 삶은 끔찍하기 이를 데 없었다.

　거저먹기로 몸 파는 여인의 이야기는 동소문 전체에 퍼졌
다. 시도 때도 없이 움막으로 찾아드는 남정네들이 어린 맹아
를 덮치기도 여러 번이었다. 견디다 못한 그들은 도망치듯 자
리를 떴고 노파는 길에서 죽었다. 여인은 술병이 도져 두 아
이의 뒤를 봐줄 수 없었다. 수자리를 살러 간 아버지는 끝내
살아 돌아오지 못했고, 술 없이는 하루도 버티지 못하는 여인
도 끝내 노파의 뒤를 따라갔다. 동생과 함께 맹아는 다시 거
리에 섰다. 끼니를 해결하기 위해 닥치는 대로 일해야 했던
그들은 끝내 술청에 들어가 잔일을 봐주게 되었다. 결국 맹아
는 기생이 되어 여기까지 흘러왔지만, 동생은 어디로 갔는지
종적을 알 수 없다고 했다.

　"아씨가 두고 가신 장옷을…… 보며 아씨 같은 사람이 되
겠다고…… 명심하고 또 명심했는데…… 엄니가 장옷 팔아
술을 샀어요."

맹아는 미워하며 죽어버리라고 저주를 퍼붓곤 했던 어머니가 막상 죽고 나니 가슴이 저려 견딜 수 없었다고 했다. 어머니는 술에 취할 때마다 옥봉의 장옷을 머리에 뒤집어쓰곤 다음 생에 태어나면 장옷 입는 사람으로 태어나고 싶다고 입버릇처럼 말했다는 것이다.

"지금쯤 울 엄니는 장옷 입는 사람으로 다시 태어나 어딘가에서 살고 있겠지요?"

맹아는 울음 가득한 얼굴로 물었다. 자신을 지키기 위해 치마 대신 바지를 입어야 했던 어린 맹아. 네 삶은 지금껏 하나도 달라지지 않았구나. 어쩌자고 너는 이토록이나 내 가슴을 후비는 것이냐!

맹아는 연회 장소를 힐긋거리며 초조해했다. 질펀하게 어우러지는 거문고와 장구 장단 속으로 취객들이 내지르는 소리가 왁자지껄 들려왔다.

"아씨, 더는 지체할 수 없어요. 다음에 다시 찾아뵐게요. 꼭이요!"

맹아는 아쉬운 얼굴로 돌아섰다. 소피를 보는 척 해우소 뒷길로 돌아 허겁지겁 연회 장소로 돌아갔다.

집에 돌아온 옥봉은 몇 날을 앓았다. 솟구치는 신열과 가슴이 빠개질 듯한 기침과 뱃구레의 통증이 어디에서 오는지 알 수 없었다. 부월은 혼이 빠진 얼굴로 한시도 옥봉의 곁을 떠나지 않았다. 한약 달이는 냄새가 온 집 안을 떠돌았다. 비몽

사몽의 날들이 이어졌다.

그러던 어느 날이었다. 맹아가 거짓말처럼 사뿐사뿐 집 안으로 들어섰다. 맹아가 건너온 뒤편에는 안개가 자욱했다. 화장을 곱게 한 맹아는 천상에서 내려온 선녀 같았다. 옥봉을 향해 맹아가 걸어오는 동안 뒤편의 대문이 지워지고 마당의 윤곽도 희미해졌다. 맹아는 옥봉 앞에 무릎을 꿇고 엎드렸다.

"아씨! 만나자마자 이별이라더니…… 제가 그 꼴이 되고 말았습니다. 다시 떠납니다. 기생이 어찌 정처가 있겠습니까? 기약도 없이 바람 부는 대로 물결치는 대로 가다가 닿는 그곳이 정처가 되겠지요. 아씨! 부디 몸 살피시기를요."

맹아는 울며 울며 돌아섰다. 옥봉은 멀어지는 맹아를 붙잡듯 허공을 향해 손을 뻗었지만, 맹아는 구름이 흩어지듯 차츰 멀어졌다.

맹아야……!

옥봉은 목놓아 울었다. 눈을 뜨고 보니 베갯잇이 눈물에 푹 젖어 있었다. 옥봉은 사람을 시켜 맹아의 거처를 확인하도록 했다. 하지만 맹아는 이미 떠난 뒤였다.

옥봉은 깊은 한숨을 쉬었다. 담장 안에 갇혀 평생 바깥을 보지 못한 채 살아가는 사람이 있고, 누군가는 머무르고 싶어도 떠돌 수밖에 없는 세상의 모순을 어떻게 이해해야 할까. 감옥 같은 담장에 갇혀 밖을 동경했던 젊은 자신의 모습은 맹아의 삶과 어떻게 같고 다를까.

조원이 삼척 부사에서 체직(遞職)된 것은 1586년 2월이었다. 이어 다시 성주 목사를 역임하고 체직되어 한양으로 올라가는 길이었다. 때는 기축년(1589년) 5월. 조원은 한양으로 가기 전 상주에 들렀다. 이제 막 상주 목사로 부임한 윤국형을 만나기 위해서였다. 상주는 윤국형의 고향이었다. 노모 봉양은 핑계였을 뿐 역시 중앙 정계에서 밀려나 고향으로 내려와 있던 윤국형은 오랜 지기인 조원을 버선발로 뛰어나와 객사로 맞아들였다. 성의껏 술상을 차린 것은 물론이었다.

"오랜 외직 생활에 고생이 많다고 들었네."

"고생은 무슨…… 자네는 어찌하여 고향으로 돌아왔는가?"

윤국형은 한숨을 내쉬었다.

"말이야 노모 봉양이지, 어디 한양살이가 견딜 만해야 말이지."

"무슨 말인가?"

"조정 돌아가는 꼴이 하도 험악해서 도저히 버텨낼 재간이 없었다는 뜻이네."

윤국형은 앞에 놓인 술잔을 들이켰다. 거칠게 털어 넣느라 반쯤의 술이 옷깃을 적셨다. 윤국형은 신경질적인 손짓으로 옷에 묻은 술을 털어냈다. 끓어오르는 울화를 참지 못하겠다는 듯 눈자위가 금세 달아올랐다.

"자네, 송익필이라는 자를 아나?"

"알지. 몇 년 전에 세상을 뜬 율곡 선생과 친분이 두터웠던 자 아닌가."

"그렇지. 그자가 서서히 마각을 드러내고 있네. 서자 출신 이어서 과거 시험도 못 보고 동인들의 공격을 받아 이름을 바꾸고 숨어 다니던 처지가 아니었나."

"그런데?"

"문제는 또 있네. 정여립 말일세."

"율곡 선생과 송익필, 정여립까지 모두 서인 패거리들이군 그래."

"아니라네. 정여립은 율곡 선생이 죽자마자 이발에게 붙어 동인으로 당을 바꾸지 않았겠나."

"그랬나?"

"자네 지방에 살더니 장안 소식은 아예 깜깜이로군."

조원은 무참해져 얼굴을 붉혔다. 그러나 윤국형은 조원의 표정에는 아랑곳하지 않고 말을 이어갔다.

"그 정여립은 율곡 선생이 살아 있을 때는 공자에 버금가는 성인이라며 극찬을 아끼지 않다가, 그가 죽자 나라를 그르치는 소인배로 극심하게 매도했다네. 그래서 임금께서 정여립을 배은망덕한 자라고 꾸짖으며 시골로 쫓아내 버렸다네."

조원은 대답 대신 고개를 끄덕였다.

"그 정여립이 서인들의 미움을 받는 처지란 말일세. 그러잖 아도 동인들의 형세가 날로 불리해지는 판국인데, 정여립의 처신으로 벌집처럼 들쑤셔진 서인들의 조짐이 이대로 가라앉을 것 같지 않아 보인다는 게 문제네. 조만간 무서운 일이 일어나지 않을까 두렵다네. 내일 일을 모를 만큼 살얼음판이란 말이지. 그래서 노모 봉양을 핑계로 낙향해버렸네."

음……

조원은 깊은 생각에 잠겼다. 그러자 윤국형이 다시 말소리를 낮추었다.

"아무래도 송익필이란 자의 거동이 심상치 않네. 송익필은 누구보다도 정여립과 친했던 사람이 아닌가. 그런데 요즘 한창 서인의 거두로 부상하고 있는 정철이 정여립의 처신을 집요하게 문제 삼고 있는데, 아무래도 모사꾼 송익필이 뒤에서 조종하는 게 아닌가 싶다네."

"갈수록 큰일이구먼."

"동인들의 입지가 갈수록 좁아 드는 판이니, 자네도 괜한 일에 꿰이지 않도록 각별히 조심을 하게나."

조원은 무거운 얼굴로 고개를 끄덕였다.

그때였다. 윤국형의 부인이 문밖에서 저녁상을 차려낼 것인지를 물었다. 그제야 정신이 든 윤국형은 저녁상 대신 술이나 더 올리라고 일렀다. 조원은 내아에서 쉬고 있던 옥봉을 건너오게 했다.

윤국형은 옥봉을 보자마자 깜짝 놀랐다. 미색이 만만찮은 데다 차분하고 격조 있는 분위기가 윤국형이 늘 대하던 관기나 여느 소실들과는 품격이 달랐다. 젊어서는 천하의 명문장으로 세상을 울렸던 조원이 십수 년이 넘는 세월 동안 외직을 전전하느라 갈수록 기세가 줄어드는 것과는 사뭇 다른 분위기였다. 이지적인 데다 깊이 익은 눈빛이 예사롭지 않았다. 한낱 지방관의 소실로 지내기에는 아깝다는 생각이 들었다.

조원은 윤국형에게 옥봉을 소개했다. 옥봉은 다소곳이 인사를 올린 다음 윤국형에게 술잔을 올렸다. 두 사람은 지금껏 자신이 맡았던 임지에서의 일들을 화제로 삼았다. 향촌의 사족들과의 힘겨루기며 송사와 관기에 이르기까지 이야기는 끝이 없었다. 옥봉은 그들의 술잔을 채우면서 다소곳이 귀를 내맡기고 있을 뿐이었다.

이윽고 술자리가 무르익자 조원과 윤국형이 자연스럽게 시를 주고받기 시작했다. 두어 차례 시가 돌았을 때, 이번엔 조원이 옆에 있던 옥봉에게 시 한 수 지어보라고 권유했다.

"그대도 답례하는 뜻으로 한 수를 지어 올리는 것이 어떻겠소?"

윤국형은 의아한 얼굴로 조원의 소실을 바라보았다. 옥봉이 빙그레 웃으며 말했다.

"첩이 비록 재주는 용렬하지만 나으리의 명이니 받들고자 합니다."

조원은 고개를 끄덕이며 흐뭇한 얼굴로 옥봉의 시를 받아 적었다.

낙양재자하지소(洛陽才子何遲召)

작부상담조굴원(作賦湘潭弔屈原)

수분역린위차도(手扮逆鱗危此道)

회양고와역군은(淮陽高臥亦君恩)

낙양의 재주 있는 사람을 어찌 진작 부르질 않아

상담부 지어 굴원을 조상케 하나요.

손으로 역린을 잡은 것은 위험한 일이지만

회양에 편히 누운 것 또한 임금의 은혜로군요.[*]

　윤국형은 깜짝 놀랐다. 흔연스러운 척 집어 든 술잔이 수전증에 걸린 것처럼 떨렸다. 낙양재자라면 '가의'가 아닌가. 서한 사람으로 임금의 신임을 받던 가의는 대신들의 참소와 모략으로 유배되었다가 왕이 말에서 떨어져 죽자 슬픔을 견디지 못하고 서른세 살에 죽었다는 인물이다. 그런데 이 시는 유배를 살러 가던 가의가 상수를 건너다가 부(賦)를 지어 굴원에게 조의를 표했다는 고사를 인용해, 조원의 신산한 벼슬살이의 억울한 처지를 드러내고 있질 않은가. 그뿐 아니라 한낱 지방관으로 밀려난 탓에 지금껏 가누기 어려웠던 윤국형

---

* 이옥봉, '제목 없음(無題)'.

자신의 억울과 소외까지 두루 헤아리고 있는 시였다. 지금은
역린을 잡은 것과 같이 위급한 상황이지만, 이나마 은거하게
된 것도 모두 임금의 은혜라는 것을 빼놓지 않고 강조함으로
써 깊은 원망의 마음을 교묘하게 드러내고 있는 시, 여자의
시라고는 도저히 상상할 수 없이 대담하면서도 의미심장한
시였다. 조원의 소실이 글재주가 있다는 소문은 누누이 듣고
있었으나 이 정도인지는 상상하지 못했다.

'……무서운 여인이로다!'

다음 날 윤국형은 마을 입구까지 나가 조원 일행을 배웅했
다. 조원의 손을 잡고 이별의 아쉬움을 나누던 윤국형은 조원
의 소실을 한참 동안 바라보았다. 그들이 멀어지고 나서야 등
을 돌린 윤국형은 혼잣말로 중얼거렸다.

'예사롭지 않은 여인이야. 아무래도……'

당동벌이(黨同伐異)의 세상이 아닌가. 옳고 그름은커녕 이
익이 같은 무리끼리는 뭉치고 그렇지 않은 무리는 가차 없이
내치는 무서운 세상에서, 자신의 의사를 거리낌 없이 표출하
다니! 말 한마디 삐끗했다간 그길로 끝장나고 마는 세상이니
그 누군들 두렵지 않겠는가 말이다.

그들의 불안은 마침내 현실이 되었다. 성주 목사를 끝으로
파직당한 조원은 끝내 아무런 벼슬도 제수받지 못했다. 십수
년 동안 외직을 전전하면서도 언젠가는 나아질 날만 고대하

며 지냈던 조원에게는 그나마 붙잡고 있던 지푸라기마저 떨어져나가버린 것이다. 끈 떨어진 두레박 신세. 세상과의 단절. 누구에게도 자신의 신세를 한탄할 수도 없는 극심한 외로움과 절망 속에서 폐인처럼 지내는 날이 이어졌다. 밤에도 깊은 잠을 이루지 못하고 뒤척였다. 어둠 속에서 불안한 눈동자를 굴린 채 깨어 있기 일쑤였다. 울분으로 가득 찬 눈빛. 거무스름하게 파인 눈두덩. 사레라도 들린 듯 연신 터지는 밭은기침 소리.

방바닥에 바짝 엎드려 어둠 깊은 곳을 향해 귀를 기울이면 그의 의식 속으로 쉼 없이 비가 내리고 바람이 불었다. 장대비가 흙바닥을 뒤집었고 바람이 스치고 지나가는 자리마다 폐허가 되었다. 가슴에 솟구치는 울혈을 감당할 수 없어 미친 듯 자리를 박차곤 했다. 어두운 마당을 서성이며 실성한 듯 중얼거렸다. 지금껏 무엇을 바라며 견뎌왔던가. 그토록 노심초사 바라고 견뎌온 결과가 고작 이것이란 말인가. 이렇게도 허망할 수가!

그런데도 조원은 좀처럼 틈을 내보이지 않았다. 냉정한 이성으로 자신을 지켰다. 옷차림 하나 흐트러진 것이 없어 보였다. 사랑채에 기거하면서도 마고자에 도포를 갖춰 입고 유건을 썼다. 얼굴이 무척 수척해 보였지만 자신의 감정을 드러내는 일은 없었다. 무섭게 자신을 단근질했다. 조원은 마른 종이 냄새와 묵향뿐인 사랑채에 깊숙이 틀어박힌 후 모습을 드러내지 않았다. 문밖으로 고개를 내밀면 머리를 베어갈까 두려워하는 사람 같았다. 한때 정언의 자리에 올라 두려울 것 없이 세상을 호령하던 이였다. 조원은 자신 앞에 닥친 불명예스러운 퇴진을 씹고 또 씹으며 견뎠다.

비가 내리는 밤이었다. 조원은 어두운 마당에 나와 비를 맞았다. 빗줄기가 제법 세찼다. 유건과 도포가 후줄근히 비에 젖었다. 문득 빗속으로 자박자박 발걸음 소리가 들려왔다. 옥봉이었다.

"날씨도 찬데…… 고뿔 드십니다. 어서 안으로 드시지요."

그러자 조원은 옥봉을 힐끗 일별한 채 무표정한 얼굴로 중얼거렸다.

"놔두시오. 이대로 비에 젖고 싶소."

"옛날의 영웅 열사도 한때의 곤액을 당하지 않은 사람이 없습니다. 지금은 일지의 액화가 있으나 하늘이 굽어 살피시어 흑운을 쓸어 가면 머지않아 일월을 다시 보실 것입니다. 나으리께서는 어찌 일시의 액운에 지쳐 천금 같은 몸을 돌보지 않으시렵니까?"

조원이 이마를 찌푸렸다. 어떤 말도 귀찮다는 기색이었다. 옥봉은 간절하게 말을 이었다.

"어쩌든지 마음을 편케 가지셔야 합니다. 속을 끓이시면 비위(脾胃)가 상하십니다."

그러자 조원의 목청이 단숨에 높아졌다.

"어허! 괜찮다는데도 왜 자꾸 이러시오? 내가 어떻기에 비위가 상한단 말씀이오?"

옥봉은 대꾸하지 못한 채 고개를 숙였다. 그러자 조원은 옥봉을 향해 계속 다그쳤다.

"그대의 눈에도 내 꼴이 하찮게 보이오? 세상이 박대할 만큼 우습게 보이냐고 물었소!"

옥봉이 고개를 들었다. 조원의 우뚝한 코끝에서 빗물이 쉬지 않고 떨어져 내렸다. 조원은 옥봉과 눈이 마주치자 고개를 돌려버렸다.

"이대로 무너질 수는 없소!"

목소리가 빗소리에 섞여 음울하게 들렸다. 옥봉은 떨리는 소리로 입을 열었다.

"좋은 날이 꼭 올 것입니다. 그러니 지금은 몸과 마음을 살펴셔야 합니다."

옥봉의 목소리에 울음이 배어들었다. 조원은 목울대로 울컥 치밀어 오르는 뜨거운 기운을 억지로 삼켰다.

"알았으니 내버려두시오. 혼자 있고 싶소."

빗줄기는 어둠 속에 선 두 사람의 머리와 어깨와 얼굴 위로 더욱 세차게 쏟아졌다. 그들은 분간할 수 없는 눈물과 빗물 속에서 흠뻑 젖었다. 망망대해에 뜬 두 섬이 물결 위에서 가뭇없이 흔들렸다.

이렇듯 조원이 파직의 상실감으로 허우적대고 있는 사이, 조정에는 황해 감사의 비밀 장계가 올라왔다. 때 이르게 차가워진 바람이 장안을 어지럽게 휘젓던 그해 10월 초입이었다. 서슬 퍼런 바람을 피해 마른 이파리들이 바짝 쭈그러졌다. 불길한 암시였다.

정여립이 군사를 일으켜 모반을 일으키려 한다는 내용의 장계였다. 이 사건으로 서인들은 의기양양해진 반면, 동인들은 더욱 위축되기 시작했다. 정여립이 동인이었기 때문이다. 정여립은 관군에 쫓겨 도망을 가다가 칼자루를 땅에 꽂아놓고 스스로 목을 찔러 죽었다. 정여립의 결백을 입증함으로써 사세 역전을 도모하고 있던 동인들은 망연자실, 해명할 명분도 기회도 모두 잃어버렸다. 서인들은 이를 '정여립 모반 사건'이라 못을 박고 관련자 색출에 나섰다.

10월 8일, 정철이 위관(委官)이 되어 심문을 담당하게 되었고 모사꾼 송익필은 정철의 집에 묵으면서 동인 타도를 지휘했다. 정여립과 공모했다는 죄목으로 이기, 황언윤, 방의신, 신여성 등이 처형되었고 이발, 이길, 이급, 백유양, 이진길, 유덕수 등은 곤장을 맞고 죽었다. 정철은 평소 미워하던 사람들을 모두 역당으로 몰아 처단했다. 3년 동안 죽은 자만도 1천 명이 넘었다. 반면에 정여립의 난을 고변한 박충간 등 22명은 평란공신(平亂功臣)이 되어 관직을 올려 받았다.

남명 조식의 제자로서 조원과 절친한 친분을 가졌던 최영경은 정여립의 편지 한 장을 받은 죄목의 길삼봉으로 지목되어 죽었다. 당시 풍설에 의하면, 길삼봉은 진주에 사는 사람으로 낯은 쇳빛이며 수척하고 수염은 길어서 배까지 내려오고 키가 컸다. 어이없게도 최영경은 외모가 비슷하다 하여 길삼봉으로 오인 받고 죽은 것이다.

그들은 이발의 여든두 살 된 어머니도 주리를 틀어 죽였다. 이발의 열한 살 된 아들과 다섯 살 된 아들도 그들의 손에 죽었다. 좌랑 김빙은 바람병이 있어 날이 차면 눈물이 줄줄 흐르곤 했다. 그는 하필이면 정여립의 시체를 찢던 날 바람병이 도져 그만 눈물을 흘리고 말았다. 옆에서 이를 본 백유함은 김빙이 정여립의 죽음을 슬퍼해 울었다며 역모로 몰아 죽였다. 이렇듯 기축옥사는 정여립의 역심을 역이용한 정치적인 사건으로, 실로 당쟁이 빚어낸 비극 중의 비극이었다. 이른바 기축옥사의 전모다.

조원은 사랑채 문을 닫아걸었다. 두려움에 벌벌 떨었다. 실성한 사람처럼 방 안을 서성였다. 밖에는 비바람이 몰아치고 있었다. 소리는 맹렬했다. 대숲을 흔들고 달려온 비바람에 사랑채 누마루가 깊숙이 젖었다. 바람 소리는 원귀 같았다. 악머구리처럼 달려드는 환각 속에는 한때 절친했던, 그러나 지금은 모두 죽어버린 사람들의 원혼들이 떠돌았다.

조원의 눈은 불안정하게 번들거렸다. 두려움과 공포에 잡아먹힌 얼굴이었다. 최영경, 그가 죽었다. 외모가 비슷하다 하여 오인되어 죽다니. 바람병이 있던 좌랑 김빙은 또 어떤 가. 정여립의 죽음을 슬퍼해 울었다고 역모로 몰아 죽임을 당하지 않았던가. 당대 천하의 실세들도 외모가 비슷하다고 죽고, 바람병 때문에 흘린 눈물로 죽어가는 시대인 것이다.

절망과 두려움에 사로잡혀 불안한 눈동자를 굴리는 조원의 모습은 맹수 우리에 갇혀 떨고 있는 힘없는 짐승 같았다. 조원은 방 안을 미친 듯이 서성였다. 두 눈을 번뜩이며 주위를 두리번거렸다. 아랫목 벽장문을 잡아당겼다. 컴컴한 어둠이 아가리를 벌린 채 그를 맞이했다. 그는 벽장 안으로 기어들어 갔다. 벽장 속에 모로 누운 조원은 고개를 가슴에 바짝 붙이고 두 손을 허벅지 사이에 끼워 넣었다. 조원은 그 속에서 잔뜩 웅크린 채 떨었다. 밖은 여전히 세차게 비가 내리고 있었다. 사랑채 주변에는 불길한 원귀의 울음소리로 가득 찼다. 세상으로 난 문을 모조리 닫은 조원은 무덤 속에라도 들어앉은 양 납작 엎드려 기척도 하지 않았다.

비가 갠 뒤 날은 더욱 추워졌다. 바람이 조금만 불어도 살갗이 떨리고 오소소 소름이 돋았다. 마당은 여기저기 떨어져 뒹구는 이파리들로 자못 을씨년스러웠다. 하인들은 굳은 얼굴로 입을 다물었고 발소리를 죽였다. 적막 속에서 그렇게 하루하루가 흘러갔다.

아침이 오는 것처럼 저녁이 왔고, 밤이 오는 것처럼 겨울이 왔다. 서리가 내리고 땅이 얼어붙었다. 꼿꼿하게 언 땅이 사금파리를 박아놓은 양 아침 햇살을 튕겨냈다. 뒤꼍을 휘돌아온 서슬 퍼런 바람이 움츠린 채 마당을 종종거리던 하인들의 뒷덜미를 맵차게 후려쳤다.

그러던 어느 날이었다. 갑자기 별채 마당이 시끌벅적했다. 어지러운 마음을 누른 채 당시(唐詩)를 베껴 쓰고 있던 옥봉이 방문을 열었다. 그날은 마침 종가에서 선조의 합제를 올리는 날이라 조원과 아들들, 이씨 모두 집을 비우고 없었다.

"무슨 일이냐?"

문을 열어보니 머리를 풀어 헤친 시골 아낙이 땅에 주저앉아 소리 높여 울고 있었다. 아낙은 옥봉을 보더니 머리채를 추스를 정신도 없이 달려와 봉당 아래 납작 엎드렸다. 어깨를 덜덜 떨며 웅크려 우는 아낙의 궁색한 엉덩이 뒤로 신발도 버선도 신지 않은 맨발이 빨갛게 드러났다. 아낙은 발뒤꿈치가 거북등처럼 갈라져 피가 맺힌 맨발을 떨며 다급하게 울었다.

"아씨, 쇤네를 도와주세요! 도와주세요!"

아낙은 실성한 듯 똑같은 말만 되풀이했다. 옥봉은 입술이 시퍼렇게 질린 채 달달 떠는 여인의 모습을 보며 가슴을 쓸어내렸다.

"다짜고짜 웬 말인가. 자초지종을 얘기해야 알 것 아닌가. 그래, 자네는 어디 사는 누구인가?"

그제야 아낙은 울음을 거둬들이며 목소리를 가다듬었다.

"쇤네는 파주 땅에 사는 나으리 댁 산지기 처입니다요."

옥봉은 고개를 끄덕였다. 평소 파주에 선영이 있다는 말을 들은 바 있었기에 마루에 오르게 한 후 자초지종을 물었다.

"쇤네는 오랫동안 나으리 댁 위토를 부치면서 일해왔습지요."

아낙의 이야기를 요약하면 이러했다. 이들 부부는 조원 집안 선영의 묘답을 부치며 열심히 일했다. 그리하여 소도 한 마리 사고 농토도 조금 장만하여 겨우 숨을 쉴 만하게 되었다. 그즈음 이웃 마을에서 소를 잃어버린 사건이 일어났다. 문제는 파주의 관속 관원들이 들에서 소를 잡고 일하던 아낙의 남편을 소도둑으로 몰아서 잡아 가두는 일이 벌어졌다는 것. 아낙의 남편은 그저 일밖에 모르는, 세상 물정 아무것도 모르는 착한 무지렁이였는데 마을 사람들마저 관속들의 이러한 행패를 가리켜 이들 부부의 살림을 넘겨다보는 토색질이라고 모두 분개할 정도였다. 실성할 지경에 이른 아낙에게 마을 사람 하나가 나으리께 찾아가 통사정을 해보라고 일러준 모양이었다. 나으리께서 파주 목사와 친분이 두텁다고 하니 관아에 편지를 내어 남편이 형조에서 풀려날 수 있도록 도와주십사 하고 찾아온 것이었다.

"제발요! 제발 부탁드립니다요!"

두 손을 싹싹 빌다 숨을 꺽꺽거리며 우는 산지기 아낙의 말을 앞뒤로 꿰맞춰보니 아전들이 수작을 부린 것이 분명했다. 파주 목사라면 조원과는 막역한 사이라는 것을 옥봉도 알고 있었다. 하지만 아무리 가까운 사이라 할지라도 조원의 성품이 남에게 청탁하는 것을 극심히 꺼리는 데다 정국이 얼어붙은 상황인지라 감히 이야기를 꺼낼 수는 없을 것 같았다.

아낙은 옥봉을 애타는 눈길로 쳐다보았다. 믿고 의지할 데라곤 아무것도 없는 가엾은 아낙. 누구라도 지푸라기가 되어주기만을 바라는 간절한 눈빛이었다. 옥봉의 가슴이 아렸다.

"자네 형편도 충분히 이해되네만…… 지금은 나으리께 선처를 부탁드릴 상황이 아니네. 그만 돌아가게."

그러자 애타게 옥봉의 입만 바라보며 떨고 있던 아낙이 꽁꽁 언 땅 위로 넙죽 엎드리며 울부짖었다.

"아씨, 쇤네를 살려주세요! 제 남편을…… 제발 살려주세요!"

아낙은 이마를 땅에 짓찧어가며 슬피 울었다. 창자가 에이는 듯한 피 울음은 오래오래 이어졌다. 아낙의 울음은 옥봉의 가슴을 칼로 후벼내는 듯했다. 가진 것 없이 천한 몸으로, 저 맨발이 갈라 터질 때까지 소 한 마리, 밭 마지기를 마련하기 위해 일해왔을 것을 생각하니 새삼 가슴이 저렸다. 마소처럼 엎드려 평생 모아온 그 살림을 하루아침에 뺏기다니 누가 봐도 원통할 일이었다.

옥봉은 신발도 버선도 신지 않은 여인의 뻘건 맨발에서 시선을 거두지 못했다. 발뒤꿈치가 거북등처럼 갈라져 피가 맺힌 아낙의 맨발에서 떡을 훔치다 장터 바닥에 넘어진 어린 맹아의 부르튼 맨발을 떠올린 까닭이었다. 맹아가 어딘가에 있다면 아낙의 나이쯤 되었을까. 이 아낙처럼 살려고 발버둥을 치고 있지 않을까 싶었다. 불현듯 가슴이 패는 듯한 슬픔이 찾아들었다.

그냥 돌려보내기엔 아낙의 상황이 너무도 절박했다. 생판 모르는 사람의 억울한 사연도 모른 체하기 쉽지 않거늘, 이들이야말로 대대로 이 집안의 위토를 부치며 일해왔던 산지기 부부가 아닌가. 오랜 세월 동안 조상의 선영을 모시는 일에 몸과 마음을 깎아 수고로움을 보탠 사람들이었다. 이 집안의 안녕을 유지하는 데 어찌 이들의 노력 없이 가능했을 것인가.

이를 어쩐다? 긴 숨을 토해낸 옥봉은 괴로운 얼굴로 아낙을 향해 입을 열었다.

"다시 말하지만 나으리께 선처를 부탁할 수는 없네. 다만……"

울음을 그친 아낙이 숨을 멈춘 채 옥봉의 입만 뚫어져라 하고 쳐다보고 있었다.

"……"

옥봉은 숨을 크게 들이마신 뒤 천천히 내쉬며 생각했다. 어쩌면 자신이 나서야 할 일이 아닐지도 몰랐다. 물러서거라! 한마디면 피할 수 있는 일이었다. 작은 티끌에도 목숨이 왔다

갔다 하는 위태로운 시국이 아니던가.

하지만…… 하지만…… 아낙의 사정은 너무 딱했다. 한 끼의 곡식이 목숨보다 소중한 사람들이었다. 그런 사람들이 하루아침에 도둑으로 몰려 지금껏 쌓아올린 터전을 잃는다는 것은 생각만 해도 끔찍했다. 외면할 수 없었다. 그런데도 지금은 어지러운 시국인지라 섣불리 판단이 서질 않았다. 아낙은 갈라 터져 피가 맺힌 입술을 벌린 채 초조한 눈빛으로 옥봉을 올려다보고 있었다. 숨이 막힐 듯한 시간이 답답하고 느리게 흘러갔다. 옥봉은 결심한 듯 입술을 잘끈 깨물었다. 마침내 입을 열었다.

"……자네의 입장을 헤아려 내가 소장(訴狀)을 써주겠네."

아낙의 얼굴에 일순 화색이 돌았다. 아낙은 연거푸 고개를 짓찧으며 부르짖었다.

"고맙습니다, 아씨! 이 은혜, 평생 잊지 않겠습니다요!"

옥봉은 부월에게 연상을 내오게 한 후 그 자리에서 일필휘지로 시 한 수를 썼다. 옥봉은 아낙에게 종이를 말아주며 말했다.

"이걸 가지고 파주 목사를 찾아가보게."

아낙의 눈빛이 기쁨으로 환해졌다. 아낙은 옥봉을 향해 연신 허리를 굽히더니 다급하게 종잇장을 잡아채 그길로 곧장 자취를 감추었다.

초겨울 추위는 더욱 맹렬해졌다. 살얼음을 건너온 바람이 자라목을 한 채 잔뜩 웅크리고 걷는 사람들의 얼굴을 사정없이 후려쳤다. 바람의 손자국은 매서웠다. 그 기세에 놀란 사람들은 새파랗게 질린 얼굴로 집 안 깊숙이 숨어들었다.

그러던 어느 날이었다. 느닷없이 조원의 집에 관원들이 들이닥쳤다. 말을 탄 채 사랑채 안마당까지 들어온 관원들은 봉당 아래에서야 비로소 말에서 내렸다. 영문 모른 채 관원들과 맞닥뜨리게 된 조원의 가슴이 한순간에 오그라들었다. 그들의 상기된 얼굴을 보니 득달같이 달려온 기색이 역력했다. 평소 안면이 있는 파주 목사 일행들이었지만 한양까지 말을 타고 한달음에 달려왔을 그들의 행태가 어쩐지 심상치 않았다. 그들에게선 말에서 내리지도 않고 곧장 사랑채 안으로 밀고 들어온 무례 따윈 아랑곳하지 않는 불손함마저 느껴졌다.

"어쩐 일이십니까?"

조원은 불쾌한 마음을 억누르며 댓돌 아래로 내려가 파주 목사를 맞아들였다. 파주 목사는 말에서 내리지도 않은 채 대뜸 소매 안에서 종이 한 장을 끄집어냈다. 말이 히힝~ 거리며 마당 한가운데 서 있는 조원의 둘레를 돌았다. 조원은 전방위로 자신을 내려다보는 파주 목사를 보며 심한 굴욕감을 느꼈다.

"이것 좀 보시겠소?"

조원은 황망한 얼굴로 파주 목사가 내민 종이를 받아들었다. 종이를 펼치는 조원의 손이 덜덜 떨었다.

"그동안 우리 관아에 소를 훔친 죄로 잡혀 온 사내가 하나 있었는데, 그 아내가 소장을 가지고 왔소. 내용을 보니 이런 시가 적혀 있었소."

조원은 천천히 숨을 들이켠 다음 종이에 적힌 시를 읽었다.

　　세면분위경(洗面盆爲鏡)
　　소두수작유(梳頭水作油)
　　첩신비직녀(妾身非織女)
　　낭기시견우(郎豈是牽牛)

　　세숫대야를 거울로 삼고
　　물로 기름 삼아 머리를 빗습니다.
　　이 몸이 직녀가 아닐진대
　　어찌 제 남편이 견우이겠습니까?*

조원이 놀란 얼굴로 파주 목사를 올려다보았다. 파주 목사는 고개를 외로 비튼 채 뚫어지게 조원을 쳐다보았다. 마치 범죄를 캐는 심문자의 얼굴 같았다. 평소 너나없이 지낼 때가 언제 있었냐는 듯 거만한 태도였다. 그러잖아도 누구든 자신

---

* 이옥봉, 「억울함을 호소하며(爲人訟冤)」.

을 낮춰보지 않을까 매사 전전긍긍하던 터라 조원의 가슴이 덜컥 내려앉았다.

"이게 뭡니까?"

조원의 목소리가 사뭇 떨려왔다.

"직접 풀이해보시오."

파주 목사는 턱짓으로 종이를 가리켰다. 서당 훈장이 어린 학동을 대하는 듯한 태도였다. 조원은 파주 목사의 거만한 태도에 욕지기가 치밀어 올랐지만 침을 삼켜 꾹 눌렀다.

"나는 거울도 머릿기름도 없이 사는 가난한 시골 아낙네인데 어찌 내 남편이 견우이겠습니까……"

조원은 혼잣말로 중얼거리며 파주 목사를 쳐다보았다. 그러자 파주 목사가 고개를 까딱이며 덧붙였다.

"그러니 내 남편은 소를 훔치지 않았다, 이 말이지요?"

"……"

조원은 파주 목사의 의중을 헤아릴 수 없어 대답하지 못했다. 그러자 파주 목사는 천연덕스러운 표정으로 시를 풀어나갔다.

"이백의 전설을 교묘히 변형시켜 쓴 시가 아닙니까?"

"……"

"알고 계시겠지만 내 굳이 설명하리다. 이백의 이름이 알려지지 않았을 때의 일이오. 이백이 소를 타고 현령의 방 앞을 지나가고 있을 때, 마침 방 안에 있던 현령의 부인이 무례하다고 꾸짖었답니다. 그러자 이백이 '만약 직녀가 아니시라면 어찌 견우와 이야기하시겠소?(若非是織女, 何得問牽牛)'라고 즉석에서 시를 읊어 사죄했다던 이야기 말입니다."

"……"

조원은 끓어오르는 수모를 묵묵히 견뎠다. 파주 목사는 본론은 꺼내지도 않은 채 거만한 훈장처럼 지루하게 말을 이어 갔다.

"그 고사를 뒤집어서 이용하고 있지요?"

"……"

"퍽이나 재치 있는 솜씨지요?"

"……"

"저도 이 시를 읽고서 깜짝 놀랐습니다. 그래서 누가 써준 것이냐고 캐물었지요."

조원은 비로소 파주 목사의 얼굴을 쳐다보았다. 목사의 관자놀이가 살아 움직이는 생물처럼 꿈틀거렸다. 파주 목사는 조원의 얼굴을 찬찬히 살펴보다가 불쑥 내뱉었다.

"공의 소실이 써줬답니다!"

조원의 눈꺼풀이 파르르 떨리며 목소리가 높아졌다.

"사실입니까?"

파주 목사가 야릇한 웃음을 띠며 조원을 바라보았다.

"제가 어찌 공께 허튼수작을 부리겠습니까?"

조원은 불쾌한 감정을 억누르며 다시 목사에게 물었다.

"그래서 판결은 어찌 되었습니까?"

"억울한 죄를 뒤집어썼다는 뜻이니 풀어줄 밖에요."

목사는 미소를 띤 얼굴로 말했으나 말소리는 이를 데 없이 차가웠다. 뚫어지게 조원의 얼굴을 쏘아보던 파주 목사가 서서히 말머리를 돌렸다. 파주 목사는 뒤따라 붙는 조원을 향해 다시 돌아서더니 단호한 목소리로 내뱉었다.

"공께서 딴 사람의 재주에 맡겨 우리를 탓하셨다면, 이처럼 늦게 알게 된 것이 유감이오!"

파주 목사 일행이 돌아갔다. 인사도 없이 돌아서는 손님을 배웅한 조원은 치밀어 오르는 욕지기를 어쩌지 못한 채 주먹을 움켜쥐었다. 파주 목사는 파주에서 한양까지 말을 타고 한 달음에 달려와 자신이 느낀 참을 수 없는 불쾌감에 대해 표현하고 돌아간 셈이었다. 그것은 자신의 관할인 송사에 관여한 주제넘음에 대한 경고이기도 했다. 파주 목사는 한마디만 남기고 돌아갔지만 그 말은 엄포처럼 들렸다. 두고 보자는 협박 같기도 했다. 조원은 까닭 모를 두려움에 몸을 부르르 떨었다. 불길한 조짐이 자신을 향해 진격해오고 있다고 느꼈다.

'공께서 딴 사람의 재주에 맡겨 우리를 탓하셨다면…… 늦게 알게 된 것이 유감이오!'

조원은 몇 번이고 그 말을 되뇌었다. 이윽고 생각이 걸음을 옮겨 옥봉에게 닿았다. '공의 소실이 써줬답니다!' 비아냥대는 파주 목사의 말이 귓전을 어지럽혔다. 그러자 돌연 뜨거운 것이 머리끝까지 치밀고 올라왔다. 고개를 흔들다가 이내 자신을 다독였다. 눈을 감았다. 숨을 크게 들이마셨다. 천천히 내쉬었다. 다시 또다시. 그리고 다시 눈을 떴다.

정계의 소용돌이를 누구보다 온몸으로 부대껴온 조원이었다. 지금껏 꺼진 불도 다시 보고, 돌다리도 두드려가는 마음으로 하루하루 전전긍긍 살아오지 않았던가. 그런데 자신의 허락도 없이 경거망동한 행동으로 관원의 구설에 오르다니 생각할수록 불쾌했다. 더구나 지금은 살얼음 정국이 아니던가 말이다. 있는 듯 없는 듯 납작 엎드려도 부족할 판에 이 첩은 자신의 재능만 믿고 경거망동하게 처신하고 있는 것이다.

자칫 표적이 될 수도 있었다. 어떤 식으로든 꼬투리를 찾아내려고 혈안이 된 세상이 아니던가. 아녀자의 시가 사람들의 입에 오르내리는 것도 마땅찮은 터에, 하물며 일개 소실이 함부로 자신의 시를 내돌려 사법에조차 관여할 정도라면 나중에 어떤 뒤탈이 생길 것인가.

조원은 몇 달 전 윤국형과 만났을 때를 떠올렸다. 그때 윤국형이 어땠던가. 옥봉의 시를 듣는 순간, 윤국형의 얼굴이 하얗게 질리지 않았던가. 그 예사롭지 않던 표정이 지금껏 명치끝에 얹혀 있던 차였다. 그의 표정이 무언가를 예감하는 듯 심상치 않았다. 게다가 지금은 내 처지가 곤곤하기 이를 데 없지만 언제까지 이렇게 지낼 수는 없는 일. 재기를 도모해야 할 판에 위험스러운 소실을 곁에 둔다면 앞날을 알 수 없게 된다. 단호하게 끊어내는 것이 나중에 빌미가 되지 않을 것이다. 조기에 싹을 잘라야 한다. 지금은 뜬소문만으로도 살생부가 만들어지는 시대가 아닌가.

봉당 위로 발을 옮겨 딛는 조원의 몸이 한순간 휘청, 했다. 마당을 휘돌아온 거친 회오리바람이 생각에 잠겨 발을 헛디딜 뻔한 조원의 몸을 힘껏 떠밀었기 때문이었다. 흙가루 섞인 바람이 균형을 잃은 조원의 뺨을 갈기듯 후려쳤다. 흡! 먼지 바람이 입안으로 들어가 목울대를 휘저었다. 조원의 입에서 밭은기침이 터져 나오기 시작했다. 컥, 컥, 커억! 기침은 쉬지 않고 이어졌다. 목구멍이 찢어질 듯 아팠다. 조원은 허리를 반으로 접은 채 한 손으로 봉당을 짚었다. 얼굴이 뻘게지며 등줄기에 식은땀이 솟구쳤다.

마침 대문에 들어서던 말래 애비가 조원의 기침 소리에 놀라 황급히 뛰어왔다. 말래 애비는 반으로 접힌 조원의 몸을 부축하며 봉당 위로 올라섰다. 조원은 말래 애비에게 몸을 의지한 채 기다시피 방에 들었다. 말래 애비는 조원을 아랫목으로 누인 후 이불을 덮어주고는 바삐 밖으로 나갔다.

소반을 들고 종종거리며 다시 방으로 들어선 말래 애비는 물그릇을 방바닥에 내려놓은 후 조원의 몸을 일으켰다. 물은 따뜻했다. 천천히 한 그릇을 다 비우고 난 조원은 기진한 듯 다시 누웠다. 따뜻한 물이 몸속 깊은 곳으로부터 운항을 시작하는 듯했다. 점차 몸에 온기가 돌았다. 기침이 잦아들고 있었다. 조원은 말래 애비를 향해 가만히 입을 열었다.

"이제…… 괜찮으니…… 그만 물러가게……"

말래 애비는 걱정스러운 얼굴로 한동안 조원의 안색을 살피더니 곧 자리에서 일어나 방을 나갔다. 조원은 말았던 몸을 천천히 펴고 천정을 향해 바로 누웠다.

이 첩을 어쩌면 좋은가? 한없이 따뜻하면서도 한없이 뜨거운 불길 같은 이 사람을. 엄격한 정처의 눈을 의식하느라 드러내놓고 표현할 수는 없었지만 살아오는 동안 좋은 날들이 훨씬 많았다. 무엇보다 기력이 소진돼 넘어지려 할 때마다 부축하는 옥봉의 정신적 지지는 평생 잊지 못할 동지이자 도반에 진배없었다.

하지만 지금은 그 옛날의 호시절이 아니다. 김빙은 바람병이 들어 눈물 흘린 것만으로도 도륙을 당하지 않았던가. 지금은 살육의 시대, 어느 바람에 칼날이 날아올지 모르는 현실인 것이다. 냉정해져야만 했다. 이 광풍의 시대를 무사히 피해갈 수 있는 방책은 그저 있는 듯 없는 듯 가만히 엎드려 있는 것이다. 그래, 이 시기만 견뎌보자. 분명 좋은 날이 올 것이다. 그때까지만, 그때까지만, 당신이 참고 견뎌준다면 분명 우리는 다시 만날 수 있을 것이다. 여태껏 그랬듯 지금은 당신이 나를 도와주어야만 한다. 살생부가 횡행하는 불의한 세상에 살아남는 방편은 그것뿐이다. 그러기 위해서 나는 세상을 향해 보란 듯이 연기를 펼칠 것이다. 그것만이 우리가 모두 사는 길이다.

그는 즉시 옥봉을 사랑채로 불러들였다. 침착해야 한다고 그토록 자신을 다독였건만 옥봉을 마주한 조원의 손이 걷잡을 수 없이 떨렸다. 눈동자는 쉴 사이 없이 흔들렸으며 피로 물든 듯 충혈되어 있었다. 옥봉은 영문 모를 얼굴로 들어와 마주 앉았다.

조원은 마른침을 삼킨 다음 천천히 입을 열었다. 단호한 목소리였지만 떨림을 감추지는 못했다.

"그대가 파주 산지기 아낙에게 소장을 써준 일이 있소?"

옥봉은 눈을 크게 뜨더니 이내 고개를 떨어뜨렸다. 조원의 가슴이 덜컥 내려앉았다. 사실이 아니기를 바랐던 일말의 기대가 무너져 내리는 소리였다. 이를 어쩌나. 기대는 늘 배반하고 불길한 쪽으로 치닫는 법. 그러니 달리 어떤 해법이 있으랴. 조원은 있는 힘껏 서안을 내리치며 서슬 퍼런 목소리로 다그쳤다.

"아녀자가 감히 남의 송사에 관여하다니…… 이 무슨 경거망동한 짓이오!"

조원의 태도에 놀란 옥봉이 무너지듯 무릎을 꿇었다. 지금껏 한 번도 보지 못한, 상상도 하지 못한 조원의 모습 앞에 옥봉은 아뜩하게 허물어졌다.

"억울하게 누명을 쓴 산지기가 불쌍해서 그랬습니다……
용서해주십시오!"

조원은 잠시 숨을 골랐다. 침착해야 했다. 그래야만 한다. 여인의 울음에 무너지면 끝장이다. 조원은 옥봉을 향해 몸을 굽히며 눈을 가늘게 떴다. 옥봉의 눈 속을 속속들이 탐문하는 듯한 눈빛이었다. 한동안 옥봉을 찬찬히 뚫어보던 조원이 낮은 목소리로 물었다.

"그대가 우리 집에 처음 들어올 때 나와 함께 한 약조를 기억하시오?"

얼음같이 차가운 어조였다. 옥봉은 찬물을 뒤집어쓴 듯 온몸이 굳어버렸다. 손끝 하나 까딱할 수가 없었다. 조원은 입을 비틀며 조롱하듯 쓴웃음을 머금었다.

"그날 그대는 분명히 내게 말했소. 함부로 글을 쓰지 않겠노라고 말이오."

한마디 한마디를 짓씹듯 천천히 내뱉는 조원의 얼굴이 석고처럼 하앴다. 끝까지 이성을 잃지 않겠다는 태도였다. 말소리는 무서우리만큼 차분했고 단호했다.

"그대는 하찮은 글재주를 뽐내며 나와의 약조를 비웃고 조롱했소. 그대는 무슨 이유로 관리들의 이목을 번거롭게 하여 옥에 가두었던 죄수를 풀어주게 하는 등 남의 송사에 끼어든단 말이오?"

마디마디가 송곳이었다. 흥분하지도 않고 천천히 말하는 조원의 차가운 목소리가 옥봉의 뒷덜미를 내리찍는 창날 같았다. 냉혈의 혀로 등줄기를 훑어 내리듯 옥봉의 몸에 오소소

소름이 돌았다. 조원은 더는 지체하지 않겠다는 듯 단호하게 내뱉었다.

"그대는 나의 믿음을 저버렸소! 나는 그런 사람과는 하루도 살 수 없소……!"

조원은 숨을 멈추었다. 명치를 향해 뜨거운 기운이 솟구쳐 올라왔기 때문이다. 하지만 이미 장전해놓은 화살. 조원은 과녁을 향해 눈을 가늘게 떴다. 그리고 단호하고 빠르게 시위를 잡아당겼다. 조원의 손을 튕겨 나간 화살은 옥봉의 가슴에 정통으로 날아가 꽂혔다.

"그러니 그만, 내 집에서 나가시오!"

흐읍! 옥봉은 가슴을 움켜쥐었다. 피가 솟구치는 듯했다. 눈앞이 아뜩했다. 한순간에 정수리까지 점령해버린 열기가 온몸으로 훑어 내리는가 싶더니 요란한 소리로 위아래 턱을 흔들었다. 조원은 그런 옥봉을 외면하듯 고개를 외로 꼰 채 안간힘을 다해 소리쳤다.

"더 이상은 용납할 수 없다는 말이오!"

조원의 목소리는 어둠을 두려워하는 어린아이의 맹목의 울음에 가까웠다. 옥봉의 몸은 천 길 낭떠러지로 미끄러지는 듯했다. 한순간에 얼음장 밑으로 갇혀버린 몸. 시야는 캄캄했고 귀는 먹먹했다.

옥봉은 조원의 마음을 되돌릴 수 없음을 느꼈다. 조원은 이미 닿을 수 없는 먼 곳으로 멀찍이 물러나 있었다. 평생토록 그리움으로 삼았던 얼굴이 이리도 멀고 낯설 수 있을까. 지금껏 몸과 마음을 나눴던 사람이라고는 믿을 수 없었다.

불현듯 두만이 떠올랐다. 두만은 이렇게 될 줄 알고 있었단 말인가. 절대 해서는 안 될 혼사였다고, 무리한 결정이 화를 불러올까 두렵다고 했던 두만. 그가 말한 '화'가 바로 이것이었던가.

옥봉은 두 팔을 감싸 안았다. 바닥 모를 깊은 곳으로부터 치받고 올라오는 공포를 주체할 수가 없었다. 턱이 겨울바람에 문풍지 떨어대듯 이빨 부딪히는 소리를 냈다. 옥봉은 가슴을 쥐어뜯으며 겨우 입을 열었다.

"한 번만……"

시야가 핑 돌았다. 방바닥이 곤두서면서 눈앞의 모든 것들이 아귀처럼 달려들었다. 등줄기에 식은땀이 주르르 흐르는 듯 눈앞이 캄캄해졌다. 부질없는 손짓으로 허공을 헤집던 옥봉은 그만 고꾸라지고 말았다.

도도한 화톳불이 눈앞에서 번쩍이고, 불에 단 인두가 머리 위에서 번들거렸다. 사슬이 옥봉의 살 속으로 깊이 조여들었다. 천둥 같은 목소리가 허공에서 떨어졌다. 너는 나와 약조한 사실을 지키지 않았다! 잊었단 말이냐? 이봐라! 더 단단히 묶어라! 그러자 가까이 서 있던 누군가 득달같이 달려들어 옥봉의 입을 틀어막았다. 여자의 말이 담장을 넘으면 안 되는 법이네! 입을 다물게! 우, 우, 욱! 옥봉이 몸을 뒤틀었다. 시문으로 사내들과 겨루는 것은 말도 안 된다는 것을 내 진작 말하지 않았던가. 새겨들었더라면 이 꼴이 나지 않았을 것을! 하늘에서 마른번개가 치고 땅이 흔들리며 천둥이 울었다. 여봐라! 어서 바짝 조이지 못할까! 더! 더! 더! 조여든 사슬 안쪽에서 검붉은 피가 몽글몽글 솟구쳐 올랐다. 여자란 봐도 못 본 척, 들어도 못 들은 척, 할 말이 있어도 없는 척 살아야 하는 법이네! 그러니 입을 다물게! 피투성이가 된 옥봉이 몸부림칠수록 피는 갖가지 문양으로 번져가기 시작했다. 고이고, 망울지고, 움튼 피는 마침내 스스로 피어나 한 편의 시가 되었다. 사람들은 옥봉이 자신의 피를 찍어내 시를 썼다는 것을 알았다.

평생의 이별,
뼈저린 한이 되어

피리 소리가 들려왔다. 가느다란 그 소리는 끊일 듯 말 듯 한없이 이어졌다. 눈보라가 몰아치고 있는 들판이었다. 어쩌면 피리 소리가 아니라 바람 소리인지도 몰랐다. 어디로 갈거나…… 어디로 갈거나…… 금방이라도 사위어질 듯한 소리는 애간장을 끊어놓을 듯 구슬펐다. 날은 점점 어둑해지고 있었다. 형체를 분간할 수 있는 것은 아무것도 없었다. 여기저기서 회오리가 일었다. 옥봉은 큰 소리로 외쳤다. 거기…… 누구 없어요? 산 저편에서 누군가 메아리로 화답했다. 없어요…… 없어요…… 없어요! 옥봉은 피리 소리를 향해 발을 내딛기 시작했다. 정강이까지 빠진 눈 속이라 걸음을 옮겨 딛기가 몹시 힘들었다. 피리 소리가 점점 가까워졌다. 백학이 살풀이를 추는 듯 시야가 너울거렸다. 눈보라가 맹렬하게 들판을 휘저으며 달음박질치는 까닭이었다. 어둠이 서서히 내려앉고 있었다.

그때였다. 문득 시야를 가로막듯 형체 하나가 모습을 드러냈다. 도포 입은 사내였다. 눈먼 사내 하나가 바위 위에 앉아 피리를 불고 있었다. 사내의 얼굴이 어딘지 모르게 낯이 익었다. 옥봉이 고개를 갸웃하며 사내 앞으로 다가갔다. 피리에서 입을 뗀 사내가 옥봉을 향해 얼굴을 쳐들었다. 옥봉은 소스라치게 놀라고 말았다.

조원이었다. 조원의 눈이 언제 멀었더란 말인가. 옥봉은 떨리는 다리를 가누며 그에게 다가갔다. 간절한 손길로 그의 얼굴을 더듬었다. 그러자 조원이 순식간에 낯선 사내로 바뀌었다. 옥봉은 엉겁결에 뒷걸음질 쳤다. 사내가 물었다. 거기 뉘시오? 사내의 목소리는 방향을 알 수 없는 곳에서 들려왔다. 옥봉은 대답할 수 없었다. 가슴이 꽉 막힌 듯 말이 새어 나오지 않았다. 말을 만들어내기 위해 애쓸수록 말은 더욱 멀어졌다. 하고 싶은 말과 밀고 나오지 못한 말이 엉키면서 분간할 수 없게 되어버렸다. 사내는 바람에 실려 시나브로 멀어졌다. 옥봉은 붙잡을 수 없는 곳으로 사라지는 그를 애타게 부르며 가슴을 쥐어뜯었지만, 한번 갇혀버린 말은 다시는 말이 되어 나오지 않았다. 말은 이미 죽어버린 뒤였다.

명소수단단(明宵雖短短)

금야원장장(今夜願長長)

계성청욕효(鷄聲聽欲曉)
쌍검루천행(雙劍淚千行)

내일 밤 짧고 짧아도
오늘 밤 길고 길었으면
닭 울어 동트려 하니
두 뺨에 눈물 천 줄기*

눈을 떴다. 귓가에 닿은 베갯잇이 눈물로 축축했다. 어두워
서 사위가 잘 분별되지 않았다. 멀리서 한 줄기 빛이 창살을
타고 가늘게 스며들고 있었다. 그러자 방 안의 윤곽이 천천히
형체를 드러냈다. 옥봉은 자신의 몸이 흙바닥 위에 놓여 있음
을 알았다. 부월이 걱정스러운 눈으로 자신을 들여다보고 있
었다. 옥봉이 입을 떴다.

"여, 여긴……"

딱딱하게 말라버린 입술이 갈라지며 봉긋 피가 솟았다. 시
큰했다. 순간 이마에 얹혀 있던 물수건이 뚝 떨어졌다.

"아이고, 아씨!"

부월이 손바닥을 치며 소리쳤다. 거멓게 축난 부월의 낯빛
엔 기미가 가득했다. 부월이 입술을 실룩거리더니 옥봉의 몸

---

* 이옥봉, 「이별의 슬픔(別恨)」.

위로 엎드리며 기어이 참았던 울음을 터트렸다.

"우리 으뜽게 살아요……"

눈물 콧물 가리지 않고 목을 놓는 부월의 울음 자락이 길게 늘어졌다. 옥봉은 자진한 듯 힘없이 눈을 감고 말았다. 차라리 꿈이라면 얼마나 좋을까. 다시 잠들면 어제로 돌아갈 수는 있는 걸까. 그동안 무슨 일이 생긴 것일까. 지나온 일이 전생처럼 아득했다.

울지 마라. 부월아, 너를 의지하고 살아야 할 내가 어찌 견디라고 그리도 슬피 우느냐.

부월의 울음이 더욱 격렬해졌다. 부월은 옥봉의 몸을 부여잡고 몸부림을 치며 울었다. 옥봉의 몸이 부월의 손안에서 간단없이 흔들렸다.

내 팔자 기박하여 가엾은 너까지 고생시키는구나. 나는 내 죄로 당하는 고생이지만 너는 무슨 죄이랴. 나 같은 사람을 잘못 만난 탓이니 내 죄를 측량할 길이 없구나……

저물녘 햇살이 헐벗은 대나무 창살을 비집고 길게 방 안으로 들어와 몸을 뉘었다. 길게 목을 놓던 부월의 울음이 차츰 잦아들었다. 부월이 코를 팽, 소리가 나게 푼 다음 코맹맹이 소리로 중얼거렸다.

"나으리도 너무하시지. 이 추위에……"

옥봉이 부월을 향해 간신히 입을 움직였다.

"여기가…… 어디냐……"

찢어진 입가에서 피가 솟았다. 부월이 황급히 소맷자락으로 입술의 피를 닦아내며 대답했다.

"뚝섬이에요. 뚝섬. 나루는 저쪽이고요."

부월이 어딘가를 향해 손으로 가리켰다.

"뚝섬?"

"예. 고생고생함서 여기까지 걸어 왔는디…… 생각 안 나셔유?"

옥봉은 다시 눈을 감았다. 그랬구나. 꿈속에서 걸었던 눈보라길, 그 길을 우리가 걸어온 거였구나. 미끄러지고 넘어지면서 도착한 곳이 바로 여기였구나.

불현듯 도도한 음성들이 똬리를 튼 수천 갈래의 뱀 아가리가 되어, 천둥이 되어, 번개가 되어 옥봉의 머릿속으로 파고들었다. 두려움과 공포가 옥봉의 온몸을 에워쌌다. 옥봉은 크게 숨을 몰아쉬었다.

당신들은 내게 시를 '재앙'이라 말하지만, 그건 틀린 말입니다. 내게 시는 오로지 나의 존재 증명이자 여자로서, 서녀로서, 소실로서 살아야 했던 내 생의 전부를 내건 발언이고 항변이고 싸움이었던 거지요. 하지만 나는 누구에게도 이기려 하지 않았습니다. 나는 내가 그저 죽지 않고 살아 있는 사람임을 말하고 싶었을 뿐이지요. 그런데도 내 시가 그토록 불경했단 말입니까? 시를 짓는 일이 그토록 용납될 수 없는 행위였단 말입니까? 그렇다면 도대체 그 이유가 무엇인가요?

왜? 왜? 내가 여자라서요? 아니면 서녀라서요? 그것도 아니라면 소실이라서요? 그랬기에 시 짓는 일 따위는 하지 말았어야 했단 말입니까?

옥봉은 가슴이 녹아나는 듯한 고통을 느꼈다. 감은 눈 위로 눈물이 볼을 타고 흘러내렸다. 부월의 말이 이어지고 있었다.

"말래 애비가 여기로 데려다줬어유. 늙은 홀아비가 살다 죽은 빈집이라구 허믄서 혀를 찼구먼유. 아씨가 이런 집에서 으뜸게 사냐고……"

울컥, 부월의 목소리가 잦아들었다. 그랬구나. 궤를 등에 지고 앞서 걷던 그 사람이 말래 애비였구나.

떠나올 때 어쨌던가. 이씨를 봤던가. 마루에서 내려서지도 않은 채 잘 가란 인사도 없이 그저 바라보고만 있던 그 눈빛. 생각난다. 집안의 화근덩어리를 어서 치워버리고 싶은 조바심으로 가득한 얼굴. 한 자락의 연민도 없는, 냉정하기 이를 데 없던 근엄한 표정의 이씨. 조원은 어쨌나. 한사코 눈으로 찾았지만 어디에도 보이지 않던 그.

"말래 애비가 한참 울다 갔어유. 아씨가 불쌍하다고유. 가엾은 사람 도와준 게, 그게 뭔 죄가 되냐고 하면서유……"

나를 불쌍히 여겨주는 사람도 있구나. 배냇병신인 말래를 키우면서도 늘 눈가에 잔주름을 지으며 웃던 사람. 나보다 더 불쌍하게 살았던 사람들이 이제 나를 보고 불쌍하다고 우는구나.

"부월아."

옥봉이 나지막한 소리로 불렀다. 치맛자락으로 콧물을 닦아내던 부월이 깜짝 놀란 얼굴로 고개를 들었다.

"너도 그렇게 생각하느냐? 가엾은 사람 도와준 것……"

"하믄요! 불쌍한 사람 도와준 게 뭐가 잘못이래요? 높은 사람들은 글자 속은 알란지 몰라도 어째서 없이 사는 사람들 맴은 그리도 모른대유? 사람 맴을 알아야 지대로 글자 속도 알게 되는 거 아닌가유?"

옥봉은 고개를 끄덕였다.

"맞다, 네 말이 맞다!"

일자무식의 부월보다 못한 것들이 잘난 척하며 세상을 휘어잡는구나. 허위와 위선, 그것이 문자 속을 들먹이는 먹물들의 정체이니라. 글쓰기뿐만 아니라 살아가는 방식도 마찬가지다. 자신에게 불리하면 절대 나서지 않는 비겁함, 거짓말을 밥 먹듯이 하는 용렬함, 가진 것이 많으니 잃을까 두려운 것 아니겠느냐.

얼굴에는 미소를 띠면서 등에 칼을 꽂는 족속 또한 먹물들이니라. 당파 싸움으로 하루도 조용할 날 없는 세상이 그것을 증명하지 않더냐. 세상을 망치는 주범이 자신들인 줄도 모르면서, 그 잘난 남자들이 하는 일이란 단순하다. 자신들만의 문자 놀이가 지식을 뽐내고 영달을 도모하는 것 외에는 아무런 관심도 없느니라. 온갖 풍류와 유희를 즐기는 자신들의 문자가 왜 낮은 자의 입이 되면 안 된다는 것이냐.

옥봉의 칭찬에 부월의 입이 절로 벙글어졌다.

"지는요, 이 시상에서 아씨보다 더 잘난 사람은 못 봤시유!"

부월이 콧물을 들이키며 웃었다. 옥봉은 부월의 단순함이 든든했다. 고통도 슬픔도 더는 헤아리지 않는 것, 파고들지 않는 것, 눈앞에 닥친 현실만을 생각하는 천진함, 그것만이 자신들이 처한 고통과 슬픔을 이겨낼 힘이 되리라 생각했다.

바람이 우는지 문풍지 소리가 요란했다. 모질고도 사나운 겨울바람이 어깨를 베어내는 것 같았다. 창호지가 한 곳도 성한 데 없이 찢겨나간 탓에 문이 있으나 마나 한 형국이었다. 얼기설기 엮인 대나무 창살이 제멋대로 비죽비죽 솟아나 있었다.

훌쩍이는 콧물을 연신 치맛자락으로 닦아내던 부월이 화들짝 놀라며 자리에서 일어났다.

"아이고, 내 정신 좀 봐. 방에 불 좀 넣을 텡게 가만 기셔유. 말래 애비가 나뭇짐 몇 단 넣어줬구면요."

부월은 헤벌쭉 웃으며 부엌으로 나갔다. 옥봉은 마냥 철없다 느껴왔던 부월이 새삼 든든하고 고마웠다. 누군가 옆에 있다는 것. 부월은 이제 물정 모르고 굴던 예전의 그녀가 아니었다.

부엌으로부터 타닥타닥 솔가지 부러뜨리는 소리가 들리더

니, 금세 자욱한 연기가 문틈으로 새어 들어왔다. 매캐한 연기로 가득한 방 안은 토굴 같았다. 연신 기침이 터져 나왔다.

옥봉은 마당으로 난 문을 열기 위해 몸을 일으켰다. 그러자 깔아놓은 삿자리가 뒤로 쑥 밀려났다. 축축하게 젖은 흙바닥이 황량하게 드러났다. 방안을 살펴보니 말래 애비가 메고 왔다는 궤짝이 희끄무레한 방구석에 부모 잃은 아이처럼 덩그러니 놓여 있었다. 옥봉은 윗목으로 다가가 조심스럽게 궤를 열어보았다. 개켜진 몇 벌의 치마저고리 밑에 먹감 빛 연상이 놓여 있었다. 옥봉은 옷가지를 조심스럽게 젖힌 다음 가만히 연상 뚜껑을 열었다. 연상 안에는 조급하게 욱여넣은 듯 필묵이 어수선하게 들어 있었다. 코끝을 맴도는 필묵의 향기는 예전의 기억으로 옥봉을 데려갔다. 연상에 눈길을 준 채 망연히 앉아 있노라니 가슴이 아릿해지며 시야가 가물거렸다.

방문을 열었다. 저녁 햇살이 찌르듯 눈 속으로 파고들었다. 화들짝 놀란 눈이 저절로 감겼다. 옥봉은 천천히 눈을 떴다. 흙마루에 놓인 대나무 평상은 군데군데 삭아빠져 창날처럼 삐죽이 솟아 있고, 진흙으로 질컥대는 마당 주위로 허물어진 돌담이 드리워져 을씨년스럽기 이를 데 없었다.

옥봉은 벽을 부여잡고 문지방을 넘어섰다. 비틀거리며 짚은 벽에서 부스스 흙가루가 떨어져 내렸다. 진흙에 지푸라기를 이겨 바른 바람벽이었다. 조심스럽게 평상을 내딛던 옥봉은 봉당으로 내려서려다 멈칫했다. 바닥에 놓인 당혜가 진흙에 짓이긴 채 나동그라져 있었다. 옥봉은 더럽혀진 당혜가 버려진 자신의 신세와 같아 명치가 뜨거워졌다.

방 한 칸과 부엌 한 칸이 전부인 막살이 집이었다. 연기에 그을려 새까매진 초가는 오랫동안 사람이 살지 않아서 그런지 축축하고 괴괴하기 이를 데 없었다. 이엉을 갈아내지 못해 썩어 문드러진 지붕에는 말라비틀어진 잡초들이 바람에 황량하게 흔들리고 있었다. 힘겹게 지붕의 무게를 버티고 있는 기둥 또한 금방이라도 무너질 것처럼 위태롭게 기울어졌다.

부월이 연기를 참지 못한 채 마당으로 튀어나왔다. 연신 쿨럭이며 기침을 해대는 부월의 얼굴이 벌겋다. 부월은 연기에 그을린 얼굴로 캑캑거리더니 옥봉을 향해 애처롭게 말을 놓았다.

"아씨, 여기선 못 살겠어유. 우리 청파골 어르신 댁으로 들어가면 안 돼유? 거기는 두만이도 있고……"

청파골이라니! 옥봉의 몸이 한순간에 굳어버렸다. 조원의 소실이 되겠다는 내 원을 들어주기 위해 백방으로 뛰셨던 아버지가 있는 곳. 젖어미로 나를 키워준 두만네가 있는 곳. 아, 아버지! 소박데기로 전락한 내 소식을 어찌 들어 아실까. 손안의 구슬로 키워주셨던 아버지를 생각하니 옥봉의 가슴이 미어지는 듯했다.

옥봉은 고개를 흔들었다. 아버지에게 차마 이런 모습을 보일 수는 없었다. 옥봉은 넋을 놓은 듯 혼잣말로 중얼거렸다.

"힘들면 너나 가거라. 나는 아무래도 갈 수가 없구나."

부월의 눈이 동그래졌다.

"어뜿게…… 말도 안 되는 소리 마셔유……!"

부월의 눈자위가 금방이라도 울음을 쏟아낼 듯 다시 벌게졌다. 그러더니 눈물이 떨어지듯 푹 고개를 꺾었다. 그리운 두만을 생각하는 걸까. 오래도록 지워지지 않을 마음의 꽃을 간직한 부월을 생각하니 가엾고도 애틋했다. 세상에는 무슨 훼방꾼이 있어 이토록 보고 싶어 하는 사람들을 갈라놓는단 말인가.

강둑 위로 거칠 것 없이 내닫는 차가운 강바람이 뼈를 찔렀다. 옥봉은 깊이 한숨지었다.

친정으로 들어간들 누가 반갑게 맞아줄 것이냐. 소박을 맞아 돌아갈 바에야 차라리 자결하는 것이 아녀자의 도리인 세상에서, 부모 자식의 연마저 끊게 하는 유가의 도덕이 시퍼렇게 살아 있는 세상에서, 아무리 다감한 아비가 있다 한들 어찌할 도리가 없구나. 오직 내가 돌아갈 곳은 나를 쫓아낸 그곳, 나으리가 있는 음수골뿐이니라.

"아씨, 우리 청파골로 가유. 예?"

부월은 절절하고도 안타까운 얼굴로 연신 재촉했다. 옥봉은 아득한 심정이 되어 강 너머로 시선을 옮겼다.

부월아, 아가리를 벌린 채 호시탐탐 집어삼키려는 저 강물을 보아라. 나는 이제 더는 물러설 데가 없게 되었구나. 강물에 몸을 던져 물고기의 밥이 될지언정 친정으로 들어갈 수는 없느니라. 그것은 내 운명에 백기를 드는 일이거늘!

옥봉은 단호하게 고개를 흔들었다. 부월은 피가 밸 듯 입술을 앙다문 옥봉을 보더니 마침내 입을 닫았다. 다시는 청파골로 돌아가자는 말을 하지 않았다. 말수가 줄어든 대신 눈빛이 멀어졌다. 물정 모르게 살아온 세월을 뒤로 하고 세상에는 아무리 용을 써도 이루어질 수 없는 것들이 많다는 것을 알아가는 눈빛이었다. 부뚜막에 앉아 부지깽이를 든 채 하염없이 아궁이 속 불빛에 넋을 놓기도 했고, 서쪽 하늘을 발갛게 물들이는 노을에 긴 숨을 몰아쉬기도 했다. 그러다가도 옥봉이 부를라치면 화들짝 놀라 애써 밝은 티를 냈다. 옥봉은 그런 부월을 바라볼 때마다 가슴이 아렸다. 비록 노비의 자식으로 태어났을지라도 자신을 만나지 않았더라면 남들처럼 아들딸 낳고 그럭저럭 살아갔을 인생이었다. 죄도 없이 죄인이 된 부월을 바라보며 옥봉은 긴 한숨을 내쉬었다.

바람이 불고 비가 왔다. 밤은 길었고 아침은 무거웠다. 가만가만 내쉬는 한숨 소리에 화들짝 놀라는 나날이 더욱 늘어 갔다. 외로움과 절망이 쌓이고 쌓여 가슴 안에 바윗돌로 들어 앉았다. 가슴속은 폐허가 된 지 오래, 해와 달이 빛을 잃고 산천초목이 누렇게 시들었다. 시도 때도 없이 불어 닥치는 한강의 바람 속에서 물귀신이 울어대는 소리가 그치질 않았다. 밤에도 깊은 잠을 이루지 못하고 뒤척이기 일쑤였다.

심정용이기(深情容易寄)

욕설갱함수(欲說更含羞)

약문향규신(若問香閨信)

잔장독의루(殘粧獨倚樓)

깊은 정 속내를 어찌 쉽게 털어놓을까

하소연하려 하나 이내 부끄러워

행여 님께서 내 소식을 물으시거든

단장한 그대로 누각에 기대어 있다 전해주오.*

　날은 급격히 추워졌다. 문풍지 떠는 소리가 내내 이어졌다. 땔감은 금세 동이 났다. 궤 속에 든 옷을 모두 껴입어도 추위를 버텨내기 힘들었다. 뼛속까지 파고든 한기에 움츠린 등허리가 돌처럼 딱딱해졌다. 온몸이 쑤시고 아팠다. 곡식이 든 자루가 점차 바닥을 드러내는 중이었다. 하루 한 홉으로 버티던 끼니도 반 홉으로 줄인 지 오래였다. 어찌 살아야 하나. 하루하루가 무섭고 두려웠다. 조원에게는 그때껏 아무런 기별이 없었다. 매섭고 텅 빈 겨울이 기약 없이 흘러가고 있었다.

　뒤꼍을 지나가는 바람 소리, 처마 밑으로 고드름 떨어지는

---

* 이옥봉, 「이별의 사무침(離怨)」.

소리, 눈덩이의 무게를 이기지 못해 가지 부러지는 소리가 선명하게 들려왔다. 바람이 불 때마다 앙상한 감나무 가지가 창호지에 그림자를 드리운 채 몸을 흔들었다. 옥봉은 그림자가 만들어내는 날 선 기척에 놀라 소스라치곤 했다.

옥봉은 아침이면 문을 열어 눈 쌓인 마당을 망연히 내다보았다. 울타리도 없이 함부로 넘나드는 강바람에 눈가루가 제멋대로 사르르 날아올랐다 사라지곤 했다. 바람이 지나간 자리마다 발자국이 돌올하게 드러났다.

옥봉은 궤짝에 고이 접어두었던 숙고사 치마저고리를 꺼냈다. 혼례 첫날밤, 자신을 조심스럽게 쓰다듬던 조원의 손길이 남아 있던 옷이었다. 출가를 앞둔 친정 어미의 심정으로 바느질 한땀 한땀 정성으로 빚은 두만네의 솜씨가 체취처럼 밴 옷이기도 했다. 아련해진 눈빛으로 한참 동안 숙고사 치마저고리를 들고 있던 옥봉이 긴 한숨을 내쉬더니 결심한 듯 부월에게 저자로 나가 곡식으로 바꿔오라고 일렀다. 부월의 눈이 휘둥그레졌다.

"이 아까운 것을 어치케……!"

옥봉을 위해서라면 온갖 정성을 아끼지 않던 두만네의 마음을 부월이 어찌 모르랴. 그 속에는 청파골에서 함께 지낸 그들 모두의 이야기가 스며 있을 터였다. 자투리 천으로 공기주머니를 만들어 놓았던 기억, 종종거리며 아침 마당을 쓸던 두만의 비질 소리, 별채 마당을 휘돌고 가는 바람, 뒤꼍의 풀

숲 향기와 화단에 뚝뚝 떨어지던 아침 이슬, 굴뚝 사이로 피어오르는 저녁연기까지 하나하나 소중하지 않은 것이 없었다. 부월의 코끝이 금세 빨개졌다.

하나 끼니는 엄중했다. 마침내 부월은 보자기에 싼 숙고사 치마저고리를 품에 안고 저잣거리로 나섰다. 저자는 집으로부터 시오리 안쪽에 있었다.

반나절이 지나자 부월이 지게꾼을 데리고 머리에 자루를 인 채 돌아왔다. 값을 후하게 받았는지 곡식 자루가 제법 묵직했다. 지게꾼은 부엌에 나뭇단을 부려놓고 돌아갔다. 하지만 부월은 자루를 마루에 소리 나게 부려놓은 뒤 화난 표정으로 씩씩댔다.

"요거밖에 안 된다니…… 진짜 속상혀유!"

안 판다고 몇 번이나 실랑이해서 더 받은 것이라지만, 장사꾼이 부월의 추억에 값을 보탤 리 만무했다. 하지만 함지에 곡식을 쏟아붓고 난 부월의 얼굴이 곧 환해졌다. 함지를 반나마 채운 곡식에 뱃구레가 든든해졌음이 틀림없었다.

"그래도 보름치 양식은 되겠쥬?"

부월은 두 손으로 함지를 짚은 채 빙그레 웃었다. 가슴이 저릿했다. 옥봉은 하릴없이 허공으로 눈길을 돌렸다. 구름으로 들어간 해가 다시 모습을 드러냈다. 햇살이 되쏘듯 눈 속으로 파고들었다. 옥봉은 감기려는 눈을 꼿꼿하게 떴다. 그러자 눈물이 주르르 흘러내렸다. 육신을 갉아내듯 자신의 모든 것을 팔아넘기면서까지 기약 없는 목숨을 부지해야만 하는 비루한 삶. 그만 이대로 엎어져 숨을 끊고 싶었다.

옥봉은 입술을 질끈 물었다. 이대로 스러질 수는 없다. 욕된 멍에를 지고 삶을 마감할 수는 없다. 그러니 어떻게든 살아야 한다. 끝까지 살아서 돌아가야 하는 이유다. 그것만이 나의 온당함을 입증할 마지막 수단인 것이다.

불현듯 헛웃음이 비어져 나왔다. 자신이 살아야만 하는 이유가 그렇게도 단순하다니. 견디는 것, 그 이상도 이하도 아니라니. 옥봉은 그저 헛꿈을 꾸고 있는 것처럼 허허롭기만 했다.

서린여아십오시(西隣女兒十伍時)

소살동린고별리(笑殺東隣苦別離)

기지금일좌차한(豈知今日坐此限)

청빈일야수사사(靑鬢一夜垂絲絲)

애랑무계계총마(愛郞無計繫驄馬)

만회도시풍운기(滿懷都是風雲期)

남아공명자유일(男兒功名自有日)

여자성세홀이치(女子盛歲忽已馳)

탄성나감탄이별(呑聲那敢歎離別)

엄면각회상견위(掩面却悔相見違)

문랑이과강성현(聞郞已過康城縣)

포금독대강남미(抱琴獨對江南湄)

첩신한불사강안(妾身恨不似江鴈)

편편우편요상수(翩翩羽翩遙相隨)

분대명경기부조(粉臺明鏡棄不照)

춘풍영부무나의(春風寧復舞羅衣)

천애몽혼불식로(天涯魂夢不識路)

인생하용위수사(人生何用慰愁思)

서쪽 집 처녀 열다섯 때

동쪽 집 쓰라린 이별 비웃었지.

오늘 이럴 줄이야 어찌 알았으랴.

검은 머리 하룻밤에 올올이 늘어졌네.

고운 님 느닷없이 길 떠난다 말 매는데

가슴속에 풍운의 기약만 가득 찼어라.

사내의 부귀공명 스스로 때가 있고,

여자의 한창 때는 홀연히 지나간다네.

울음을 삼키고 탄식한들 어쩔거나.

얼굴을 가리면서 마주 보기 피했어라.

낭군 소식 들으니 강성현 벌써 지나

거문고 끼고 강남 물가에 닿았다네.

이 내 몸 한스러워라. 기러기처럼 날개 돋쳐

훨훨 날아서 멀리 따를 수도 없구나.

화장대 밝은 거울도 보기 싫어 내버렸네.
봄바람에 비단옷을 언제 다시 입을 건가.
하늘 끝에 계신 님 꿈속에서도 길을 몰라,
인생의 시름이사 위로한들 어쩌겠는가.[*]

음수골의 겨울은 길고 길었다. 조원은 좀처럼 사랑채 밖으
로 나서지 않았다. 눈 쌓인 처마 끝에 긴 고드름이 얼고 녹기
를 반복하던 날들이 지루하게 이어졌다. 조원은 보료에 몸을
기대지도 않은 채 꼿꼿하게 등을 곧추세우고 앉아 서안 너머
방바닥 한 점을 응시했다. 엄격하고 단정한 가풍을 무엇보다
소중히 여겨온 그다웠다. 하지만 앉은 채로 아침을 맞고 저녁
을 맞는 그의 모습은 살아 있는 생물체라 보기 어려웠다. 어
둠 속에 웅크리고 있는 그의 모습은 생기 잃은 반닫이나 문갑
과도 구분되지 않을 정도였다. 끼니마다 손도 대지 않은 채
문 앞에서 식어버린 밥상을 거두어가는 부엌어멈의 눈빛이
내려앉았다. 저러다 몸이라도 상하시면 어쩌누…… 집 안의
권속들은 하나 마나 한 말들을 입안으로 삼키며 묵묵히 조원
의 동태를 살폈다.
불면에 형상이 있다면 그것은 필시 바늘 끝처럼 생겼을 것
이다. 조원은 불면으로 무너지는 중이었다. 머릿속은 바늘 끝

---

* 이옥봉, 「이별의 괴로움(苦離別)」.

으로 난자당한 틈에서 발아되어 나온 벌레들로 자글자글했
다. 그의 입술을 통해 쉴 새 없이 기어 나오는 벌레들은 단순
하기 그지없는 말들이었다.

못난 놈! 못난 놈! 못난 놈······

연신 고개를 흔들며 실성한 듯 실룩거리던 조원은 머리를
싸쥐며 소리쳤다.

죽어! 죽어버려!

조원은 밤마다 자신을 조준해 날아드는 불면의 화살을 피
하듯 미친 듯이 머리를 흔들었다. '못난 놈'으로부터 도망치
기 위해 사력을 다하는 형국이었다. 바늘 끝 다그침은 어쩌면
조원 자신의 목소리인지도 몰랐다. 조원은 자신이 더러운 오
물이 된 듯한 자괴감에 몸을 떨었다. 세상이 바뀌길 간절히
바랐음에도 세상은 한 점 바뀌지 않고 오직 자신만 변질됐다
는 모멸감이 엄습한 까닭이었다.

집 안은 나날이 침몰하는 조원의 행색에 따라 더없이 괴괴
해졌다. 적막강산으로 내려앉은 집안에서는 더 이상 하인들
의 말소리도 웃음소리도 들리지 않았다. 그들은 하나같이 몸
을 움츠린 채 발뒤꿈치를 들고 걸어 다녔다. 하지만 소리 없
음은 소리를 더 잘 불러오게 마련이어서 조원은 아주 작은 소
리에도 민감해졌다.

권속들의 소리가 줄어드니 이번에는 조원의 목소리가 사랑
채를 넘나들기 시작했다. 시도 때도 없이 담장을 넘어서는 조

원의 부름에 하인들은 밤낮없이 대기했다. 하인을 불러 밖에 비가 오느냐, 바람이 부느냐고 물었다. 하인들이 고개를 저으면 바람도 안 불고 비도 안 오는데 왜 이렇게 시끄럽냐고 호통을 쳤다. 삼경(三更)을 넘은 시각에 말래 애비는 옷고름을 묶지도 못한 채 달려와 고개를 조아리고 꾸중을 듣기도 했다. 마구잡이로 내지르는 조원의 호통에는 맥락이 없었다.

그렇게 영문 모르게 꿇어앉아 꾸중을 듣다 보면 날이 밝아오기 일쑤였다. 밤새 고개를 조아리던 하인들이 물러가고 난 뒤 조원은 보료에 앉은 채 병든 닭처럼 꾸벅꾸벅 졸았다. 하지만 그것도 잠시, 마당을 쓰는 비질 소리에 금세 잠이 깨고는 시끄러워 견딜 수 없다며 머리를 쥐어뜯었다.

먹지도 자지도 못한 조원의 눈은 벌겋게 충혈된 채 번들거렸고 불안정하게 흔들렸다. 지친 얼굴로 힘겹게 눈을 뜬 조원의 얼굴은 나이를 가늠할 수 없게 늙어버렸다. 하룻밤에 천 리를 걸어온 사람처럼 하룻밤에 십 년을 견뎌온 얼굴을 하고 있었다. 거무스레해진 조원의 얼굴에는 잔주름이 가득했다. 단정하고 견결한 기개로 가풍을 휘어잡고 몸소 행함으로 모범을 보여주었던 시절이 언제인지 까마득했다.

어쩌다 집안이 이 지경이 됐는지 모를 일이라고, 말 지어내기 좋아하는 하인들이 여기저기에서 속닥거렸다. 옥봉 아씨를 내쫓더니 귀신 들린 게 틀림없다고 한껏 낮추는 목소리도 있었다. 이 말 저 말들이 지어내는 말들은 발효에 발효를 거듭하며 걷잡을 수 없이 부풀어 올랐다.

정처 이씨는 앞뒤 없는 조원의 호통에 혀를 내둘렀다. 어디로 튈지 모르는 늙고 털 빠진 수사자는 피하는 게 상책이라고 생각했다. 이씨는 사랑채 출입을 극도로 삼가며 조원과 맞닥뜨릴 기회를 최대한 줄였다. 그러니 만만한 하인들만 죽어나는 꼴이었다.

어쩌다 맑은 정신이 들 때면 조원은 집안 꼴이 우스워지는 게 자신의 책임이라는 생각에 괴로워했다. 가슴은 검게 번져갔고 마디마디마다 부식을 견디지 못하고 깊이 패어갔다. 조원은 자신의 비열함을 한탄했다. 자신의 곤곤한 처지에 못 이겨 자행한 애꿎은 분풀이였음을 알았기에 후회하고 또 후회했다.

회한은 조원을 쉽게 무너뜨렸다. 후회는 불면을 몰아왔고, 불면은 조원을 미치게 했다. 불면은 심신 미약자를 손에 쥐고 마구 흔드는 모양이었다. 조원은 늪처럼 질퍽한 악귀의 손아귀 안에서 대책 없이 흔들렸다. 흔들리고 흔들리다 보면 정신이 아뜩해졌고 몽롱하게 빠진 늪은 차라리 달콤하기까지 했다.

그러던 어느 날이었다. 한밤중 적막에 비몽사몽 머리를 적시고 있던 순간, 조원은 가만가만한 발걸음 소리에 놀라 화들짝 눈을 떴다. 대문 앞에 누군가 서성이는 기척을 느꼈기 때문이었다.

왔구나! 왔어! 왔다고!

조원은 실성한 듯 중얼거리면서 황급히 봉당 아래로 내려섰다. 밤이 깊을 대로 깊은 삼경의 한중간이었다. 조원은 캄캄한 어둠 속으로 발뒤꿈치를 치켜든 채 빠르게 마당을 가로질러 갔다. 문간에 도착한 조원이 대문에 귀를 댄 채 낮게 물었다.

뉘시오?

하지만 밖에서는 아무런 기척이 없었다. 분명 나뭇잎이 떨어져 내리는 소리보다 더 큰 사람의 발걸음 소리가 아니었던가. 대문의 빗장을 달그락거리며 흔드는 소리까지 분명히 들었던 조원으로서는 그대로 물러설 수 없었다. 가만가만 소리 안 나게 빗장을 풀어낸 조원은 슬그머니 대문을 열어 밖을 내다보았다.

그때 조원은 보았다. 옥봉이 적삼 차림으로 서 있는 것을! 옥봉은 멀고 먼 거리를 걷고 걸어 밤새 대문 앞에서 기다리고 있었다는 듯 잔뜩 지친 몰골을 하고 있었다. 기진맥진한 몸으로 겨우 몸을 가누고 서 있던 옥봉은 금방이라도 쓰러질 것처럼 위태로웠다. 조원은 황급히 대문을 나서 옥봉의 몸을 부축했다.

차가운 밤이슬은 옥봉의 몸과 머리칼을 깊이 적셨다. 부르트고 갈라진 입술에 피가 맺힌 옥봉의 행색을 보노라니 조원의 가슴이 찢어지는 것 같았다.

"나를 용서하지 마시오! 용서하지 마시오……"

울컥, 목이 메었다. 조원은 간절해진 목소리로 옥봉을 향해 다하지 못한 말들을 풀어냈다. 울음 섞인 조원의 목소리는 뜨겁고 애절했다.

"그대를 보낸 뒤 나도 이미 산목숨이 아니거늘…… 그대 없는 세상에 무슨 부귀영화가 있다 하리오. 나도 나 자신을 용납하기 어렵소. 그러니 어찌 그대의 용서를 바라리오!"

조원의 눈에서 눈물이 그치지 않고 흘러내렸다. 그러자 옥봉이 앙상한 손을 들어 조원의 얼굴을 어루만졌다. 무슨 말이라도 하려는 듯 부르튼 입술을 달싹였다.

강사요격야등홍(絳紗遙隔夜燈紅)

몽각나금일반공(夢覺羅衾一半空)

상냉옥롱앵무어(霜冷玉籠鸚鵡語)

만계오엽락서풍(滿階梧葉落西風)

깊은 안채 비단 창이 등불에 붉은 밤

꿈에서 깨니 비단 이불 한쪽이 비어 있네요

서리가 차갑다고 앵무새는 새장 속에서 우는데

뜨락에 가득한 오동잎은 가을바람에 떨어집니다.*

---

* 이옥봉,「가을의 한(秋恨)」.

옥봉의 입술에서 핏방울이 방울방울 배어나고 있었다. 조원은 옥봉을 자신의 품으로 와락 끌어당겼다. 옥봉의 눈에서 흘러내린 눈물이 조원의 명치를 깊숙이 적셨다. 어둠 속에서 껍질 벗긴 앙상한 삼나무만이 안타까운 눈빛으로 두 사람을 멀거니 바라보고 있을 뿐이었다.

"울지 마시오! 찢어발겨도 시원찮을 내 허물을 탓하기로서니 정녕 그대의 잘못이 아닌 것을!"

조원은 초조한 듯 되뇌며 다시는 놓지 않겠다는 듯 껴안고 있던 팔에 힘을 주었다. 그러자 옥봉의 몸이 한순간 물 자루처럼 품 안에서 스르르 허물어져 내렸다. 텅 빈 조원의 몸이 얼음장처럼 차가워졌다.

정신을 차리고 보니 옥봉은 간 곳이 없었다. 조원은 비로소 자신이 맨발 차림으로 대문 앞에 서 있다는 것을 알았다. 허공에 뜬 두 팔이 새벽 공기에 젖어 차가웠다. 조원은 맥없이 팔을 늘어뜨렸다. 아직도 품 안의 온기가 생생한데, 그녀는 어디로 가버렸단 말인가.

옥봉의 따뜻한 품이 그리웠다. 그녀의 가슴에 얼굴을 숨길 때면 세상의 어떤 두려움도 물리칠 것 같던 시절이 있었다. 세상의 막다른 지점에 선 지금, 자신을 숨겨줄 아늑한 품은 그 어디에도 없단 말인가. 허허로움이 조원의 가슴을 쳤다.

하지만 세상은 조원의 헛헛함은 아랑곳하지 않은 채 악화

일로로 치닫고 있었다. 먼 곳으로부터 먹구름처럼 드리워진 전운이 시시각각 다가오고 있는 것을 그가 어찌 알랴.

　옥봉은 등잔을 끄고 자리에 누웠다. 어둠에 시선을 놓고 있다 보면 머릿속은 더 명징해졌다. 으스러진 담장을 넘어가는 바람의 발걸음 소리가 먼 곳의 풍경들을 불러왔다. 순식간에 별채 풍경들이 눈앞에 펼쳐지곤 했다. 기왓장에서 철퍼덕 고드름 떨어지는 소리, 후원 솔숲에 이는 겨울바람 소리, 툇마루와 창호지를 때리던 싸락눈 소리가 가깝게 들려왔다. 별채 마당과 사랑채의 연못, 안채의 화단에 이르기까지 사계절 풍경들이 생생하게 펼쳐졌다. 환청과 환각을 동반한 간절한 그리움이 오감으로 그려내는 풍경이었다.

　사랑채 앞 자미목은 그대로 잘 계시는가. 나으리께서는 긴긴밤을 어찌 주무시는지. 문득 자미목 뒤편에 가리어진 조원의 허약한 심중이 손에 잡히는 듯했다. 깊디깊은 아버지의 침묵과 침잠을 희정과 희철이 어찌 감당해내는지. 한 치의 빈틈도 용납하지 못하는 이씨의 표정은 더욱 굳어졌겠지. 허점을 내보이지 않으려는 탓에 잔정조차 찾아볼 수 없는 차가운 이씨 앞에서 전전긍긍해하는 집안 식솔들의 모습이 눈에 보이는 듯 그려졌다.

　주인 잃은 별채에 비가 들이치시는가. 눈이 쌓이시는가. 그늘진 마루에 갈 곳 잃은 먼지만 수북이 내려앉으시는가.

"뭔 바람이 이렇게나…… 분디야."

부월이 이불 속에서 잠꼬대처럼 중얼거렸다. 옥봉이 뒤척이는 서슬에 잠을 깬 모양이었다. 이불을 덮자마자 요란하게 내지르던 부월의 코골이 소리가 꿈이었나 싶어 옥봉은 빙긋 웃었다.

"아씨, 잠이 안 와요…… 이야기해주세요."

업어 가도 모를 잠에서 잠깐 깬 부월의 말 치고는 허랑했지만 옥봉은 웃으며 부월을 향해 돌아누웠다. 그래, 긴 밤을 보내는 데는 이야기만 한 게 없지. 옥봉은 어둠이 짙게 밴 허공 속에 그림을 그려내듯 이야기를 펼치기 시작했다.

"고려조에 지어졌다는 악부 중에 「정과정」이란 노래가 있단다. 정서라는 사람이 지었다지. 정서는 임금의 친척으로 총애를 한 몸에 받았어. 그러다 보니 많은 신하의 질투와 시기가 이어졌지. 결국 그들의 모함을 받아 유배를 가게 됐는데, 임금은 유배 가는 그에게 '네 죄가 없음을 잘 알지만 지금은 어쩔 수 없다. 잠시 내려가서 쉬고 있으면 곧 다시 부르마'라고 안심시켰단다. 정서는 그 말을 철석같이 믿고 유배를 떠났지. 그런데 몇 년이 지나도록 임금이 부르질 않았던 거야. 기다리다 못한 정서가 자신의 억울한 처지를 하소연하며 이렇게 노래를 불렀단다."

"으…… 뜽…… 게…… 요?"

부월이 잠 속으로 다시 빠져드는 자신을 애써 붙잡으려는 듯 느리게 물었다. 옥봉은 낮은 목소리로 가만히 읊조렸다.

"내 님이 그리워 울고 있나니, 산에 우는 접동새가 나와 비슷합니다…… 그들의 말이 옳지 않으며 거짓이라는 것…… 천지신명이 알 것입니다…… 넋이 되어서라도 임을 모시고 싶습니다…… 나를 헐뜯던 사람들이 누구였습니까…… 제게는 과도 허물도 천만 없습니다…… 모두 헐뜯는 말입니다…… 임금께서는 하마 저를 잊었더란 말입니까? 임이시여! 다시 들으시어 저를 사랑해주소서……"

마지막 소절까지 단숨에 이른 옥봉의 목소리가 물기에 젖어들었다. '제게는 과도 허물도 천만 없습니다…… 하마 저를 잊었더란 말입니까? 임이시여! 다시 들으시어 저를 사랑해주소서……' 코끝에 아릿한 통증이 찾아들었다. 명치끝이 뜨거워졌다. 질끈 눈을 감았다. 그러자 눈자위에 고여 있던 눈물이 기어이 볼을 타고 주르르 흘러내렸다. 옥봉은 참았던 숨을 크게 몰아쉬었다.

옥봉은 부연 달빛 속에서 세상모르게 잠든 부월의 모습을 물끄러미 내려다보았다. 힘없이 늘어진 눈자위와 관자놀이 언저리에 잔주름이 자글자글했다. 자신을 따라 지금에 이르도록 함께 해온 부월의 인생이 짠했다. 성례도 없이 저렇듯 속절없이 저물어가는 모습이라니.

얼마나 고단했는지 돌아누운 부월에게서 코 고는 소리가 크고 요란했다. 부월이 저잣거리에 나가 막일을 가리지 않고

들고 오는 한 줌의 양식은 목숨을 이어주는 동아줄 같았다. 옥봉은 부월의 노곤함 앞에 늘 부끄러웠다. 그나마도 일거리를 찾지 못하는 날이면 부월은 저자에 나가 옥봉의 치마저고리를 땔감과 곡식으로 바꾸어왔다. 하루하루 근근이 이어가는 삶이었다. 엊그제는 마지막 남은 장옷마저 팔았으니 이 겨울을 어찌 날 수 있을지.

옥봉은 자신이 밥벌이로 나설 수 있는 일이 아무것도 없다는 사실에 절망했다. 물레며 길쌈, 자수나 바느질 같은 아녀자의 일은 늘 옥봉 저편에 있었다. 부서지라고 몸을 놀려 살아가는 곤궁한 여인들과는 달리, 양반가의 그늘에서 책을 읽고 시를 지으며 살아왔던 하얗고 가녀린 손으로는 할 수 있는 게 아무것도 없었다. 끼니를 해결할 수 없는 삶에 붓으로 써내는 시문이란 얼마나 무기력한 것인가. 한 끼의 죽도 되어주지 못하는 시문의 박약함이 뼈에 사무쳤다.

옥봉은 부월의 어깨를 이불로 잘 여며준 뒤 천장을 향해 반듯이 누웠다. 봉창을 비집고 들어온 한 줄기의 달빛이 두 여인의 얼굴을 다독이듯 부드럽게 어루만졌다.

소백매유경(小白梅逾耿)

심청죽갱연(深靑竹更姸)

빙난미홀하(憑欄未忽下)

위대월화원(爲待月華圓)

조그만 흰 매화꽃 더욱 빛나고
깊고 푸른 대는 더욱 곱구나
난간에 기대어 차마 내려오지 못하는 것은
환하고 둥근 달을 기다리고 있기 때문이라오.*

초가지붕 처마에 매달린 고드름이 힘없이 떨어졌다. 마당
은 얼었다 녹기를 수없이 반복하며 시간은 두서없이 흘러갔
다. 그때까지도 음수골에서는 아무런 기척도 없었다. 옥봉의
한숨은 점점 깊어졌다. 곤궁함이 더해질수록 속앓이는 심해
졌고 갈피를 잡을 수 없는 상념들이 바람 부는 대로 쓸려 다
녔다.

그러던 어느 날이었다.
마당에 있던 부월의 비명이 들리는가 싶더니 기쁨에 겨운
목소리가 황급히 문지방을 넘었다. 문을 열자 보퉁이를 가슴
에 품은 늙은 여인이 마당에서 부월과 손을 맞잡고 있다가 화
들짝 놀라 봉당 아래 엎드렸다.
"아이고, 아띠……!"
여인이 울음을 터트리며 고개를 조아렸다. 두만네였다.

---

* 이옥봉, 「누각에 올라(登樓)」.

"아니, 이게 누구신가!"

옥봉은 황급히 맨발로 뛰어 내려가 두만네의 손을 붙잡았다. 이 사람아! 여기가 어디라고…… 옥봉의 말꼬리가 울음에 잠겨 들었다. 늙어버린 두만네. 흰머리조차 몇 올 남지 않은 쪽머리가 늙은 생쥐 꼬리 같았다.

"아이고, 우디 아띠…… 으떠다가……"

두만네는 옥봉의 얼굴을 쓰다듬으며 뜨거운 울음을 쏟아냈다. 두만네의 까칠한 손길에 내맡긴 옥봉의 얼굴에도 눈물이 쉼 없이 흘러내렸다. 두만은 두만네 뒤편에 엉거주춤하게 선 채 그저 허공을 바라보고 있을 뿐이었다. 옥봉은 그들을 방 안으로 들였다. 두만은 평상에 앉아 들어오지는 않았다.

"여기는 어떻게 알고……"

두만네는 대답할 말을 찾지 못한 채 반백의 머리칼을 흔들며 계속 흐느꼈다. 두만네의 오열은 힘들게 한겨울을 견뎌온 옥봉의 가슴을 더욱 시리게 했다. 출가한 딸의 가슴 저린 운명을 슬퍼하는 친정 어미의 마음이 이럴까. 옥봉은 어린 시절 두만네의 가슴에 얼굴을 묻고 잠들던 달큰한 홍시 냄새를 떠올렸다. 땀에 젖은 채 잠든 어린 옥봉의 이마를 쓸어주던 두만네의 손길. 제 어미의 뒤편에서 사랑스럽게 바라보던 두만의 눈길까지. 일찍 세상을 뜬 두만 애비를 대신해 서로 믿고 의지하며 살았던 두 사람, 그들의 따뜻한 손길 속에 옥봉이 가족처럼 깃들어 세상의 시린 아픔들을 잊었다.

"그래, 집안은 무탈하고? 아버님은 어떠신가?"

옥봉은 아버지 이봉의 소식부터 물었다. 그러자 두만네의 눈빛이 낮게 가라앉았다.

"무탈하디기는요…… 나으디께서는 아띠 또식을 듣고이…… 밥 한뚤 뜨지 모던태 피눈물로 디내시구마이요……"

아, 아버지! 가슴에 뜨거운 불덩이가 일었다. 온화하고 자상하기 이를 데 없던 아버지의 얼굴이 솟구치는 눈물 속에 맴돌았다. 자신이 시문 짓기에 몰두하며 살아올 수 있었던 것도, 양모인 장씨의 강고한 눈길에서 안존하게 지낼 수 있었던 것도 아버지가 아니었다면 불가능했을 것이다. 어미의 사랑을 대신해준 아버지의 가슴이, 그토록 따뜻이 감싸준 아비의 가슴이 나로 인해 폐허가 되어 있다니……!

옥봉의 볼 위로 눈물이 한없이 흘러내렸다. 그런 옥봉을 어루만지고 있던 두만네가 입술을 야물게 물었다.

"나으디께서 꼭 아띠를 모세오라고 하셌구마요……"

그러니 옥봉을 데리러 온 참이라고 했다. 여자가 남편에게 용납되지 못하면 마땅히 친정으로 돌아와 부모, 형제와 함께 지낼 것이지 어찌 이런 빈천(貧賤)의 늪을 허우적거리게 놔둘 수 있느냐는 게 나으리의 뜻이라고 했다. 대소가의 이목에도 불구하고 강단을 내리셨을 아버지의 단호하고도 간절한, 거역할 수 없는 아버지의 명 앞에 옥봉은 한참 동안 정신이 아뜩하였다. 당장이라도 달려가고 싶었다. 아버지의 품 안에 무너져 뜨거운 울음을 놓고 싶었다. 그러나 가슴을 짓누르는 무언가 옥봉의 발목을 사슬처럼 붙잡았다.

두만네는 금방이라도 집을 나설 듯 옥봉을 채근했다.

"아띠, 으서 가디게요. 가더 나으디들 뽑게요. 나으디가 을매나 반가워하디까요."

하지만 옥봉은 움직이지 않았다. 다만 눈물로 두만네의 어깨를 다독일 뿐이었다.

"가서 일러주시게. 불효의 딸이 어찌 아버지의 피눈물을 모르겠는가만, 나는 이미 출가외인이 된 지 오래. 한번 친정으로 돌아가면 음수골과는 아주 인연이 끊어지고 말 것이네. 조원 나으리께서 나를 버렸으나 나는 나으리를 버린 적이 없네. 죄없이 버림을 받았으면 다시 돌아갈 날을 기다리는 것이 내 도리가 아니겠는가. 그러니 아버지께는 내 걱정은 하지 마시라고 전해드리게……"

두만네가 옥봉의 무릎 위로 엎어지며 뜨거운 울음을 쏟아냈다. 옥봉은 말머리를 바꾸듯 두만네의 어깨를 부여잡으며 물었다.

"그동안 어찌 사셨는가. 자네 얼굴을 보니 말이 아니네만……"

두만네는 눈물을 주먹으로 씻어내며 길게 한숨을 내쉬었다. 목이 메는지 두만이 있는 평상을 힐끔거리며 고통에 찬 얼굴을 일그러뜨렸다.

"아띠 출가한 뒤로…… 울 두마이는……"

두만은 작은 집 하인인 초랭이와 성례를 올렸다고 했다. 연이어 두 아들을 낳았지만 첫째는 낳자마자 죽고, 둘째는 세 살 무렵 돌림병으로 세상을 떴다. 초랭이는 두 아들을 잃은 후 시름시름 가슴앓이하다 아이들을 뒤따라갔다. 두만은 다시 혼자가 된 것이었다.

"지가 얼렁 두거야 혀요……"

그래야 두만과 옥봉의 앞길이 트일 것이라고 했다. 자신의 불운한 팔자가 두 사람의 앞길을 가로막고 있다는 뜻이었다.

"우리 두마이가 아띠 걱정을 그리도 해쌌드니마는……"

두만네는 옷자락을 잡아 올려 팽, 소리를 내며 코를 풀었다. 옥봉은 문틈 사이로 평상에 앉은 두만을 내다보았다. 어쩌면 두만은 그때 알고 있었는지도 모른다. 만나면 안 되는 인연들이 뿜어내는 나쁜 기운을. 필연마저 끊어내는 운명의 사악함을. 그 보복을. 그리고 먹물들의 비릿함을. 그러기에 옥봉의 혼인을 말리고 또 말렸을 것이다.

설움에 취한 두만네의 말이 눈물과 함께 길게 이어졌다.

"두마이가…… 울 두마이가…… 아띠 툴가한 뒤에…… 듀글병을……"

힘센 장정이 거동을 못 할 만큼 자리보전을 하고 누웠음에도 애초 두만의 병에는 이름이 없었다. 두만네는 아들을 일으켜 세우기 위해 백방으로 노력했다. 두 계절을 보내고서야 겨우 몸을 일으킨 두만을 잡아끌어 작은집 초랭이와 성례를 시킨 것은 장씨였다. 나이 찬 장정의 까닭 모를 병을 낫게 하는 건 역시 성례뿐이라는 주인마님의 명을 거역하기 어려웠다. 초랭이를 탐탁하게 여긴 것은 아니었지만 어쨌든 그렇게라도 해 사람 행색을 갖출 수만 있다면 다행이라 생각했다. 그런데도 그만 자식들을 앞세우고 또다시 혼자가 되니 어찌 그리도 허망할까.

"우리 두마이는…… 그저 아띠밖에……"

옥봉은 고개를 돌렸다. 봉창으로 들어오는 저물녘 노란빛이 따스하게 느껴졌다. 어미 없는 서녀 주제에 두만과 인연을 맺지 못할 이유는 없었을 것이다. 만약 두만과 인연을 맺었다면 가난한 살림에도 저 봉창에 새들어오는 햇볕처럼 서로를 어루만져주며 살았을까. 그랬다면 나도, 두만도, 초랭이도 각자에게 주어진 궤도를 따라 아픔 없이 살아갈 수 있었을지도 모른다.

옥봉은 부질없는 상념을 쫓아내듯 거칠게 고개를 저었다. 애당초 생에 만약, 은 없을 터였다. 그러니 너도, 나도, 아무도 생의 뒷모습을 모르는 것 아닌가. 너와 나의 생이 그런 것처럼 우리에게 주어진 각자의 굴레에 머리끄덩이를 잡힌 채 살아가는 것, 그게 생(生)인 것이다.

두만네는 옥봉의 손을 연신 쓰다듬었다. 옥봉은 애써 웃는 낯으로 두만네를 위로했다.

"내가 여기 있다는 소식은 어찌 알았는가……"

두만네는 문밖에 있는 두만을 힐끗하며 말을 이어갔다.

"을매 던에 두마이가 운동가에 띰부림을 나가따가 우연히 음추골 말래 애비를 만나떤 모냥이디요. 말래 애비가 울민서 아띠 또식을 던하더라만요."

옥봉은 고개를 가만히 끄덕였다.

"그 또식을 듣고 두마이가 띠금을 전폐하고 드러누웠디요. 을매나 우던는디 몰러요……"

두만네가 다시 눈물을 훔쳐냈다. 그때 밖에서 부월의 말이 들려왔다. 평상에 앉은 두만에게 다가가 말을 건네는 모양이 었다.

"그동안 어떻게 지냈능가? 많이 늙어부렀네?"

두만의 대답은 들려오지 않았다. 부월도 머쓱해져서 더는 말을 붙이지 않았다. 두만을 향한 부월의 오지랖도 예전 같지 는 않은 모양이었다. 두만이 지금이야 딸린 식구가 없이 홀몸 이지만 어쨌든 한번은 성례를 올렸던 사람이 아닌가.

두만네는 깜박 잊었다는 듯 자신이 가지고 온 보퉁이를 찾 았다. 부월이 평상에 있던 보퉁이를 방 안으로 들이밀었다. 그 속에는 곱게 바느질된 비단옷과 무명옷이 한 벌씩 얌전히 개켜져 있었다.

"이건 아띠 거이고, 이건 부얼이 거이구마요."

부월은 입이 헤벌어진 채 자신의 무명옷을 들춰보더니 가슴팍에 올려붙여 팔에 맞춰보는 등 야단법석을 떨었다.

"어찌면 내게 이코롬이나 딱 맞아떨어져 분당가. 하여튼지 간에 우리 아짐 솜씨는 알아주야 혀."

자꾸 히히거리는 부월을 흐뭇하게 바라보고 있던 두만네가 옥봉에게 옷을 건네며 말했다.

"아띠도 맞는가 으디 한번 대봐요."

"맞겠지. 자넨 어렸을 때부터 수십 년 내 옷을 지어낸 사람이 아닌가."

옥봉은 받았던 옷을 내려놓고 두만네의 손을 잡았다. 평생 바늘에 찔리며 일해온 두만네의 손은 여기저기 성한 곳이 없었다. 하지만 옥봉에게는 더할 나위 없이 부드러운 손이었다. 깡마른 두만네의 손등이 어느덧 저승꽃으로 거뭇거뭇했다.

마침내 두만네가 방을 나섰다. 그때껏 평상에 앉아 있으리라고 생각했던 두만이 보이질 않았다. 한참을 기다리고 있으려니 두만이 나뭇짐을 진 지게꾼과 함께 집으로 들어섰다. 저잣거리에서 나뭇단을 사 온 모양이었다. 두만네는 만족스러운 듯 미소를 머금었다. 두만은 지게꾼이 내려놓고 간 나뭇짐 한 단을 부엌에 옮겨놓고, 나머지 두 단은 비가 들이치지 않는 처마 밑으로 깊숙이 갈무리한 다음에야 마당으로 나왔다.

"아띠! 부디 기운 일티 말고…… 살으시야 혀요. 또 오게요."

두만네는 옥봉의 손을 좀처럼 놓질 못했다. 옥봉은 두만네와 함께 돌아서는 두만을 눈길로 쫓았으나 두만은 끝내 옥봉과 시선을 마주치지 않았다. 언덕을 내려가는 그들의 등 뒤로 바람이 회오리를 일으키더니 그들의 모습은 점점 멀어졌다.

봄바람이 건듯 불었다. 그에 화답이나 하듯 빈 텃밭에서 노란 배추 싹이 얼어붙은 땅을 뚫고 올라왔다. 겨우내 숨죽여온 가여운 목숨이었다. 부월이 배추 싹을 뜯어 상에 올렸다. 소금 한 줌도 강된장도 없이 아삭아삭 씹는 배추 싹에서 노란 단물이 배어 나왔다. 강둑에서 캐온 쑥과 봄나물에 좁쌀 한 줌을 넣고 죽을 끓이기도 했다. 고샅에서 찔레 순을 땄고, 뒷산의 솔잎을 쪄 콩가루에 개어 먹었다. 부황이 드는지 부월의 얼굴이 누렇게 떴다.

그때까지도 조원에게서는 아무런 소식이 없었다. 옥봉은 이 산 저 산 누비며 먹을 것을 찾아 나서는 부월을 따라가지 못했다. 명치끝에 뜨거운 기운이 똬리를 틀더니 점점 위로 치받고 올라왔기 때문이다. 가슴패기가 바늘로 찌르는 듯한 통증이 이어졌다. 가늠할 수 없는 미열로 얼굴에 열꽃이 벌겋게 피어났다. 머리는 가시나무 테로 조인 듯 두통이 엄습했다. 고뿔이 시작되었는가. 한번 들러붙은 잔기침이 좀처럼 떨어지지 않았다. 숨을 들이쉬고 내쉴 때마다 쌕쌕 휘파람 소리가 났다. 큰기침이 발작적으로 이어졌고 숨이 찼다. 가슴을 찍어 누르는 듯한 통증이 이어졌다. 사위가 빙빙 돌았다. 안압을

이기지 못해 터져버린 핏줄이 눈동자를 뻘겋게 물들였다.

옥봉은 무언가 제 안에서 터져 나오려는 것을 느꼈다. 그것이 무엇인지 알 수 없어 괴로웠다. 어쩌면 속을 꾹꾹 눌러 담고 입을 틀어막는 동안 제 안에서 발효된 말들인지도 모른다. 참아내면 낼수록 강고한 손아귀에서 벗어나기 어려운 언어의 포박. 굳세고 거친 말들이 옥봉을 쥐고 흔들었다. 온몸의 뼈마디가 뒤틀리는 느낌이었다. 정신은 천리만리 흐트러지고 산란해졌다. 불쑥불쑥 찾아드는 생각들, 괴이고 괴어 발효하고 부화하는 말들의 생명체. 간단없는 말들이 진군해오고 있었다.

옥봉은 느꼈다. 무당의 신내림 같은 저 말들을 쏟아내지 않고서는 자신을 다독일 수 없음을! 밑구멍이 다할 때까지 쏟아내 온몸을 말갛게 헹구고 싶다는 것을! 상처는 상처로밖에 치유될 수 없음을! 자신을 사지로 내몬 것이 시였듯, 자신을 구원할 수 있는 것 또한 오직 시뿐이라는 것을!

옥봉은 윗목으로 다가가 궤를 더듬어 연상을 꺼냈다. 크게 심호흡을 한 뒤 뚜껑을 열었다. 옥봉은 벼루에 물을 축인 다음 천천히 먹을 갈기 시작했다. 송연묵의 향은 푸르고도 맑았다. 오랜만에 맡는 묵향에 가슴이 빠개질 듯했다. 옥봉은 길게 들이마신 숨을 천천히 내뱉었다.

시를 쓰리라! 내 삶을 조문하기 위해, 오직 나에게 바치는 글이어야 하리. 어차피 시와 함께 다 할 삶. 더는 부질없는 기약에 매달리지 않으리. 다시는 애걸하지 않으리. 내 삶을 증언하기 위해서 나는 쓰리라. 서녀로서 첩실로서 온전하지 못했던 내 삶에 온점 찍어주기 위해 기어이 써야만 하리.

옥봉은 찬 바람에 시큰거리는 어깨 위로 이불을 뒤집어쓰고는 붓을 쥔 손을 가만가만 놀리기 시작했다.

　　유외강두오마시(柳外江頭伍馬嘶)

　　반성수취하루시(半醒愁醉下樓時)

　　춘홍욕수림장경(春紅欲瘦臨粧鏡)

　　시화매창각월미(試畵梅窓却月眉)

　　버들 숲 강 머리에 임이 오시나. 말 울음소리

　　반쯤 취한 듯 깨인 얼굴로 다락 앞에 내리시네.

　　임 그리다 여윈 얼굴 거울 보기도 부끄러워

　　매화 핀 창가에 앉아 반달눈썹 그려 봅니다.*

옥봉은 밤낮을 가리지 않고 썼다. 기침하면서도 온몸으로 썼다. 한번 진격해온 말들의 기세는 좀처럼 멈춰지지 않았다. 늦은 밤까지 지필묵의 진군은 계속되었다. 까무룩 정신이 고

---

* 이옥봉, 「흥에 겨워 임에게 드리다(漫興贈郎)」. 홍만종은 『소화시평』에서 이 시를 보고 "옥봉 이씨를 나라의 제일로 삼는다"고 평하기도 했다.

꾸라지곤 했다. 꼬박 앉은 채로 새벽을 맞기도 했다. 불면의 긴긴밤들을 다독이며 말들을 골랐다. 호롱에 불을 붙이고 시를 적어가노라면 터덕거리고 들쑤시던 마음이 가라앉곤 했다. 속울음을 삼키며 짓씹으며 눈물을 닦으며 시들을 써 내려갔다.

날은 금세 더워졌다. 시나브로 강바람이 강둑을 넘어왔지만, 삿자리에서 올라오는 빈대와 벼룩의 극성은 더욱 심해졌다. 부월은 가려움을 견디지 못한 채 솔기를 까 겨드랑이와 사타구니를 가리지 않고 박박 긁어 댔다. 하지만 옥봉은 가려움마저 잊은 듯 눈빛이 형형했다. 세상의 아무런 기별 따위 기다리지 않는 초연한 얼굴로 오직 시를 쓰는 것만이 지상의 위대한 과업인 것처럼 필사적으로 붓을 놀리고 또 놀렸다. 옥봉을 사로잡는 힘은 오직 시마(詩魔)뿐이었다. 자신을 살아 숨 쉬게 하고 잠들게 하는 이유가 오직 시 쓰는 일인 것처럼.

무궁회합기수사(無窮會合豈愁思)
불비부생유별리(不比浮生有別離)
천상각성조모회(天上却成朝暮會)
인간만작일년기(人間漫作一年期)

무한히 만날 수만 있다면 어찌 수심에 겨우랴.

덧없는 사람의 이별과는 견줄 수가 없네.

하늘에서 그들은 아침저녁으로 만나건만

사람들은 부질없이 일 년 만에 만난다고 하네.[*]

여름밤. 하늘을 보면 견우성과 직녀성이 또렷이 보였다. 누가 견우와 직녀가 일 년에 한 번 만난다고 하는가. 까치 까마귀가 오작교를 놔주어 칠석날에 만난다는 이야기는 실로 허랑했다. 칠석날 내리는 비가 그들의 눈물이라니. 하늘에 나란히 떠서 서로를 바라볼 수 있는 그들이야말로 바라볼 수도 없는 내 처지와 어찌 비하겠는가. 가슴이 막힐 때마다 옥봉은 긴 한숨을 내쉰 뒤 붓을 들어 시의 길을 더듬어갔다.

그렇게 여름이 지나고 가을이 왔다. 옥봉의 얼굴이 갈수록 창백해져갔다. 먹지 못하고 잠들지 못하는 날이 이어졌다. 시전지에 떨어지는 먹물은 옥봉의 눈물이고 핏물이었다. 가을바람에 뼛속이 사무치는 듯한 외로움을 달래며 떨리는 손을 움켜쥐었다.

다시 겨울이 왔다. 조원에게서는 죽음 같은 침묵만 이어지고 있을 뿐이었다. 뼈를 삭히는 나날이 계속되었다. 눈보라가

---

[*] 이옥봉, 「칠석날에(七夕)」.

몰아치는 밤마다 옥봉은 바람 소리에 귀를 내맡긴 채 세상을 향해 한 걸음도 나설 수 없는 자신의 유폐된 처지를 생각했다. 한나라 왕장이 입신출세하기 전에 추위를 견디려고 소 등에 쇠덕석을 덮고 잤다는 일화가 떠올랐다. 자신이 덮는 이불이 쇠덕석과 다르지 않다고 생각했다. 옥봉은 버림받아 왕장보다 초라해진 자신의 처지를 토로하며 사무친 마음으로 써 내려갔다.

폐호하방고와객(閉戶何妨高臥客)

우의수루미귀신(牛衣垂淚未歸身)

운심산경표위석(雲深山徑飄爲席)

풍권장공취약진(風捲長空聚若塵)

저백비사기낙안(渚白非沙欺落雁)

창명홀효겁수인(窓明忽曉惻愁人)

강남차일매응발(江南此日梅應發)

방해련천기수춘(傍海連天幾樹春)

세속 떠난 몸이러니 문 닫은들 어떠랴

쇠덕석 덮고 눈물 흘리며 돌아가지도 못한다네.

구름 깊은 산길에는 눈보라가 자리처럼 흩날리고

바람 도는 하늘에선 티끌처럼 휘몰리는구나.

눈 쌓인 강가에 기러기는 모래밭인 줄 알고 내려앉고

창이 밝으니 시름겨운 사람들은 날이 밝은 줄 알고 겁을 내네.

오늘쯤이면 강남엔 매화도 피었겠지

내가 있는 이곳엔 언제나 봄이 올까.*

옥봉은 어쩌다 뚝섬 나루까지 나가보기도 했다. 탁 트인 강의 저편을 보고 있으면 답답한 마음이 한결 트였다. 종종거리며 생업에 분주한 사람들을 보다 보면 삶의 도저함에 숙연해지기도 했다. 자유롭게 허공을 날아다니는 갈매기를 보고 있으면 제 몸도 허공에 붕 떠오르는 듯 아찔해졌다. 도도히 흐르는 강물에 배를 띄우고 떠가는 사람들을 바라보고 있노라면 제 몸의 족쇄를 풀어버리고 어디론가 훨훨 날아가고 싶어졌다. 그 어딘가에 또 다른 세계가 기다리고 있을 것만 같았다. 까마득한 그곳으로 가고 싶었다.

문득 고려조 정지상이 지었다던 「송인(送人)」이라는 절구를 떠올렸다. 대동강에서 임과 이별하던 화자의 아픔이 이곳에 선 자신의 마음과 같았을까. 옥봉은 가만가만 시를 중얼거렸다.

우헐장제초색다(雨歇長堤草色多)

송군남포동비가(送君南浦動悲歌)

---

* 이옥봉, 「눈을 읊다(詠雪)」.

대동강수하시진(大同江水何時盡)

별루년년첨록파(別淚年年添綠波)

비 갠 긴 강둑에 풀잎이 이들이들

남포에 임 보내니 슬픈 노래 북받치네.

어느 때 마르오리 대동강 푸른 물

해마다 이별 눈물 더 보태네.

시를 읊는 동안 옥봉의 볼 위에 하염없이 눈물이 흘러내렸다. 버리고 가는 자의 마음이기도 했고, 보내는 자의 마음이기도 했다. 떠나고 싶은 마음과 두고 가는 자의 슬픔이 두서없이 뒤섞였다. 자상한 눈빛의 아버지, 훤칠한 용모의 조원, 충직하고도 사려 깊은 두만의 눈빛도 떠올랐다. 두고 가야 한다면 바로 이들일 것이다. 옥봉의 생애 가장 아름다운 사람들이 아니던가.

가뭇없는 생각이 먼 곳의 인연을 불러왔던가. 먼지바람이 가득 이는 어느 봄날이었다.

부월은 두만네가 해준 비단옷을 곡식으로 바꿔오기 위해 저잣거리로 나가고 없었다. 문득 문밖 평상이 그림자로 어른어른했다. 해가 구름 속을 들락거리나 싶어 문을 열어보니 뜻밖에도 두만이 와 있는 게 보였다. 옥봉은 반가운 마음에 왈칵 문을 열었다.

"어쩐 일이냐……"

주뼛거리며 평상 앞에 서 있던 두만이 조급하게 방 안으로 들어왔다. 앞뒤 좌우를 둘러보던 두만의 눈빛이 불안하게 흔들렸다.

"부월은요?"

두만이 떨리는 목소리로 물었다.

"장에 갔다. 왜?"

그러자 두만이 다급한 목소리로 낮게 부르짖었다.

"아씨, 저랑 떠나십시다. 함께 어디로든 가시게요. 화전이라도 일구고 살게요. 이 한 몸 갈아서라도 아씨를 위해줄 것이구먼요. 그러니 어서…… 아씨가 원하시면 어머니도 모셔갈 수 있구먼요."

옥봉의 가슴이 울컥 젖어들면서 앞뒤 없이 뛰기 시작했다.

'네 마음이 지금껏 달라지지 않았구나. 그것이 너의 소망이라니. 이 초라한 몸을 거둬주겠다니 눈물겹고도 고마운 일이다. 그러나……'

옥봉은 고개를 흔들었다.

"네 고마운 말, 뼈에 새겨놓겠다. 하지만 너와 함께 갈 수는 없다."

두만이 고개를 들더니 새빨개진 눈으로 절규했다.

"왜 안 되는 겁니까? 비천한 노비와는 살 수 없어서요……?"

옥봉은 단호한 목소리로 두만의 말 중동을 잘랐다.

"닥쳐라. 나 또한 소실인 주제에 어찌 네 신분을 따지겠느냐."

"그러면 왜 안 되는 겁니까? 도대체……!"

옥봉은 숨을 멈추었다. 두만이 고개를 꺾지 않은 채 옥봉을 쳐다보고 있었다. 무엇으로도 꺾을 수 없는 강고한 힘을 가진 눈빛이었다. 옥봉은 애써 두만의 눈길을 외면했다.

"그만 돌아가거라. 그리고 다시는 나를 찾지 마라."

두만은 더욱 절박해진 목소리로 부르짖었다.

"말씀해주세요. 왜 안 되는지……"

이마를 방바닥에 들이대고 엎드린 두만의 목소리에는 뜨거운 울음이 배어 있었다. 이대로는 돌아가지 않겠다는 듯 엎드린 그의 등허리가 완강했다. 옥봉은 한동안 두만을 바라보다가 결심한 듯 입을 열었다.

"꼭 들어야겠느냐?"

대답을 기다리는 두만의 등이 화석처럼 굳었다.

"그게 네 원이라면 내게도 원이 있다. 먼저 내 원을 들어다오. 그러면 왜 안 되는지 말해주겠다."

두만의 어깨가 움찔했다. 그러나 몸을 일으키지는 않았다.

"지금껏 살아오는 동안 너에게 입었던 은혜가 적지 않음을 알고 있느니라. 그런 네가 몸을 갈아서라도 위해주겠다는데 나는 너에게 해줄 것이 없구나. 가진 것도 줄 것도 없으니 이를 어쩌면 좋으냐……"

속삭이듯 말을 마친 옥봉은 무릎걸음으로 다가가 두만의
어깨를 일으켰다. 얼굴이 닿을 듯 가까이 다가간 옥봉이 두만
의 귀에 대고 가만히 말했다.

"오직 하나, 네게 줄 것이 있다."

두만의 눈에 두려움과 당혹의 빛이 서렸다.

"나를 주마."

두만의 고개가 떨어졌다. 웅크린 그의 등허리가 간단없이
떨고 있었다. 옥봉은 두만 앞에서 저고리를 벗었다. 치맛말기
속에 옥죄어진 하얀 가슴이 야트막한 둔덕을 이룬 채 모습을
드러냈다. 옥봉은 치맛말기를 풀었다. 속치마를 벗고 적삼에
속곳바지 차림이 된 옥봉이 가만히 두만의 어깨를 껴안았다.
요동치는 두만의 심장이 옥봉의 가슴팍으로 전해져왔다.

옥봉이 두만의 옷고름을 풀었다. 두만은 벌겋게 달아오른
몸으로 떨고 있을 뿐 손끝 하나 까딱하지 못했다. 저고리를
벗겨내자 구릿빛으로 그을린 건강한 사내의 어깨가 모습을
드러냈다. 희고 창백한 조원의 몸과는 달랐다. 두만은 두 눈
을 질끈 감은 채 잇새로 새어 나오는 울음을 참으며 얼굴을
일그러뜨렸다.

옥봉이 두만의 바지 말기를 풀어내기 위해 바지춤에 손을
갖다 대는 순간, 두만은 옥봉의 손길을 세차게 뿌리쳤다.

"싫습니다!"

옥봉의 시야가 핑, 돌았다. 순식간에 드리워진 절벽 앞에 정신이 아득해진 옥봉은 참았던 숨을 길게 내쉬며 호흡을 골랐다. 옥봉은 간단없이 몸을 떨었다. 용납되고자 했던 마지막 연민마저 스러져버린 듯한 막막함에 숨이 막히는 듯했다. 옥봉이 천천히 호흡을 고르는 사이 바윗돌 같은 침묵이 이어졌다. 두만의 등허리를 무심히 내려다보던 옥봉은 마침내 방바닥에 흩어져 있던 자신의 치마저고리를 끌어당겼다.

그래, 그래야지. 참으로 아름다운 사람…… 과연 너답구나!

두만은 옥봉이 옷고름을 다 묶을 때까지 고개를 들지 않았다. 옥봉은 두만의 옷을 끌어다 주며 낮게 입을 열었다.

"그만 가봐라."

두만이 고개를 쳐들었다.

"말씀해주세요! 왜 저와 함께 갈 수 없는 겁니까?"

절규하듯 눈물 가득한 얼굴로 옥봉을 바라보고 있던 두만의 눈에는 아직 대답을 듣지 못했다는, 대답을 듣기 전에는 절대 일어서지 않겠다는 결연한 의지가 담겨 있었다. 옥봉이 결심한 듯 입술을 물었다.

"우리의 인연에 관해 물었느냐? 그래, 대답하마."

두만의 어깨가 빳빳이 굳었다. 손바닥만 한 오후 햇살이 엎드린 두만의 손등 위에서 머뭇거리고 있었다. 햇살에 눈길을 주고 있던 옥봉이 마침내 입을 열었다.

"애초에 너를 마음에 담아두지 않았느니라."

순간, 두만의 어깨가 가뭇없이 무너져 내렸다. 두만은 삿자리에 얼굴을 묻고 흐느꼈다. 세상이 무너진 모습이었다. 아비를 잃고, 동생을 잃고, 두 아들을 차례로 잃고, 아내까지 잃은 한 사내. 그가 소망한 평생의 여인을 잃는 순간인 것이다. 두만을 바라보는 옥봉의 가슴이 슬픔으로 가득 찼다. 두만의 흐느낌은 끝날 줄 몰랐다.

"네게 당부할 게 하나 있다. 꼭 들어줘야 할 내 마지막 원이니라."

두만은 삿자리에 엎드린 채 꿈쩍도 하지 않았다.

"부월을 부탁한다. 외롭고 가여운 아이야. 부월이라면 제 뼈를 갈아서라도 너를 위해줄 것이다."

두만의 입에서 다시 통곡이 쏟아져 나왔다. 두만의 울음은 멀고 멀 뿐 좀처럼 끝나지 않았다.

"그만 일어나거라."

두만은 눈물 젖은 얼굴을 번들거리며 옥봉을 향해서 절규했다.

"아씨! 아씨가 바라는 게 정녕 무엇이옵니까? 제가 넘나볼 수 없는 그 세계가 과연 무엇이냐고요! 그것이 아씨가 가진 모든 것을 다 버리고도 얻어낼 가치가 있더란 말입니까? 못 배우고 천한 저의 눈엔 그저 헛된 욕심으로만 보입니다!"

두만의 울음은 깊었다.

"아씨! 왜 아씨는, 아씨의 천금 같은 재주를 한 사람을 위해 허비하려 하십니까? 왜 아씨의 시가 용렬하기 그지없는 그 사람의 것이어야 합니까?"

작심하고 내닫는 그의 말은 옥봉의 폐부를 사정없이 찔러대는 날카로운 창이었다.

"아씨, 세상에는 아픈 자가 지천이옵니다. 그 아픈 자들에게 아씨의 시가 닿아야 하지 않습니까? 부디 낮은 곳으로 내려오십시오. 더 널리, 더 깊이 울어주신다면 아씨가 원하는 천금의 시를 이룰 수 있을 것입니다."

흡! 두만의 말은 창날처럼 옥봉의 오장육부 깊숙한 곳을 찔렀다. 눈앞이 아뜩해졌다. 심장에서 피가 솟구치는 느낌이었다.

"괘씸하구나! 감히 네가 나를 가르치려 드는 게냐?"

두만이 무너지듯 다시 고개를 수그렸다. 옥봉은 뜨겁게 탄식했다.

너는 지금껏 내가 헛살았다는 것을 일러주고 있구나! 결국은 내가 패배하고 말았다는 것을. 삶에게, 운명에게, 두만이 너에게도 말이다. 나에게조차 추방당하고 말았음을. 그런 내가 돌아갈 곳은 어디겠느냐. 환멸 없이는 생각할 수 없는 음수골. 너는 내가 진정으로 돌아가야 할 곳은 그곳이 아님을 깨닫게 하는구나. 음수골은 잘못 살아온 내 삶의 증거요, 회한인 것을! 그러니 네가 내 스승이 아니고 무엇이랴. 지금껏 내 욕망에 충실했을 뿐임을 이제야 알겠구나. 욕된 삶이로구

나. 부끄럽기 그지없어라!

명치에 불이 일었다. 뜨거운 기운은 가슴에서 목을 타고 얼굴로 치받고 올라왔다. 지금까지 사로잡혀 있었던 '시'라는 허상! '조원'이라는 허상! 그러고도 애증에 어쩔 줄 몰라 했던 '나'라는 허상! 정녕 부끄럽구나!

옥봉은 끓어오르는 회한을 짓씹으며 침묵을 지켰다. 눈꺼풀이 바들바들 떨렸다. 입술을 악물었다. 옥봉은 숨을 크게 들이쉰 다음 낮게 물었다.

"네 말이 정녕 다 끝난 것이냐?"

두만이 아무런 대답도 하지 않았다. 그저 바위처럼 엎드려 있을 뿐이었다.

"새겨들었으니 이만 물러가거라."

옥봉은 두만의 어깨를 잡아 일으켰다. 두만은 재촉하는 옥봉의 손을 뿌리치더니 벌떡 일어나 봉당 아래로 내려섰다. 마침 대문 안으로 들어서던 부월은 주먹으로 눈물을 훔쳐내며 달려 나가는 두만을 돌아보며 눈을 동그랗게 떴다. 부월은 옆구리에 끼고 있던 광주리를 평상에 내려놓으며 물었다.

"두만이가 뭔 일이래유?"

옥봉은 대답하지 않은 채 돌아섰다. 부월은 고개를 갸웃거리며 부엌으로 들어갔다. 방문을 열고 들어서는 순간, 옥봉의 몸이 휘청했다. 방문턱이 캄캄한 절벽이었다. 옥봉은 이마를 짚었다.

옥봉은 이를 악물며 시전지를 꺼냈다. 조원에게 보낼 마지막 편지를 쓸 참이었다. 그것은 눈물과 핏방울을 갈아서 쓴 유서가 되리라. 붓을 들기 전, 옥봉은 가슴 안에서 솟구치는 피 울음을 꾹꾹 눌렀다. 그런 다음 뜨거운 오열로 획을 그어 한 자 한 자 또박또박 써 내려갔다.

근래안부문여하(近來安否問如何)
월백사창첩한다(月白紗窓妾恨多)
약사몽혼행유적(若使夢魂行有跡)
문전석로반성사(門前石路半成砂)

요사이 안부를 묻노니 어찌 지내시나요?
창가에 달빛 비치면 가슴속 한이 넘쳐납니다.
꿈속의 내 몸, 발자국을 남기게 했다면
그대의 집 앞 돌길이 반은 모래가 되었을 거예요.*

붓을 내려놓은 옥봉은 시전지를 곱게 접고 또 접었다. 그런 다음 부월을 불렀다.

"음수골에 다녀와야겠다."

---

* 이옥봉, 「스스로 탄식하다(自述)」.

"지가요?"

"그래, 이 편지를 나으리께 전하고 오너라."

부월의 표정이 가라앉았다. 힘없이 편지를 들고 집을 나선 부월은 한밤중에야 돌아왔다. 멀다 하지 않을 시오리 길이었지만 잔뜩 지친 몰골로 돌아온 부월은 금방이라도 쓰러질 것 같았다. 말래 애비를 통해 조원에게 편지를 전달했지만 알았으니 가보라는 이야기만 전해 들었다고 했다.

기축옥사로 실각해 있던 동인들이 세자 책봉 문제로 다시 당권을 쥐게 되면서 논란의 중심에 있던 정철에 대한 치죄 문제로 북인(강경파)과 남인(온건파)으로 분당되었다. 이황 문하의 제자들로 구성된 남인에 대항해 남명 조식의 제자들로 구성된 북인의 한 사람으로 당쟁에 휩쓸리고 있던 조원으로서는 옥봉의 편지에 화답할 겨를이 없었을 것이다. 아니면 자신의 미욱함을 떠올리게 만드는 옥봉의 존재에 부담을 느꼈을지도 몰랐다.

빈손으로 돌아온 부월을 본 옥봉의 눈빛이 더욱 가라앉았다. 사력을 다해 부여잡았던 세상의 마지막 끈이 툭, 소리를 내며 끊기는 느낌이었다. 옥봉은 눈에 띄게 수척해졌다. 푹 꺼져버린 눈두덩. 꺼칠해진 얼굴빛은 도무지 이 세상 사람 같지 않았다. 목구멍으로 죽 한 술 넘기지 못했다. 옥봉의 몸이 허깨비처럼 말라갔다. 있어도 없는 존재가 되었다.

마른 바람이 불었다. 그늘진 곳마다 희뜩희뜩 녹지 않는 눈이 지천이었다. 바람의 끝은 차갑고 날카로웠다. 장옷도 없이 바람을 맞으며 치맛자락을 꼭 쥐고 걷는 옥봉의 얼굴엔 핏기라곤 한 오라기도 남아 있지 않았다. 걸음이 자꾸 휘청거렸다. 옥봉의 옆에는 연상을 머리에 인 부월이 뒤뚱거리며 길을 걸었다. 하늘은 쨍하고 맑았다. 눈부신 햇살이 칼날처럼 눈을 찔렀다. 눈물이 질금질금 흘러나왔다.

뚝섬 나루에 다다랐다. 나룻배로 강을 들고나는 사람들, 물건을 잔뜩 싣고 들어왔다 다시 싣고 나가는 뗏목들, 뗏목에 달라붙어 물건을 옮겨내는 사람들로 나루터는 무척이나 붐볐다. 나루터 입구에 전을 벌이고 앉은 장꾼들은 바람에 잔뜩 몸을 옹송그린 채 지나가는 사람들의 눈길을 붙잡았다. 나막신과 짚신을 곁들인 신발 가게를 지나니 어리에 닭을 싣고 달걀까지 메고 온 사람들로 번화한 닭전머리가 이어졌다. 다리에 줄을 맨 채 오종종거리던 닭들의 꼬꼬댁 소리가 요란했다. 바가지, 엿가락, 낙화생, 밤 따위를 벌여놓고 손님을 끌기 위해 묘기를 부리는 사람도 있었다. 사람들은 빙 둘러서서 추위도 잊은 채 묘기를 구경하느라 정신을 팔았다. 소 잔등에 참나무 장작을 산더미처럼 실은 나무꾼과 솔잎을 긁어모아 새끼줄로 묶은 나무장수의 호객 행위가 귀를 울렸다. 주막에서 바장이며 걸어 나오는 사내들은 얼근한 취기에 젖어 아무 곳에나 오줌을 갈겼다. 저잣거리의 모든 얼굴에는 흥청망청 활기가 넘쳤다.

부월이 봐둔 곳이 있다며 옥봉을 이끈 곳은 잡화상이었다. 길가에 면한 방 한 칸을 헐어 만든 듯한 붙박이 가게에는 당혜와 태사혜, 발, 질그릇과 짚신, 갓, 인두, 가위, 면경 등 없는 것이 없었다.

부월은 머리에 이고 있던 연상을 내려놓았다. 그러자 볼품 없이 이지러진 수염을 가진 중늙은이 사내가 연상 뚜껑을 열고 요모조모 찬찬히 살펴보았다. 오호, 하는 듯한 눈빛에는 호기로운 빛이 역력했다. 어디 몰락한 양반 집안의 기물인 듯한데 아녀자들이 팔러 나오다니 싼값에 후릴 수 있겠구나, 하는 교활한 미소였다.

"두 냥 주겠소."

옥봉은 사내의 두 냥 소리에 화들짝 놀라 얼굴빛이 창백해졌다. 자신이 목숨처럼 아끼던 연상이 겨우 두 냥 값이라니.

"겨우 그깟 것! 그만둬유. 딴 데로 가볼 테유."

부월이 연상 뚜껑을 닫으며 일어설 듯 내뱉었다. 그러자 사내가 당황해서 부월의 말을 잡아챘다.

"두 냥 닷 푼!"

옥봉은 하얗게 질린 얼굴로 서 있을 뿐 아무런 말을 하지 못했다.

"싫다니께유!"

부월이 샐쭉해져서 연상을 보자기에 싸기 시작했다. 그러자 다급해진 사내가 다시 입을 열었다.

"석 냥!"

사내는 숫제 부월의 몸을 가로막을 듯 서서는 돈을 올려붙였다.

"뭔 소리랑가. 벼루에다 먹에다 붓에다 또 나전으로 만든 함까지 니 가지나 되는디, 단돈 석 냥으로 후린다고유?"

사내는 부월의 몸을 막아선 채 숫제 말을 더듬었다. 절대로 그냥 보내지는 않겠다는 듯 완강한 태도였다.

"그러면 처자가 불러봐."

그러자 부월이 눈을 샐쭉 뜨더니 옥봉을 향해 싱긋 웃으며 말했다.

"벼루, 먹, 붓, 함까지 각각 석 냥씩 합쳐 모다 열두 냥! 아니면 안 팔 거유."

사내가 눈을 크게 치떴다.

"싫으면 마시우."

부월이 연상을 다시 머리에 이으려 하자, 사내가 다급하게 부월을 잡았다.

"아따, 그러지 말고 홍정해보드라고. 엣다, 열 냥이다!"

"열한 냥 아니면 안 된당께요."

"좋아, 열한 냥! 어허, 내가 졌다, 졌어! 아따 고것 참, 보통 내기가 아니네."

사내가 부월을 장난스럽게 흘겨보더니 호탕한 듯 웃음을

터트렸다. 옥봉은 열한 냥이라는 말에도 여전히 충격이 가시지 않은 얼굴이었다. 창백한 얼굴로 서 있다가 돈을 받아든 부월이 이끄는 대로 잡화점을 나왔다.

옥봉은 비칠비칠 걸었다. 열한 냥. 목숨처럼 소중히 여겼던 문방사우가 열한 냥 값에 팔려나가다니 넋이 빠진 듯한 얼굴이었다. 돈도 생겼으니 국밥이나 한 그릇 먹고 가자는 부월의 말에 순간적으로 정신을 차렸지만 금세 몽롱해졌다. 주막에 도착한 부월이 주문한 국밥을 다 먹어 치울 때까지 옥봉은 젓가락을 든 채 멍하니 목판 의자에 앉아 있을 뿐이었다. 결국 부월이 옥봉의 그릇까지 다 비우고서야 자리에서 일어섰다.

쌀보리를 팔아 머리에 이고 지전(紙廛) 앞을 지나던 부월이 잊었다는 듯 자리에 멈춰 섰다. 머리에 인 짐을 내려놓고는 주인을 불러 화선지를 찾았다. 멍한 얼굴로 서 있던 옥봉이 부월에게 물었다.

"화선지는 왜?"

"오메, 내 정신 좀 봐…… 붓도 읎는디."

부월은 제 머리통을 쥐어박았다. 둘은 다시 쌀보리를 이고 장거리를 빠져나왔다.

연상까지 팔아치우고 난 옥봉의 얼굴은 더욱 황량해졌다. 몸 안에 중심이 무너져버린 것처럼 황망한 얼굴이었다. 그때까지도 조원에게서는 아무런 소식이 없었다. 시간이 지날수록 옥봉의 마음속 발밑이 쑥 무너져내렸다.

칼에 찔린 듯한 두통이 시작된 것도 그즈음이었다. 기침을 받아낸 손바닥에 피가 고여 있기도 했다. 통제할 수 없는 혼란 속에서 울고 웃는 일이 제멋대로 뒤섞였다. 생각이 먼지처럼 쑤석거리는 머릿속은 늘 어지럽고 아팠다. 몸뚱이는 추위에 오그라지듯 선뜩거렸고, 거친 흙바닥에 깔린 삿자리에서 벼룩들이 제멋대로 튀어 올랐다. 여기저기 물린 자국을 경황없이 긁어대던 부월이 걷어 올린 치마 속 배꼽 언저리가 벌겠다. 옥봉은 벼룩이 물어 댄 자리를 긁을 힘도 없는 듯 보였다.

그래, 뜯어먹어라. 쓸모없는 목숨, 내가 죽고 너는 살아야지.

불우(不遇)한 삶,
불후(不朽)한 시

1591년(선조 24년), 조선에서는 일본의 정세를 살피기 위해 통신사를 파견하기로 했다. 정사에는 서인의 황윤길, 부사에는 동인의 김성일, 서장관에는 동인의 허성이 임명되었다. 일본에 다녀온 황윤길은 왜국이 전쟁 준비에 한창이라고 하면서 그들의 침략에 대비해야 한다고 했고, 반면 김성일은 도요토미의 인물됨이 하찮은데, 전쟁에 대비하는 것은 민심만 혼란스럽게 할 뿐이라고 보고했다. 서인들은 황윤길의 말을 믿었고, 동인들은 김성일의 말을 믿었다. 당시는 동인 정국이었는데 주도권을 쥔 동인들은 김성일의 말에 따라 별다른 방비책을 쓰지 않았다. 그리하여 이듬해 4월 왜국은 대대적인 침략을 감행해왔으니, 이것이 곧 임진왜란이다.

왜적은 파죽지세로 치고 올라왔다. 4월 13일 부산포가 함락되고 보름 뒤인 4월 29일에는 충주를 장악했고, 5월 2일에는 한양을 함락시켰다. 이후 개성, 평양 등이 차례로 함락되면서 급기야 선조는 의주로 피란을 가야만 했다.

칼을 찬 조식의 진가는 임진왜란 때 발휘되었다. 제자이자 외손서인 홍의장군 곽재우를 비롯하여 수제자격인 정인홍과 김면, 조종도, 이노, 하락, 전치원, 이대기, 박성무 등이 의병장으로 나섰다. 옥봉의 아버지 이봉도 조헌, 정경세 등과 함께 의병을 규합하여 험준한 요지에 진을 치고 적군의 후방을 교란하여 적을 물리쳤다.

"아씨, 어서 도망가유. 왜놈들이 쳐들어왔구먼요. 시방 난리…… 난리예요."

부월이 저자에 다녀오더니 실혼한 듯 다급한 목소리로 말했다. 텃밭의 부추가 거듭거듭 싹을 틔워가고 있던 초여름의 어느 날이었다. 옥봉은 흔들림 없이 부월의 말을 들었다. 기어이 다가오고 마는구나. 벼랑 끝까지 나를 몰아가는 말발굽 소리. 저 부추 싹이 왜놈의 발길에 진창이 되겠구나. 부월은 경황없이 서두르며 오지그릇에 담긴 좁쌀 몇 줌을 남김없이 털어 보자기에 쌌다.

"아씨, 으서 가요!"

"어디로 갈 거나."

낮게 가라앉은 눈빛으로 옥봉이 말했다. 길을 묻는 나그네의 어투였다.

"몰러요. 일단 청파골로 가시야죠."

옥봉은 고개를 끄덕였다. 그래, 그래야겠지. 한동안 마당을 내려다보고 있던 옥봉이 결심한 듯 입술을 앙다물었다.

"부엌에 가서 부지깽이를 가져오너라."

웬 난데없는 부지깽이냐는 듯 부월이 옥봉의 얼굴을 빤히 쳐다보았다.

"어서 가져오래도!"

부월은 아궁이 앞에 있던 반쯤 타다만 솔가지를 들고 왔다. 부지깽이를 받아든 옥봉은 부월의 팔을 붙잡더니 치마를 휙 들췄다. 부월이 비명을 지르며 뒤로 나동그라졌다. 옥봉은 부월의 당목 치마 안쪽을 팽팽하게 잡아당겼다. 몸을 일으킨 부월이 발개진 얼굴로 옥봉을 바라보기만 했다. 옥봉은 타다만 소나무 부지깽이를 숯 삼아 두만에게 편지를 쓰기 시작했다. 부지깽이를 든 손이 가뭇없이 떨었다. 글씨가 삐쭉삐쭉 흔들렸다.

급한 대로 몇 자 적는다.

네가 떠나고 한동안 두서없었다. 세상의 모든 문은 막히고 내 몫의 부끄러움만 남았더니라. 삶이 그랬듯 죽음 또한 내게 원하는 것이 있을 것이야. 그러니 내게 주어진 길을 가려 한다.

부월을 부탁한다. 평생 너를 마음에 담아둔 사람이니, 너를 위해주는 마음 하나는 곡진할 것이다. 나를 향한 네 마음이 그런 것처럼, 부월의 마음 또한 소중히 여겨주어야 할 것이야. 지금껏 고단한 내 곁에서 한평생 고생만 했던 사람이다. 내 마음의 빚을 갚아줄 사람이 너임을 기쁘게 생각한다.

부디 무탈하거라.

옥봉은 부월의 치마를 허리끈으로 잘 여며주며 말했다.

"지체하지 말고 어서 두만에게 가거라. 가서 이 편지를 보여주고 두만이 하자는 대로 해야 하느니라."

부월의 눈이 동그래졌다. 금방이라도 울음을 터트릴 것 같은 얼굴로 물었다.

"아씨는 어쩌고유?"

"난 여기 남아서 음수골 소식을 기다리겠다."

부월의 눈이 화등잔만 해졌다.

"그러지 말고 같이 청파골로 가유. 네?"

옥봉은 고개를 저었다. 이제 더는 내 생애 백기 드는 일 따윈 하지 않겠다.

"나는 출가외인이다. 죽어도 음수골 사람 아니냐. 그러니 내 걱정은 하지 말고 두만이 하자는 대로 해야 한다, 알았지? 꼭!"

부월은 대답하지 못했다. 부월은 억지로 떼미는 옥봉의 손길을 이기지 못한 채 문밖으로 걸음을 옮겼다. 그러다 잊었다는 듯 좁쌀 든 자루를 마루에 내려놓았다. 부월의 눈이 벌게 지더니 금세 눈물이 고였다.

"아씨, 곧 다시 올게유. 으디도 가지 말고 여기 기셔야 해유. 알았쥬? 꼭 다시 모시러 올게유."

부월은 몇 번이나 다짐을 두고 떠났다. 돌아보고 돌아보며 울었다. 옥봉은 부월의 모습이 보이지 않을 때까지 서 있다가 휘청거리는 걸음으로 돌아와 평상에 주저앉았다. 이제 떨치고 떨쳐야 할 것들은 다 떨친 셈이었다. 껍데기 빈 몸만 남았을 뿐이다.

그사이 한양에 들이닥친 왜적들은 민가에 불을 지르고 닥치는 대로 여인네들의 겁탈을 일삼았다. 저항하는 여인들은 그 자리에서 단칼에 몸을 베였다. 그때껏 미처 피신하지 못한 옥봉은 왜적들을 피해 아궁이 속으로 숨었다. 왜적들이 물러나자 옥봉은 시고(詩稿)가 든 보퉁이 하나를 든 채 황망한 걸음으로 달아났다.

옥봉은 피난민들의 물결 속에 가뭇없이 휩쓸렸다. 그러다 말래 애비를 만났다. 덩치가 황소만 한 말래는 자신의 몸치레도 하지 못한 채 아비의 손에 이끌려 다니고 있었다. 말래 애비는 옥봉을 보자마자 목을 놓아 울었다. 그에게서 조원이 행재소로 갔다는 이야기, 희정과 희철은 어머니를 해치려는 왜적과 싸우다 죽었다는 사실, 그 와중에 정처인 이씨가 아들의 등에 업혀 목숨을 보전했다는 이야기, 아들의 효행을 칭찬한 임금께 조원이 상을 받아 승지를 제수받았다는 사실까지 생생하게 전해 들을 수 있었다.

옥봉을 쫓아내고 전전긍긍 한양 도심의 유배자처럼 지내던 조원에게는 인생 막판의 역전이었다. 어쨌든 조원은 소원 풀이를 했기에 충분히 감격했을 것이고, 죽은 두 아들의 업을 등에 업고 등극한 자신의 삶을 바라보며 어쩌면 회한에 잠기기도 했을 것이다.

옥봉의 눈에서 눈물이 멈추지 않고 흘러내렸다. 희정, 희철이 죽었구나…… 물고기처럼 파닥거리던 맑은 얼굴로 어떻게 우리가 모자(母子)냐고 당돌하게 묻던 희철이 죽었구나. 의젓한 희정. 깨끗한 볼에 뚝뚝 떨어지던 세숫물. 조원에게 회초리를 맞느라 찡그리던 이마. 울음을 터트리던 희철의 붉고 깨끗한 입속. 아아…… 너희들이 죽었다는구나!

옥봉은 긴 한숨을 내쉬며 가슴을 쓸어내렸다. 조원이 승지 벼슬을 제수받다니. 아들들의 효행에 의해서든 어쨌든 간에 조원은 다시 일어설 수 있게 된 것이다. 옥봉의 다독거림이 없어도 이제 조원은 이씨와 함께 아들의 든든한 효행으로 살아갈 수 있을 터였다. 옥봉은 조원에게 더는 소용되지 않을 사람인 것이다. 생각이 그에 이르자 옥봉의 발밑이 쑥 내려앉았다.

말래 애비는 걱정스러운 눈으로 옥봉을 바라보다 돌아섰다. 망아지처럼 분별없이 튀기만 하는 말래의 손에 마지못해

끌려가면서도 옥봉의 창백한 얼굴을 걱정했다. 옥봉은 깊이
팬 주름 속에 깃든 말래 애비의 곤곤한 운명을 걱정했다.

'죽어야 산다!'

집으로 돌아온 옥봉은 시고를 무릎 앞에 놓아둔 채 신음처
럼 중얼거렸다. 때가 왔다고 생각했다. 살아서는 벗어날 수
없는 현실의 질곡, 눈물과 한숨과 고통 속에서 필사적으로 버
텨낸, 나의 분신이자 존재 증명인 시. 내가 죽고서 네가 산다
면!

옥봉은 오래전 제 몸에서 떠나보낸 한 생명을 떠올렸다. 내
목숨붙이, 사랑하는 사람과의 삶을 증언해줄 지상의 유일한
핏줄이었음에도 사람으로 태어나서는 벗어날 수 없는 서자로
서의 운명, 부자유한 삶을 대물림할 수는 없었기에 내 손으로
떠나보낸 가엾은 생명이었다.

이제 그 사슬을 벗고자 내가 떠난다. 다행히 인간은 육신으
로만 이루어진 존재가 아닌 터, 육체가 사라진다 한들 어찌
영혼까지 없어지랴. 내게는 그 누구도 가지지 못한, 영혼의
징표인 시가 있질 않은가. 현실의 부자유를 넘고 넘어 어디든
못 간 데가 없던 또 하나의 나. 아무도 내 자유로운 영혼만은
잡아 가둘 수 없으리라. 나는 육신이 흔적 없이 지워진 그곳
에서 지상의 별처럼 꽃처럼 피어나리라. 끝내 부활하리라! 그
럴 수만 있다면 내 생은 한 치의 후회도 회한도 없는 결말이

되리라.

옥봉은 입술을 야물게 짓씹으며 몸을 일으켰다. 이어 마룻장 밑에 깊이 숨겨둔 좁쌀을 들고 다시 저자로 나갔다. 부월이 빼놓고 간 마지막 식량이었다. 길바닥은 피난을 가느라 이고 진 사람들의 행렬로 발 디딜 틈이 없었다. 옥봉은 허청거리는 걸음으로 저자를 돌아다니다 좁쌀을 들기름 한됫병으로 바꾸었다. 피난지 양식을 구하느라 혈안이 된 사람들은 한 됫박의 좁쌀을 보더니 눈을 까뒤집고 달려들었다. 옥봉은 들기름을 품에 안고 돌아섰다. 저잣거리를 빠져나오는 내내 걸음이 휘청거렸다.

들기름을 안고 방에 들어선 옥봉은 구석에 놓인 시고를 잡아당겼다. 삿자리에 위에 놓고 반반히 폈다. 그런 다음 종이에 들기름을 먹이기 시작했다. 빈틈없이 정성껏 기름을 바르는 동안 옥봉의 마음은 한없이 미끄러졌다. 시린 바람이 가슴 안으로 쉴 새 없이 들락거렸다.

옥봉은 들기름을 먹은 시고를 치맛말기에 두르기 시작했다. 가장자리를 손으로 잡아 누르고는 치마끈으로 질끈 묶었다. 그 위에 저고리를 걸쳐 입었다.

옥봉은 나루 쪽으로 발을 옮겼다. 나루에는 강을 건너려는 피난민들로 인산인해를 이루고 있었다. 그들은 지는 해를 받아 벌게진 얼굴로 피난 배가 오기를 초조하게 기다리고 있었다. 해가 산마루 저편으로 떨어져 내리고 있었다. 떨어지는 해는 핏빛으로 붉었다. 어떤 작별 인사가 저리도 선연할 수 있을까. 쏟아지는 옥봉의 눈물이 지는 해를 받아 핏빛 구슬로 물들었다.

평생이한성신병(平生離恨成身病)
주불능료약불치(酒不能療藥不治)
금리읍여빙하수(衾裏泣如氷下水)
일야장류인부지(日夜長流人不知)

평생 이별의 한이 병이 되어,
술로도 못 달래고 약으로도 다스리지 못하네.
이불 속 눈물이야 얼음장 밑을 흐르는 물과 같아
밤낮을 흘러도 그 누가 알아주나.*

옥봉은 피난민들의 행렬에서 벗어나 한적한 강둑에 섰다. 발부리의 흙이 금방이라도 부스러져 내릴 것 같은 위태로운 절벽이었다. 밀리고 밀려난 끝에 마지막으로 선 생(生)의 가장자리. 삶과 죽음이 경계 없이 한 몸이듯, 푸르게 펼쳐진 하늘과 강물이 경계 없이 한 몸이었다. 발아래에서는 서슬 퍼런 물살이 아귀처럼 절벽을 물어뜯고 있었다. 옥봉은 몸이 기우

---

* 이옥봉, 「여인의 한(閨恨)」.

뚱거리는 듯한 어지럼증을 느꼈다. 온몸의 열기가 머리끝에서 발끝까지 퍼져가는 것 같은 아찔하고도 치명적인 유혹이었다.

옥봉은 가슴 언저리를 더듬어 저고리 안에 묶어둔 시고를 확인했다. 살아 있는 동안 잠시도 내 곁을 떠나지 않았던 시, 죽어도 함께 가야 할 시였다.

불현듯 아버지와 나눈 시회가 떠올랐다. 분합문을 천정 높이 올려붙인 대청마루에서 딸의 재능을 감탄의 눈으로 바라보던 이봉의 미소가 눈앞에 어른거렸다. 옥봉의 목이 콱 메었다.

아버지, 일심의 의지처였던 이의 심중에서 내쫓김을 당한 사람이 구차히 살아서 어느 구원을 바라오리까. 차라리 한 터럭의 일신을 물속에 던져 굴원의 충혼을 따를까 합니다. 다음 생이 있다면 부디, 아버지 정처의 딸로 태어나 못다 한 효를 다하겠습니다.

이봉의 얼굴이 스러지면서 곧 조원의 얼굴로 바뀌었다.

당신을 생각하면 가라앉을 줄 모르는 번뇌들로 무겁습니다. 하지만 길을 떠날 때는 바늘조차 놓아두고 가라 했다지요. 그리하여 나는 당신을 향한 그리움과 원망, 번뇌까지 모두 놓으렵니다. 그런데도 내 마음은 저승의 겨울처럼 황량하기만 합니다. 내가 갈 곳이 비록 무릉시원(武陵詩源)인들 당신을 두고 간 이승만 하겠습니까? 내 생애 비극이 온전히 내

것만은 아니로되, 내 것이 되었던 것은 여자로 태어난 까닭이 겠지요. 서녀로 태어나 재주가 승(勝)한 까닭이겠지요. 부디 다음 생이 있다면 서녀로 태어나지 않겠습니다. 소실로 살지 않겠습니다. 재능을 갖고 태어나지도 않겠습니다.

조원의 얼굴이 스러지고 나자 보일 듯 말 듯 희미하게 다가 드는 얼굴이 있었다. 수줍은 얼굴로 점점 또렷해지는 그는, 맹아였다.

아아! 너로구나! 내 가슴 속 원죄이자 이른 봄 새싹 같은 아이야, 너는 평생의 고통과 슬픔으로 전생의 죄, 이승의 빚 을 갚았으니, 부디 다음 생에는 여자로 태어나지 말거라…… 가난한 집에 태어나지도 말거라. 부디부디 남자로 태어나 네 푸르디푸른 꿈을 마음껏 펼치거라.

옥봉은 고개를 쳐들어 하늘을 보았다. 문득 의식이 헐거워 지면서 몸이 가뿐해졌다. 지금껏 살아온 삶이 지푸라기처럼 가볍고 소소하게 느껴졌다. 옥봉은 두 손을 한데 모았다.

'부디 하늘은 굽어 살피시어 소소한 이 신명에 낀 액운을 쓸어주소서. 연약한 이 몸이 어찌할 줄 모르고 구천 같은 이 생을 방황하고 있사오니 이를 어찌하리오. 마땅히 죽어 물고 기 밥이 될지니 부디 내 생애, 내 육신이 자취 없이 스러지게 하소서!'

불현듯 갈매기가 끼룩 소리를 내며 옥봉을 지나쳐갔다. 옥 봉은 갈매기에 화답이나 하듯 두 손을 활짝 쳐들었다. 마침내

저 먼 창공을 향해 갈매기처럼 날아올랐다. 허공을 맴돌던 옥
봉의 몸이 한 장의 깃털처럼 화르르 물 위로 떨어져 내렸다.

우주 만물의 도움으로 빚은 생명

좀 오래 걸리긴 했다. 이 소설을 시작한 게 십몇 년 전이니. 그 시간을 촘촘히 바늘 한 땀 한 땀 깁느라 걸린 것으로 아는 사람이 있어 해명해야 했다. 자료 조사에 오랜 시간이 걸리기도 했지만, 쓰면서도 긴가민가 싶어 잡았다 놨다 지지부진하며 시간을 다 보냈기 때문이다. 그러다 올 초 지인의 조언으로 출판문화산업진흥원의 우수출판콘텐츠 제작 지원에 응모했는데 덜컥 선정된 것이 막바지 동력이 됐다.

늦게야 정서를 되살리는 일은 참으로 난감했다. 게다가 정해진 마감에 맞추느라 혼이 나가는 줄 알았다. 눈뜨면 출근하고, 퇴근하면 원고에 고개를 처박는 일상. 머릿속이 장전된 화약처럼 부풀어 올라 금방이라도 터질 것 같았다. 걷다가, 먹다가, 잠들려다, 싸다가, 뭔가 떠오르면 뛰쳐나가 메모하기를 반복. 지쳐 나자빠질 상황이 될 때마다 천지신명께 감사하며 나를 다독였다. 원고의 마무리를 위해 우주가 도와주고 있는 것이라고.

존경해 마지않는 선생님의 추천사를 받게 됐고, 핵심을 짚어가며 조언해주는 사람이 있고, 고치고 다듬고 싶어 원고를 붙잡고 있는 내게 끝까지 말미를 주는 출판사의 배려가 있고, 아침저녁 전화 소리에 놀라는 나를 안심시켜주는 부모님의 건강, 따뜻하게 응원하는 가족이 있고, 학교에는 원격 수업과 대면 수업을 번갈아 하면서도 환한 미소로 반겨주는 아이들이 있고, 내 몸은 그저 안녕했다. 길을 걸어도, 운전을 해도, 버스를 타도 무탈하게 안전을 지켜주는 내 우주. 그들은 뒤늦게야 발버둥 치는 나를 숨죽인 채 보살피고 있었던 것이다. 그러니 어찌 말도 안 되는 재능을 탓하며 주저앉아 있을 것인가. 어떤 핑계도 게으름일 뿐이라는 각오로 매진해야 했던 것.

한편으론 늦게 잡고 되게 친 작품이라 아쉬움도 많다. 좀 더 깊이 있게 천착했더라면 이보다 낫지 않을까 싶지만 때늦은 후회가 무슨 소용이랴. 그나마 제작 지원에 선정되지 않았더라면 지금도 여전히 긴가민가하고 있을지도 모를 일. 다만 아이가 태어날 시점이 도래한 것이라 생각하기로 했다. 이제는 제 궤도로 살아갈 아이의 운명을 축원해줄 뿐.

처음 시를 몸에 감고 물에 빠져 죽은 여인의 이야기를 접한 순간, 온몸에 소름이 일었다. 그게 사실이든 신화적인 상상이든 중요하지 않았다.

때는 반상(班常)과 남녀의 구분이 엄혹한 조선 시대. 왕실의 계보를 잇는 집안에서 서녀로 태어나 시 짓기에 뛰어난 재능으로 자신의 이름을 스스로 짓고, 자신의 눈높이에 맞는 남자를 선택해 그의 첩으로 살았던 여인. 하지만 여자의 목소리가 담장을 넘으면 안 된다고 믿는 시대에 여인의 재능은 커다란 족쇄가 됐다.

그렇다면 죽음을 각오한 여인에게 시는 과연 무엇이었을까. 왜 나는 이 소설을 쓰는 데 그리도 오랜 시간을 허송했던가.
새벽같이 일어나 아침상을 준비하고 정신없이 종종거리며 칭얼대는 아이를 어린이집에 맡기고 뛰다 보면 이미 땀으로 화장이 다 지워지던 시절, 종일 수업과 이어지는 업무에 야간 자습 지도까지 마치다 보면 너무 지쳐 퇴근할 힘도 없어 주저앉아 있던 시절, 서둘러 귀가하여 어린이집에서 데려온 아이를 씻기고 반찬을 준비해 밥을 먹이고 나면 널브러질 것 같은 피로, 때가 되면 어김없이 찾아오는 명절이나 제사, 집안의 관혼상제 등을 챙기느라 지친 몸보다는 통장의 잔고를 먼저 확인해야 했던 시간들은, 여염에 갇힌 채 위로는 조상을 받들고 아래로는 후사를 이어야 했던 500년 전의 여인들의 삶과 그다지 다르지 않은 이 땅의 모든 여자들의 삶이기도 했다.

그 속에서 우주의 도움은커녕 온갖 사회의 족쇄와 제약으로 입이 틀어막히는 삶을 살아야 하는 여인들의 삶은 어떠했을 것인가. 지금껏 여성으로서 비교적 무탈하게 살아왔다고 믿는 내게 불행하게 살다 비극적으로 생애를 마친 여인의 삶은 좀처럼 감당하기 어려운 화두였음에 틀림없었다. 그랬음에도 나는 운명에 고전하였으나 끝내 패배하지 않은 여인의 삶을 대변하고 싶었다. 여인에게는 흔들릴 때마다 삶의 지팡이가 되어준, 목숨보다 귀한 '시'가 있지 않았던가.

이 소설은 인문학자와 역사학자들의 연구 성과물이 없었더라면 나오기 어려웠을 것이다. 참고 자료는 따로 명시하였다. 쓰는 내내 꿈틀거리는 생명력으로 나를 울고 웃게 만들었던 소설 속 인물들에게 감사한다. 학교에서는 업무 너머에 몽롱한 시선을 두기 일쑤인 나를 기다려주고 지원해준 동료들, 가정에 충실하기는커녕 매번 숨을 곳을 찾는 나를 용납하고 응원해준 가족들의 도움이 컸다. 하늘과 달과 별, 그리고 바람과 햇볕을 비롯한 우주 만물에게도 고마움을 전한다.

살아평생 옥죄임을 당하게 했던 글로 여인의 삶을 펼쳐 보이는 여기, 그저 서툴고 모자란 글이지만 여인이 보시기에 좋았으면 좋겠다. 그뿐이다.

2020년 11월
장정희

참고 자료

고정희, 『여성해방출사표』, 동광출판사, 1990.

권현정, 『世紀를 넘나든 朝鮮의 사랑』, 현문미디어, 2007.

김상조, 「조선조 양반들의 풍류」, 『중앙일보』, 2006. 7

김영봉, 「한시사랑방」, '閨情', 『경향신문』, 2003. 3. 21.

김중열, 「님의 노래 한으로 흐르고 —이조여류시인 이옥봉의 비극적 생애와 시」

박무영 · 김경미 · 조혜란, 『조선의 여성들, 不自由한 시대에 너무나 非凡했던』, 돌베개, 2004.

박은봉, 「사랑에 꺾인 애닯은 시심」, 『한겨레21』, 1997. 7. 17.

박지연, 『이옥봉 한시 지도방안 연구』, 아주대학교 교육대학원, 2005.

신봉승, 『直言』, 선, 2010.

이덕일, 「칼을 찬 선비, 칼을 품은 선비」, 『한겨레21』, 2007. 1. 25.

이성무, 『朝鮮時代黨爭史1』, 동방미디어, 2001.

임기연, 『李玉峰 研究』, 성균관대학교 교육대학원, 1992.

『朝鮮王朝實錄』(명종~인조 조고본말)

태선경, 『李玉峰 漢詩 研究』, 연세대학교 교육대학원, 1999.

허경진, 『韓國의 漢詩 27』, 평민사, 1987.

『한국생활사박물관 09』, 사계절, 2003.

옥봉

© 장정희

| 1판 1쇄 발행 | | 2020년 11월 20일 |
| 1판 4쇄 발행 | | 2022년 10월 15일 |

지은이		장정희
펴낸이		정홍수
편집		김현숙 임고운
펴낸곳		(주)도서출판 강
출판등록		2000년 8월 9일(제2000-185호)

주소		서울시 마포구 동교로17안길 21(우 04002)
전화		02-325-9566
팩시밀리		02-325-8486
전자우편		gangpub@hanmail.net

값 14,000원
ISBN 978-89-8218-268-6   03810

이 도서의 국립중앙도서관 출판예정도서목록(CIP)은 서지정보유통지원시스템 홈페이지(http://seoji.nl.go.kr)와 국가자료종합목록 구축시스템(http://kolis-net.nl.go.kr)에서 이용하실 수 있습니다. (CIP제어번호 : CIP2020047617)

* 잘못 만들어진 책은 구입처에서 교환해드립니다.
* 이 도서는 한국출판문화산업진흥원의 '2020년 우수출판콘텐츠 제작 지원' 사업 선정작입니다.